JANS BLINKENDE WELT

Auf der anderen Seite

Charlotte Buchholz

JANS BLINKENDE WELT

Auf der anderen Seite

Charlotte Buchholz

charlotte-buchholz@gmx.de
www.charlotte-buchholz.de

Twenty Six

Bibliografische Information der Deutschen Nationalbibliothek: Die Deutsche Nationalbibliothek verzeichnet diese Publikation in der Deutschen Nationalbibliografie; detaillierte bibliografische Daten sind im Internet über dnb.d-nb.de abrufbar.

Charlotte Buchholz
JANS BLINKENDE WELT
Auf der anderen Seite

TWENTYSIX – Der Self-Publishing-Verlag
eine Kooperation zwischen der Verlagsgruppe Random House und BoD – Books on Demand

© 2021, Buchholz, Charlotte
Herstellung und Verlag:
BoD – Books on Demand, Norderstedt
ISBN 978-3-740780-11-1

2. überarbeitete Auflage
Umschlagsgestaltung: Lothar Günther
Coverfoto: fotolia.com Jürgen Fälchle

La Roulette

Faites votre jeu - die Kugel rollt,
Auf grünen Feldern blitzt das Gold
Und lockt und lockt in Teufels Sold
Den Armen.

Faites votre jeu - er steht und grollt,
Die Kugel aber rollt und rollt
wie aus den Händen ihm das Gold -
Erbarmen!

Faites votre jeu – nun sei mir hold
Ein letztes Mal! Ich will mein Gold
ja nur zurück! Die Kugel rollt -
Verloren!

Faites votre jeu - die Kugel rollt -
er wankt hinaus --- der Teufel zollt
Den Dank für eure Gier nach Gold
Ihr Toren ---.

Hermann Buchholz, «Neue Gedichte»
Verlag Fechner, Guben, 1909

Teil I

1 JANA

Sie sitzen in Sions Bierstuben, jeder ein blasses Kölsch vor sich. Um sie herum Grüppchen von Touristen. Im Sions muss man gewesen sein, steht in den Stadtführern. Sie ist das erste Mal hier und es ist der erste gemeinsame Abend mit dem Jugendfreund von damals.

«Zwei aus dem Osten, die sich in Köln wiedertreffen. Eine richtige Ost-West-Story.» Sie stößt Jan übermütig in die Rippen. Als er wie unabsichtlich den Arm auf die Lehne ihres Stuhls legt, quittiert sie es, indem sie sich zurücklehnt. Ihr Rücken berührt seinen Arm ganz kurz.

Jan, denkt sie, warum nicht Jan? Sie kneift ein Auge zu, hält ihr Bierglas dicht vor das Gesicht, lächelt.

«Du hast das nicht richtig erzählt: Robert hat dir gesteckt, dass ich in Köln bin?»

«Nicht von sich aus. Ich habe mit ihm telefoniert, ihn gefragt, ob er was von dir weiß - und er wusste.»

«Und dann?»

«Bin ich nach Hause, habe meine Sachen gepackt und bin her.»

«Einfach so?»

«Einfach so. Ich wusste, ich würde dich finden.» Jan lacht. «Ein Scherz. Ich habe mir natürlich erst Arbeit und eine Bleibe gesucht. Mit dem Leben Roulette spielen, ist nicht mein Ding. Mein Job - da hatte ich Riesenglück. Am Theater fehlte tatsächlich ein Modellbauer. So eine Stelle, das ist fürs Leben, wenn man sich damit abfindet, dass man nicht reich wird. Als ich anrief und sagte, ich bin vom Fach, habe im Osten aber keine Chance, da hat der Chef gesagt, komm her zur Probearbeit, zeig, was du drauf hast. Das mit dem Arbeiten zur Probe hatte echt Spaßfaktor. Gezahlt haben sie in dieser einen Woche nichts, trotzdem war es genau mein Ding. Ich durfte, ja, sollte mich gleich richtig reinknien. Habe ich gemacht. Der Chef hat nicht viel gesagt. Ich habe gespürt, dass es läuft.

Die Bleibe war eine Folge von allem. Eine alte Schauspielerin hat mir ein Zimmer angeboten. Sie spielt nicht mehr, kommt aber regelmäßig in die Kantine. Da hat sie mich angesprochen. Am Theater wissen immer alle alles und manchmal genauer als du selbst. Ist wie eine Familie, weißt du.»

«Du warst hartnäckig, wusstest, was du wolltest. Nicht, dass du gleich platzt, aber ich bin beeindruckt. Man muss was tun, darf nicht warten, was zu einem kommt. Jetzt kann ich es ja sagen. Als du vor vier

Wochen anriefst, da dachte ich, alte Geschichten muss man nicht aufwärmen. Ja, wir waren damals heftig verliebt, Teenager halt und erst fünfzehn.»

«Zum Pausenkaffee hast du aber doch Ja gesagt?»

«Du hast dich eben nicht abwimmeln lassen. Vielleicht sind wir uns ja ähnlich?» Jana beobachtet ihre Jugendliebe amüsiert. Ist er etwa rot geworden? Seine Augen leuchten postkartenblau. In genau diese Augen hatte sie sich damals verguckt. Sie legt den Kopf schräg, lächelt, fährt sich mit der Linken durch ihr weizenblondes Strubbelhaar. Sie kämmt es immer ohne Pony aus der Stirn, aber da es sich kaum bändigen lässt, hängen ihr nach kurzer Zeit wieder Fransen ins Gesicht, die sie häufig wegpustet. Eine Angewohnheit. Sie spürt Jans Blicke.

«Hey, siehst du mich an oder durch mich hindurch?»

«Ich zähle deine Sommersprossen. Und das dauert. Mir scheint, es ist eine Lebensaufgabe.» Jan grinst unverschämt, das söhnt sie mit seinem platten Spruch aus.

Wenn Jan eine Story nach der anderen erzählt - als Soldat beim Bund, bei Erdöl von Baustelle zu Baustelle, sein Wunsch, sesshaft zu werden - erscheint ihr das eigene Leben langweilig. Sie hat lange nicht mehr so gelacht wie mit Jan. Viel Abwechslung gönnt sie sich nicht. Zuerst kommt die Arbeit, das ist mal klar. Da kniet sie sich rein, jeden Tag. Zweimal die Woche Fitnesscenter, mehr kann sie als

Freizeitprogramm nicht vorweisen. Für richtige Freundschaften reicht die Zeit nicht.

***

Es geht schnell mit ihnen und erscheint ihr wie selbstverständlich: Nach acht Wochen, sie sitzen in Janas Wohnung an dem viel zu niedrigen Tisch beim Frühstück, räuspert sie ihre Verlegenheit weg und traut sich:

«Jan, ich gebe zu, ich war skeptisch. Aber heute früh, als wir zusammen aufwachten, war der Gedanke da. Ich habe ein gutes Gefühl mit uns. Was hältst du davon, zu mir zu ziehen? Worauf wollen wir warten? Und wozu zweimal Miete zahlen, wenn wir - also, ich möchte, dass wir jeden Tag so aufwachen.»

Jans Augen werden rund, sie freut sich über ihren Überraschungseffekt. Es passt alles. War ihr deshalb kein Kölner so begegnet wie Jan, weil sie anders ist, aus dem Osten eben?

«Jana?», nuschelt Jan, steht hastig auf, so dass der Stuhl fast hintenüber kippt, stürzt auf sie zu, nimmt ihr Gesicht in beide Hände und küsst sie heftig. Sie wehrt ihn lachend ab.

«Ich habe mein Brötchen noch nicht runtergeschluckt, jetzt musst du Krümel sortieren. Sag einfach ja. Es geht schnell, aber ich finde es nicht überstürzt.»

Jan hat nicht viel zu packen. Die zwei Reisetaschen und ein praller blauer Müllsack mit dem Bettzeug passen locker in den knappen Kofferraum ihres

Autos, eine lange Papphülse gibt er nicht aus der Hand. Noch im Flur zieht er ein großes Poster heraus und rollt es aus: ein Sonnenaufgang mit Angelkahrim Vordergrund, über allem schleieriger Morgennebel.

«Was meinst du, finden wir einen Platz dafür?»

«Taschen noch nicht ausgepackt, aber Poster?» Jana wirft einen Blick auf das Motiv und grinst.

«Stimmungsvoll oder eher kitschig?»

«Das ist Natur, Jana. Die ist so. Hat für mich Erinnerungswert.» Etwas steigt in ihr hoch, das sie nicht recht deuten kann. Klar, dass nicht alles so bleibt, wenn Jan mit ihr zusammen lebt. Bisher wohnte sie immer allein. Sie wird lernen, damit umzugehen, wird es in den Griff kriegen.

«Wenn du es nicht über der Couch anpinnen willst. Der Platz ist verplant, ich komme nur gerade nicht dazu.» Sie überlegt kurz und geht dann ins Schlafzimmer. «Sieh mal, was hältst du davon?» Sie deutet auf eine freie Wandfläche zwischen Schrank und Bett. «Das wird deine Seite Jan. Ich schlafe immer am Fenster, das heißt, im Laufe der Nacht meistens quer. Ist bei einsvierziger Breite nicht übertrieben, finde ich. Bisher», sie sieht ihn schräg von der Seite an und grient, «ging es ja nächtens mit uns nicht so geordnet zu. Zwischen Bett und Wand, da kann dein Sonnenaufgang glühen, oder?» Als Jan meint, sie werden das eine oder andere sicher noch besprechen, schweigt sie vorsichtshalber. Jan setzt eilig hinzu, «mit der Zeit».

«Komm erst mal an», weicht sie aus. «Und dann, der Alltag frisst mich manchmal ziemlich auf. Ich habe keine Vorstellung, wie das mit deinen Arbeitszeiten am Theater ist. Und du weißt nicht wirklich, was bei mir manchmal los ist. Im Rhein-Center beginnt der Tag um halb acht. Um sieben muss ich aus dem Haus. Mein Abendstudium kostet auch ‹ne Menge Zeit.»

«Besonders ehrgeizig bist du aber nicht?» Jana runzelt die Stirn.

«Das ist mir sehr ernst, Jan. Eines Tages will ich Center-Managerin sein. Da muss ich ranklotzen.»

«Aber ins Theater gehst du mit mir ab und zu? Ich will dir doch zeigen, was ich da mache.» Jana winkt ab, sieht zur Uhr, sagt «Alles eine Frage der Planung.», dann verschwindet sie in der Küche für das Abendbrot.

Die Stunde im Sions bleibt eine Ausnahme. Wenn Jan von den Stücken und seinen Bühnenbildern erzählen will, muss sie sich zum Zuhören zwingen. Wie soll sie sich Zeit für solche Gespräche nehmen? Die fehlt ihr dann für das Lernen. Im Theater war sie bisher nicht und sie vermisst es derzeit nicht. Jan wird sich gedulden müssen. Als er sich von seinem zweiten Gehalt die lange gewünschte Angel anschafft und von nun an die freien Abende mehr beim Angeln verbringt, als zu Hause, ist sie froh. Wenigstens keine Gespräche, die zu nichts führen, und sie hat Ruhe zum Lernen.

***

«Dein Angelkram macht mich krank, Jan.» Sie kann sich nichts Freundliches abringen. Die Angelrute ist gegen die Wohnungstür gekippt, sie musste sich durch einen schmalen Spalt zwängen. Im Wohnzimmer lümmelt Jan quer im Sessel. Der Fernseher läuft. Er sieht erstaunt hoch.

«Tolle Begrüßung.» Sie zwingt sich, nicht zu antworten. Ein halbes Jahr wohnen sie erst zusammen, streiten aber fast täglich. Dieses Rumhängen, sie kann es nicht ertragen. Wortlos geht sie ins Schlafzimmer, streift die Schuhe von ihren brennenden Füßen, wirft Jacke, Hose, Bluse, Unterwäsche und Strümpfe auf das Bett und tapst nackt ins Bad. In der Wanne liegt Jans feuchte Wathose. Ein paar Fischschuppen glänzen klebrig am Wannenrand. Riecht es nicht sogar nach Fisch? Jana schnuppert und schnauft dann laut.

«Jan, dein Zeug blockiert alles, ich will baden.» Betont langsam steht er auf, brummt etwas wie ‹sei nicht so empfindlich›, wirft die Wathose über seine Linke und klaubt mit Rechts Kleinkram aus der Wanne.

«Dieses Zeug stinkt und macht alles nass. Überhaupt, die Angelei. Nie bist du da.»

«Wer ist hier nie zu Hause? Sieh auf die Uhr. Es ist nach neun und früh bist du - ich wette - um sieben weg. Und bist du anwesend, sitzt du über deinen

Büchern. Sag du mir nicht, ich sei nie zu Hause. Den Fisch fandest du übrigens immer lecker.»

Sie zuckt mit den Schultern, braust die Wanne lange aus, schlingt fröstelnd die Arme um ihren nackten Körper und sieht zu, wie das Wasser einläuft. Dann steigt sie hinein, streckt sich, genießt die Wärme und schließt die Augen. Im Kopf rattert es weiter: diese beiden Schnösel. Kommen frisch von der Hochschule, werfen mit Wörtern um sich, deren Bedeutung sie erst nachschlagen muss. Soll sie sagen, das war im Studium noch nicht dran? Wie es praktisch aussieht, das weiß sie, verdammt noch mal, besser. Die argumentieren sich gegenseitig tot. Sie dazwischen. Jan ahnt nicht, wie das anstrengt, so unter Volldampf.

Das warme Wasser umspült sie. Langsam lässt das Brodeln in ihr nach. Plötzlich rüttelt Jan durch den Schaum hindurch an ihrer Schulter.

«Du, ich hab was gesagt!?»

«Du trampelst auf meinen Nerven herum. An denen haben heute schon etliche gesägt.» Jetzt kein Gespräch. Es führt zu nichts. Ging es mit ihnen zu schnell? Tickt er doch anders als sie? Sie hört die Tür ins Schloss fallen. Gut so. Sie genießt es, allein zu sein.

Wenn sie erst Centermanagerin ist, kann sie an den Schrauben drehen. Als die beiden Studies ihr Praktikum gemacht haben, kamen sie ständig zu ihr. Jana, sag mal dies, Jana, zeig mal jenes. Sie hat sich gefreut, hat gern erklärt. Andrea meinte, sie sei naiv. Die würden sie ausnutzen, und nach dem Praktikum wären sie Konkurrenten. ‹Willst du nicht mehr Centermanagerin werden?›, hatte Andrea gefragt. Und ob sie das will. Aber wieso soll sie nicht zeigen, was sie drauf hat? Erst jetzt, da die beiden die Ellenbogen ausfahren, ist ihr klar, was die Kollegin meinte.

Jan kann mit alldem nichts anfangen. Ob es denn gleich das ganze Center sein müsse, hat er kürzlich gefragt. Arbeit sei Arbeit, das Leben sei mehr. Wie er sich das vorstellt. Sie lässt Wasser zu, bliebe am liebsten für immer in der Wärme. Hier kann sie in Ruhe nachdenken. Es muss für das neue Marketingkonzept eine bessere Lösung geben. Da wollte sie beweisen, dass sie das hinbekommt, wollte das Geld für einen Dienstleister sparen. Und nun fehlt ihr die zündende Idee. Sie könnten sich zusammentun, die Studies und sie, gemeinsam Ideen entwickeln, stattdessen verschleißen sie sich in Machtspielchen. Hat Jan Recht? Alles lassen, wie es ist, zufrieden sein?

Jana hustet. Wasser ist ihr in den Mund gelaufen und es hat sich merklich abgekühlt. Da wäre sie fast eingeschlafen. Sie steht auf, wickelt sich in das Badetuch. Jetzt einfach nur schlafen, da kommt jetzt kein Einfall mehr.

Jan ist nicht zurück. Als früh um sechs der Wecker klingelt, liegt er neben ihr. Sie gleitet geräuschlos über den Bettrand. Nur keinen Wortwechsel, nicht jetzt. Beim Zähneputzen kreisen ihre Gedanken erneut um das Marketingkonzept, als hätte ihr die Nacht keine

Pause gegönnt. Sie checkt ein paar Leute, mit denen sie gut kann. Die Studies werden schon sehen.

***

Sie schreckt hoch, muss wohl eingeschlafen sein. Jan steht vor ihr. Stimmt, heute war Premiere, wird also spät sein. Er schaltet den Fernseher aus.

«Wir müssen reden, Jana.»

«Reden ist gut, nur...» Sie gähnt und streckt sich, «Nicht jetzt. War ein anstrengender Tag. Blöd geguckt haben die, als ich mein Konzept vorgetragen habe und der Chef sagte, genauso machen wir es. Die Gesichter...» Sie kichert, gähnt noch einmal und drückt sich von der Couch hoch. Da stellt sich Jan frontal vor sie und wiederholt fest:

«Es ist mir ernst, Jana.»

«Am Wochenende? Morgen ist Studiengruppe, danach zwei Präsenztage an der Hochschule.» Jan besteht auf gleich. Ihr fehlt die Kraft für das Nein. Seufzend lässt sie sich auf die Couch zurückfallen. Soll er seine Chance haben.

«Ja, also, ich denke schon eine ganze Weile über uns, also...» Sie holt hörbar Luft, steht wieder auf, schiebt ihn beiseite und läuft auf und ab. Ewiges Gestammel. Erst ganz wichtig und nun ... Da stellt es sich wieder vor sie.

«Ich weiß, was ich sagen will, Jana, aber es fällt mir nicht leicht. Ich will eine Familie, eine richtige. Das mit uns beiden ist doch nur, weil wir uns auf die

Ketten gehen. Mit einem Kind wäre ...» Sie bleibt verblüfft stehen.

«Hörst du mir manchmal zu? Ich kämpfe täglich gegen die beiden Studies, lass mir was einfallen, kann den Chef auf meine Seite ziehen, komme Stück für Stück meinem Ziel näher. Aber du, du verstehst rein nichts. Ein Kind! Weil du keine Aufstiegschancen siehst, soll ich auch nicht? Oder hast du die Hose voll, statt mal was durchzustehen?»

«Aufsteigen? Durchstehen? Ich will eine Familie, ein Kind, ein Mädchen wie du, Jana.» Sie lacht stoßweise und kann sich nicht mehr zügeln.

«Das ist ja zum Aus-der-Haut-fahren. Ein Mädchen wie ich? Willst du bestimmt auf keinen Fall. Und Kinderkacke? Nicht mit mir. An wem hängt denn ein Baby? Und wie es mit der Kinderbetreuung hier aussieht, muss ich dir nicht sagen. Mit Kind sind meine Pläne ...» Sie pustet ihm ins Gesicht. Ihr ist heiß. Bestimmt hat sie wieder diese roten Flecken. Sie kann das nicht kontrollieren. Egoistisch, Jan ist egoistisch. Er will nirgendwohin. Deshalb soll sie es auch nicht.

«Jan, ich finde, wir sollten ...» Aber er hört sie schon nicht mehr und stürmt aus der Wohnung. Die Tür fällt ins Schloss. Ihre Müdigkeit ist weg. Sie setzt sich wieder, grübelt, sucht vergeblich nach einem roten Faden, nach irgendetwas. Wie soll es mit ihnen weitergehen?

2 JAN

Er poltert die drei Treppen nach unten. Hat das alles sie gesagt, die Jana, die er zu kennen glaubte? Ich und Ich und Ich. Ist er ein Niemand? Weshalb wollte sie mit ihm zusammenziehen? Ist es nicht normal, sich Kinder zu wünschen? Viele kriegen das hin, Erfolg und Kinder. Aber sie bewegt sich keinen Zentimeter. Keine Chance für ihn.

Draußen stutzt er, reibt sich die Schläfen. In seinem Kopf ist ein dumpfes Pochen. Wohin? Auf der anderen Straßenseite blinkt die Leuchtreklame der Spielothek. Bisher ist er vorbei gegangen. Warum nicht bei einem Spiel den Ärger vergessen? Er betritt den Raum, geht zum Tresen und verlangt einen Kaffee, stürzt ihn schwarz hinunter. Gegen den Kopfschmerz. Es ist dämmrig. Die grau gestrichenen Wände schlucken viel Licht. Drei Jungen, jeder vor einem der Automaten, sind auf ihre Geräte konzentriert.

Er hat es vergeigt. Wie konnte er denken, dass sich Jana auch Kinder wünscht? Sie will keine Familie, sie will Karriere. Wofür braucht sie ihn eigentlich? Hat sie sich verändert oder war sie immer so, und er hat es nicht bemerkt? Wenn wahr ist, was sie gesagt hat …? Sie sah so entschlossen aus. Ein bisschen bewundert er ihre Kraft, aber dieses Rigorose erschreckt ihn.

Er gibt sich einen Ruck und geht zu zwei freien Automaten. Als er bei Erdöl war, hat er ab und zu in einer Kneipe gespielt. Immer, wenn er genug hatte von den ewig gleichen Gesprächen. Er schüttet alle Mark- und Zweimarkstücke aus dem Portemonnaie in die hohle Hand, wiegt sie abschätzend, nimmt den letzten Zehnmarkschein dazu und tauscht das Geld am Tresen. Nach ein paar Minuten dieses charakteristisch klackernde Geräusch. Die Ausgabe kann die nachrutschenden Geldstücke nicht halten. Er starrt ungläubig, sieht sich um, als brauche er Hilfe, klaubt das Klimperzeug aus dem Schacht und von der Erde, verteilt es auf beide Hosentaschen, behält einen Teil in der Hand und spielt am nächsten Automaten weiter.

Gewinn! Er braucht eine Sekunde, um es zu realisieren, ist wie betäubt, gleichzeitig aufgekratzt, raucht zwei Zigaretten hintereinander. Dann lässt er sich alles auszahlen und geht. Vor der Tür zählt er nach. Oh Mann, wenn ihn jetzt einer überfällt.

Zurück zu Jana? Zwecklos, viel zu spät. Sicher schläft sie. Außerdem kann er sie mit Geld kaum beeindrucken, ahnt er. Jedenfalls nicht aus der Quelle. Ist keine Leistung, hört er sie sagen.

Wie lebt man richtig? Jan denkt an seine Mutter. Die ist auch ehrgeizig und nimmt es mit dem pünktlichen Feierabend nicht so genau. Ludwig, ihr zweiter Mann, hat oft gebrummt, erinnert er sich. Trotzdem kriegen es die beiden hin. Das war nicht immer so, aber ihre Probleme hatten nichts mit Karriere zu tun. Er weiß nicht, wie die beiden ihre

Krise überwunden haben. Er sollte mal wieder anrufen.

Als zwei Männer an ihm vorbei in die Spielothek gehen, wird ihm bewusst, dass er noch am gleichen Fleck steht. Um die Ecke ist eine Kneipe, fällt ihm ein. Er läuft los, nimmt die drei Treppen zum Eingang auf einmal, stößt die Tür auf. Der einzige nicht sehr große Raum ist fast leer. In einer Ecke drei Männer: mittleres Alter, nichts, was er sucht. Er setzt sich an den Tresen und nickt dem Kneipier zu.

«Mach mir ‹n Bier, ein großes bitte.» Der sieht vom Zapfen flüchtig hoch.

«Bisschen spät? Ich mache gleich dicht.»

«Schon klar. Nur das eine.» Der Kneipier mustert ihn am Zapfhahn vorbei, fragt, ob er schon mal da war. Dass diese Typen immer so ein Gedächtnis haben. Er nickt.

«Als ich hergezogen bin; war mit meiner Freundin hier. Wir hatten nach der Schlepperei ‹ne trockene Kehle.»

«Neu hier?» Der Kneipier schiebt ihm das Glas über den Tresen. Jan nickt wieder und nimmt einen langen Schluck.

«Heute ohne Freundin?», bohrt der andere. Soll er darauf eingehen? Dann gibt er sich einen Ruck.

«Sie will anders leben. Anfangs schien alles bestens.» In der Ecke scharren Stühle. Die drei sind aufgestanden. Einer schert aus zum Tresen.

«Moment», sagt der Kneipier, nimmt den Schein entgegen und gibt Wechselgeld raus. «Also alles war bestens», greift er den Gesprächsfaden auf und sieht Jan aufmerksam an.

«Schien so.» Jan rückt das Bierglas aus seinem Blickfeld. «Hast du das schon mal erlebt: Da schüttet jemand ein Füllhorn über dir aus, schwapp. Du freust dich wie ein Kind, dem der Weihnachtsmann im Januar begegnet. Dann setzt dein Denken ein, und du kriegst das Kotzen? Dabei könnte ich dich und die ganze Kneipe hochleben lassen. Na gut», er sieht sich um «keiner mehr da. Der Automat in der Spielo, das waren ...»

«Lass mal, will ich nicht wissen», unterbricht der Kneipier.

«Du hast gewonnen, aber es war der falsche Zeitpunkt?»

«Wer braucht kein Geld, klar. Aber Jana» er stutzt, «ich bin Jan. Jan und Jana, lustig, nicht? Dachte, sie ist was Echtes, verstehst du? Ich will endlich zu Hause sein, mich auf meine Frau freuen, Kinder haben, von mir aus zwei oder drei. Die sollen lärmen, toben, mit mir zum Angeln fahren. So was alles.» Der Kneipier nickt und zieht fragend die Augenbrauen hoch.

«Jana ist anders. Verkäuferin, Abitur nachgeholt. Jetzt studiert sie neben der Arbeit BWL. Will Karriere machen. Frau, zweiter Bildungsweg, aus dem Osten. Alles klar? Füll nochmal nach, bitte. Tut mir leid, dass ich dich belöffle.»

«Was willst du tun?»

«Null Ahnung.»

«Deine Jana ist aus dem Osten. Das ist für dich kein Problem?» Jan prustet in das leere Glas. «Ich bin auch von der Sparte. Wir finden uns, der Osten riecht sich.»

«Beide, so was. Habe ich hier im Viertel nicht so oft. Genauer: Hatte ich noch nie. Die Gäste reden. Der eine so, der andere so. Faul, wollen nur abfassen; fleißig, wissen, was sie wollen. Ich denke mal, ihr seid wie wir: verschieden. Schubladen passen eh nie.» Der Kneipier beginnt ihm zu gefallen. Er nickt.

«Damals beim Bund, da war ich schon der Meinung, ihr tickt anders. Das war direkt nach der Wende.» Der Kneipier schiebt sich mit den Füßen einen Hocker unter und legt die Arme auf den Tresen.

«Das ist ja mal was. Ich, echter Kölner, kein Militär. Du, echter Ossi, warst bei denen. Erzähl.»

«Lange her; spät ist es auch. Ach was, heute ist eh alles egal. Ich kann morgen länger schlafen. Du sicher auch?» Der andere zeigt auf das Schild mit den Öffnungszeiten.

«Nachmittags um vier geht es bei mir los. Früher war noch Mittagstisch. Lohnt nicht mehr seit Fastfood, außerdem wollte sich der Koch verändern.»

«Okay, dann also. Glaub es oder glaub es nicht, für mich war das bei den Uniformen eine Bombenzeit. Schreibstube und Fahrer. Ruhige Kugel. War schon komisch. In der DDR die Schotten dicht, der Westen unerreichbar und ich plötzlich zum Bund nach Holland. Vielleicht hatte ich mit meiner Stubenbelegung Pech, es waren Weicheier, sorry.»

«Schwieriges Thema. Wir wissen ja eigentlich nichts voneinander.»

«Kann sein, ich bin noch nicht lange hier.» Der Kneipier unterdrückt ein Gähnen.

«Habe verstanden. Ich troll mich dann mal für heute. Demnächst mehr.» Jan legt einen Schein auf den Tresen. Als der Kneipier nach dem Wechselgeld kramt, winkt Jan ab.

«Ach ja, dein Gewinn. Danke. Und deine Jana?»

«Am Wochenende rede ich mit ihr.» Jan geht zur Tür und hebt den Arm. «Man sieht sich.»

***

Das Reden tat gut. Auf dem kurzen Weg nach Hause spinnt er an einer Idee. Richtig groß ausgehen wird er mit Jana, gleich Sonnabend. Kürzlich ist ihm ein orientalisches Restaurant aufgefallen, ‹Marrakesch›, heißt es. Sah von außen edel aus. Weggehen, ohne rechnen zu müssen, da kann sie hoffentlich nicht widerstehen. Er muss ihre Beziehung wieder flottkriegen.

Der Wecker klingelt. Schon sechs? Er blinzelt zu Jana. Sie hat das Deckbett wie einen Schlafsack um sich gewickelt. Kein Flecken nackte Haut, die er berühren könnte. Das Gesicht halb mit dem Kopfkissen verdeckt. Nur ihr strubbliger Hinterkopf lugt hervor.

Alles ist wieder da: der Streit, die Spielo, der Gewinn, der Kneipier mit den aufmerksamen Augen, seine Generalbeichte, die Idee mit Jana auszugehen. Aber so früh kann er nicht mit ihr reden. Sie verbreitet morgens regelmäßig Hektik. Läuft nach dem Duschen mit der Kaffeetasse hin und her, sucht Klamotten zusammen, stellt schon mal das Bügelbrett auf, wenn ein Kragen nicht perfekt ist. Kein Platz für ihn. Oft setzt er sich in die Küche, sieht aus dem Fenster, hört Nachrichten und Wetterbericht, bis sie aus dem Haus geht. Am Theater beginnt der Arbeitstag später. Die ‹Uhren› gehen dort anders. Vor den Premieren ist der Druck groß und viele Abende gehen drauf. Aber er ist stolz, zur Theatergilde zu gehören.

Janas Jobmühle dagegen: Umsatz, mehr Umsatz, das Leben in Hochglanz. Siehst du dahinter, ist alles platt, durchschaubar. Manipuliert, denkt er wütend. Wir werden alle manipuliert. Das Theater ist das wirkliche Leben, das wirkliche Leben ist Theater; Konsumtheater. Wir beten es an wie einen Götzen. Hast du Geld, gehst du in die Tempel, und es geht dir besser. Aber nur kurz, ist wie billiges Parfüm.

Er sollte weiterschlafen, aber es gelingt ihm nicht. Jana hantiert wie jeden Tag. Eine Weile hört er ihr Hin- und Herlaufen. Als die Tür ins Schloss fällt, fährt er mit einem Ruck hoch. Sie hat nicht nach ihm gesehen, nicht versucht, ihn zu wecken. Verlangt er zu viel oder das Falsche?

Er scharrt zur Dusche, mit dem rechten Fuß nach dem Hausschuh angelnd, der seinen Platz noch nicht gefunden hat. Heiß, kalt, heiß, kalt, so liebt er es. Das Badetuch um die Mitte gewickelt, geht er danach in die Küche und brüht Kaffee, gleich im Pott, türkisch und stark. Wie Jana kann er morgens nichts essen. Bis es nachmittags Zeit ist für die Kantine, reicht ihm ein Apfel. Er wird heute gut zu tun haben. Das Modell für dieses Stück von O'Neill muss noch in dieser Woche fertig werden. In den modernen Sachen gibt es zwar wenig Ausstattung, doch das macht oft mehr Mühe, als aufwändige Bühnenbauten für die Klassiker.

Wird es ihm gelingen, mit seiner Einladung bei Jana zu landen? Wenn sie wieder sperrig reagiert? Sperrig, er grinst. Wie das O'Neill-Stück mit dem ellenlangen Titel ‹Eines langen Tages Reise in die Nacht›. Verschieden große Kästen sollen auf der Bühne stehen, unbunt. Er hat noch kein Bild, wie es aussehen wird.

Das Stück ist schon merkwürdig. Wie nur kann eine ganze Familie so absacken in Alkohol und Drogen? Er fand die Story etwas übertrieben. Aber die Familie des Autors soll ja wohl ‹Vorbild› gewesen sein. Egal, auf jeden Fall wird ihn der Tag ablenken.

***

Wie er es sich gewünscht hatte, sind sie im ‹Marrakesch› - Braun- und Goldtöne an den Wänden, dicker hellbeiger Teppichboden, gedämpfte orientalische Musik, Hängelampen aus Eisen, die durch viele Stanzlöcher warmes Licht über Tisch und Fußboden streuen. Über allem der würzige Duft vielfarbiger, fremd aussehender Vorspeisen, Mezze genannt. Seit langer Zeit hört ihm Jana zu. Sie können wie in ihren ersten Wochen über die gleichen Dinge lachen. Jana nennt die Mezze verführerisch. Vielleicht sind Aphrodisiaka drin, witzelt sie. Er traut sich, ihr einen gemeinsamen Urlaub vorzuschlagen. Jana sagt nicht ja und nicht nein. Die Frage bleibt im Raum stehen. Reizthemen vermeiden sie. Jan ist dankbar. Der Spielautomat hat den Gewinn zum richtigen Zeitpunkt ausgespuckt.

In den Alltag können sie die Momente von Tausend-und-einer-Nacht nicht mitnehmen. Zwei Tage darauf knüpfen sie an ihren letzten Streit nahtlos an. Jana wirft wie nebenbei hin, es sei egal, ob sie seinen dreißigsten oder fünfzigsten Geburtstag vorbereiten. Er versprühe Elan und Energie eines Sechzigjährigen, da wäre der Fünfzigste schon ein Geschenk. Jan verliert die Fassung und brüllt zurück.

«Du willst also einen Wettbewerb? Wer kann am treffsichersten beleidigen?»

Sie trifft mit Worten verdammt genau, besser als er, gesteht er sich ein. Sie kann mit leichter Hand verletzen, wofür er erst schweres Geschütz heranschleppen und die Munition suchen muss. Er fühlt sich leer, verbal ausgeknockt. Er will doch nicht gewinnen um jeden Preis. Ihre Zuneigung will er, ihr Herz, bitte schön, nicht Bewunderung für seine Kampftechnik. Bei diesem Gedanken tropft der von Jana nachgesetzte ‹Schlappschwanz› fast an ihm ab.

Wut und Enttäuschung treiben Jan immer öfter in die Spielothek, aber nie wieder spuckt einer der

Automaten nur annähernd die damalige Summe aus. Woche um Woche fiebert er dem großen Gewinn entgegen. Vergeblich. Manchmal schafft er es, einen festen Betrag einzusetzen, aber oft muss er zum Geldautomaten, ‹nachladen.› Bis auf den Einsatz und etwas mehr holt er nicht heraus.

Einmal überredet ihn Roland, den er regelmäßig in der Spielo trifft, zu einem Kasinobesuch. Das ist etwas anderes. Diese Glitzerwelt! Kaum hat er sich umgesehen, sitzt er an einem Roulette-Tisch und ist fasziniert. Roland erklärt: «Wenn du schlau bist, setzt du auf Farben, einfache Chance. Immerhin verdoppelt es den Einsatz. Und wenn es nicht klappt, muss der nächste Einsatz eben doppelt so hoch sein, dann bist du wenigstens bei Null. Das begreifen viele nicht, ist aber logisch.»

Angespannt beugt er sich vor und setzt: Rouge, Impair, Rouge, Rouge, Rouge - gewonnen! Noch einmal Rot und noch einmal. Der Haufen Jetons wächst; wie damals am Automaten! Er wischt die kalt-klebrigen Handflächen am Stoff der Jeans ab, fühlt, wie sich Feuchtigkeit tropfenweise auf der Haut sammelt. Dann rinnt das Wasser an der Wirbelsäule hinunter. Unruhig rutscht er auf der Sitzfläche seines Stuhls vor und zurück. Einer raunt ihm zu, ‹hör auf, Junge, nimm den Segen und hau ab, sonst kommst du hier nicht mehr weg. Ich weiß, wovon ich rede›.

Jan nickt, aber seit wann ist ein Automatenspieler ein Weichei? Auf Farbe, einfache Chance, na gut, für den Einstieg. Er strafft sich. 36fach ist eine Zahl, und auf die setzt er. Als er aufsteht, ist alles verloren. Weit nach Mitternacht trottet er durch leere Straßen. Wieso hat es nicht geklappt? Das Geld, es wäre die Rettung für seinen Dispo gewesen. Etwas lenkt ihn beim Spielen: Flirren, Unruhe, Hoffen auf den Gewinn. Das nächste Spiel ist es. Nein, noch nicht. Aber dieses. Jetzt. Und dann – alles nichts.

Letzte Woche hat Jana gegiftet, er könne mal wieder einkaufen. Er hat ihr schon seit längerem kein Geld mehr gegeben. Selbst eingekauft hat er auch nicht. Ausgesprochene Regeln gibt es bei ihnen nicht. Wir sind keine Buchhalter, meinte Jana damals, aber jetzt wird sie oft ungehalten. Heute ist der Zehnte. Erst am Dreißigsten gibt es Geld.

***

Jan schließt die Wohnungstür auf, möchte alles hinter sich lassen, vergessen, sich verkriechen. Diesen Tag sollte er streichen. Beim Aufschließen hört er das Telefon. Er zieht die Jacke betont langsam aus. Nicht jetzt. Will der Chef nachkarten? So wie heute hat er den Leiter der Theaterwerkstätten Manfred Gerstner - für alle nur Manne - noch nie erlebt. Als der ihm in die Augen sah und nur den Satz sagte ‹Du kannst wieder gehen›, da wusste er, reden ist zwecklos. Er hat auf dem Absatz kehrtgemacht. ‹Die Papiere schicken wir›, hat ihm Manne nachgerufen.

Das Klingeln gibt keine Ruhe. Er nimmt den Hörer ab und meldet sich.

«Jan? Mein Auto hängt im Straßengraben. Niemand hält an.» Jana schnieft hörbar. Er nickt nur.

«Jan???»

«Ja doch, Auto ist hin?»

«Weiß nicht.»

«Wo bist du?»

«Abfahrt Altstadt Nord.» Jan legt auf. Es ist nicht weit, vielleicht zehn Minuten. Aber im Nachmittagsverkehr weiß man nie. Doch er kommt gut durch. Er sieht ihren feuerroten Alpha von weitem. Kein Unfallgegner. Sie ist wohl die Böschung hinunter gerutscht. Wie hat sie das geschafft? Ist doch sonst so clever. Er parkt direkt hinter ihr und steigt vorsichtig aus. Sie lehnt an einem der frisch gepflanzten Straßenbäume.

«Sauber hingekriegt. Perfekt wie immer.»

«Lass das. Ich habe in der Hektik alles vergessen: Handtasche, Papiere, Geld. Handy steckte Gott sei Dank in meiner Jackentasche.» Jan mustert das lädierte Fahrzeug.

«Da muss jemand drunter sehen. Ich rufe ein Abschleppfahrzeug.» Jana sieht ihn besorgt an.

«Muss man das gleich bezahlen?» Jan zuckt mit den Schultern.

«Portemonnaie habe ich, ist aber eher leer.» Janas Augen bekommen den Ausdruck, den er in letzter Zeit oft gesehen hat.

«Der Herr hat mal wieder kein Geld. Wie ich alles bestreite, ist dir egal, oder?»

«Ich bin hier, weil du in der Klemme steckst. Kaum siehst du Land, teilst du aus. Der Abschleppdienst wird gleich da sein. Ich mach mich los.»

***

Er hat sich im Sessel zusammengerollt und schreckt hoch, als Jana heftig an ihm rüttelt.

«Wach auf.» Da ist er wieder, dieser Ausdruck in ihren Augen. Sie setzt sich ihm gegenüber, beugt sich zu ihm. Tief eingegraben in die Stirn die senkrechte Falte, die er gut kennt. Er gähnt zum Schein, braucht eine Sekunde zum Nachdenken.

«Was gibt es denn Wichtiges? Hat alles geklappt mit deinem Auto? Aber darüber willst du sicher nicht gern reden.»

«Ja, du schlaues Kerlchen.» Er gähnt noch einmal lautstark.

«Wir müssen grundsätzlich reden», setzt Jana erneut an. «Es geht so nicht mit uns. Du weißt das – Meister im Verdrängen.» Jan gestattet sich kein weiteres Gähnen, er verzieht nur den Mund.

«Hast du nichts zu sagen?» Jana steht auf, läuft umher, zupft an der Gardine, steckt den Finger prüfend in die Erde eines Blumentopfes und geht in die Küche, um die Erde abzuwaschen. Er weiß nicht, was er sagen soll.

«Ich begreife dich nicht. Du lässt dich wegsacken. Sag mir, ob du weiter spielst und was mit deinem Geld los ist.»

«Ach so ist das. Geld, das liebe Geld, das die Welt zusammenhält? Ohne Moos nichts los? Ohne Geld bin ich für dich nicht interessant, ist es das?»

«Jan, du weißt, dass es so bisher nicht war. Wir hatten Spaß, aber wenn du von deinem Leben nicht mehr willst als diese Spielbude und rumgammeln - ohne mich. Was ich will, geht anders. Das scheint dich aber wenig zu interessieren.» Jan geht zum Fenster und starrt angestrengt in das Dunkel.

«Hat sich deine Mutter bei dir gemeldet, Jan?» Er fährt herum.

«Lass meine Leute aus dem Spiel.» Ihm wird mulmig. Raus hier, denkt er und hört nicht, was Jana noch sagt.

3 MANNE

«Bin gleich da.» Er sieht aus dem Nebenraum, trocknet die Hände und geht hinter den Tresen. Den hat er schon mal gesehen, genauer will es ihm nicht einfallen. Er nickt dem Gast fragend zu. Der bestellt ein kleines Pils. Als er das Glas über den Tresen gereicht hat, ist das Bild wieder da.

«Jan? Du bist doch Jan, der Glücksritter von neulich?»

«Dass ihr Kneipiers euch Gesichter so verdammt gut merken könnt.»

«Berufsspezifik». Er zieht mit dem Zeigefinger das rechte Augenlid nach unten, dann streckt er dem anderen die Hand entgegen. «Ich bin übrigens Manne, hatte ich an dem Abend vergessen, glaube ich.» Jan verzieht das Gesicht, quetscht ein «Aua» heraus. Manne legt den Kopf schief.

«Wie jetzt?»

«War der falsche Name. So heißt mein Chef, also mein früherer. Ich bin gefeuert, heute ganz frisch.» Durch das gespülte Glas, das er prüfend gegen das Licht hält, mustert er Jan unauffällig.

«Spuck›s aus.» Viele hat er hier sitzen sehen wie diesen. Immer dieselben Augen; randvoll mit Geschichten, aber niemand da, bei dem sie ‹ausleeren› können. Ab und zu macht einer seinen Rucksack auf.

Spannend, wenn sich wildfremde Menschen öffnen, die Seele aufräumen, wie er es nennt.

Begegneten sie sich an einem beliebigen Tag, nichts würde passieren. Ihr Leben und seine Kneipe - das sind zwei Welten. Manchmal fällt einer unversehens aus der Alltäglichkeit hier herein, direkt an seinen Tresen. Der ist so einer, der braucht mehr als ein Bier. Junger Kerl, etwas zu füllig für sein Alter, bisschen wenig Haare. Er schätzt ihn Mitte dreißig oder sogar jünger. Das Auffälligste sind seine Augen. Hans-Albers-Blau, mit einem Flackern darin. Genau. Das Flackern war ihm schon an dem Abend aufgefallen, als der nach seinem Spielgewinn nicht wusste, wohin mit sich. Ist er so einer? Ab wann merkt man Spielern etwas an? Die verstecken das perfekt, solange sie nicht völlig pleite sind. Er kennt sich aus, sucht noch einmal Jans Blick, aber der braucht keine Ermunterung. Jetzt ist Zuhören angesagt.

Als er ganz bürgerlich Manfred Sänger und Sozialpsychologe war, gehörte Zuhören zu seiner Arbeit. Es hätte so weitergehen können, doch dann nahm sich ein von ihm betreuter Jugendlicher das Leben. Verworrene Geschichte, konnte nie ganz aufgeklärt werden. Sein Chef strickte an einer Begründung für den Rauswurf, da kündigte er lieber selbst. Ute hielt die Situation nicht aus und reichte die Scheidung ein. Er wurde Manne und übernahm die Kneipe. Inzwischen hat er das Haus gekauft.

Neugierig auf Menschen ist er geblieben. Bei Jan ist er sicher: Er muss nur warten.

***

Jan fährt mit zwei Fingern zwischen T-Shirt und Hals hin und her, zerrt am Ausschnitt.

«Ich krieg das alles nicht sortiert, verdammt. Das Geld futsch, der ewige Ärger mit Jana. Deshalb die Spielo bei mir gegenüber. In einem Kasino war ich auch ab und zu. Einmal ... über den Gewinn darf ich nicht nachdenken. Aber dann war es wieder Asche. Eingepflügt. Seitdem nichts mehr. Dachte, das mit Jana kommt in Ordnung.» Jan trinkt hastig in zwei langen Zügen und schweigt. Er nimmt das leere Glas, ohne zu fragen, zapft ein großes Pils, stellt es wortlos auf den Tresen und wartet. Da kommt noch mehr.

«Ich wollte mir ihr in den Urlaub. Marokko. Es wurde natürlich nichts. So schnell kriegt sie nicht frei, sagte sie. Ich denke, sie wollte es einfach nicht, nicht mit mir.»

«Hat sie einen anderen?»

«Die? Die rackert, ist zu blöd, sich irgendwas zu gönnen. Weißt du, was ich denke? Sie hat in mir jemand gesehen, der ich nicht bin. Jetzt, pleite und gefeuert - das weiß sie aber noch nicht - da bin ich lästig. Solange Geld unseren Beziehungskram zugedeckt hat, ging keiner ran und wühlte drin rum. Verstehst du?» Jan sieht ihn erwartungsvoll an. Er beeilt sich, zu nicken.

«Und nun?»

«Nichts ‹nun›. Sie hat mich auch gefeuert.» Manne bläst Luft durch die Zähne.

«Zwei Kündigungen, das ist hart. Darauf spendiere ich dir das nächste Bier, okay?»

«Danke, bist schwer in Ordnung, auch wenn du Manne heißt. Dieses eine aber nur noch. Alki will ich auch nicht werden.»

«Da ist wohl erst mal keine Gefahr, bei deinem leeren Kohlebunker.»

«Auch wieder wahr.»

«Mal im Ernst, was willst du tun?»

«Arbeitslos melden, dann geht diese ganze Scheiße mit den Formblättern los. So lange muss ich mit Jana auskommen. Sie kann mich ja nicht raussetzen.» Er nickt. Spielproblem hin oder her. Ach was, auch auf die Gefahr, dass es schiefgeht ... – da hört er sich schon sagen:

«Falls sie ernst macht, ich habe ein Zimmer oben im Dachgeschoss. Nicht sehr komfortabel, aber es sind Möbel drin, kleine Küche, über den Flur Dusche und Toilette.» Der andere sieht verblüfft vom Bier hoch. «Die Bude ist leer, kann ich nicht vermieten. Nimm sie oder lass es bleiben. Sag Bescheid, falls du willst. Eine Bedingung: Du spielst nicht mehr, nie mehr. Trägst du deine Kröten dahin, bist du draußen.» Wieder hört er seine Worte, als stehe er neben sich, spürt den Zweifel, aber spricht weiter. «Könntest mir ab und zu bisschen helfen, wenn es voll ist? Heute ist Flaute, wie du siehst, eben Montag.»

«Warum machst du das? Du kennst mich kaum?»

«Gut genug. Und außerdem», Manne setzt ein Verschwörergrinsen auf, «Kneipiers haben nicht nur ein Gedächtnis für Gesichter, sie haben auch ‹ne soziale Ader.»

Jan verabschiedet sich schnell, nun, da alles raus ist. Er sieht ihm nachdenklich hinterher.

Soziale Ader, wie sich das anhört. Kannst es nicht lassen. Ehrlich ist der, da täuscht er sich nicht. Vielleicht etwas naiv? So naiv wie er, dass er ihm gleich die Bude anbietet? Einer aus dem Osten, typisch. Doch was ist schon typisch. Hierher kommen sie von dort nicht gerade scharenweise und wenn, dann zum Arbeiten. Sonst bleiben die unter sich; hat Jan jedenfalls so gesagt.

Er will mehr über ihn wissen, auch über den Osten. Wieder einmal treibt ihn die Neugier. Er nimmt die wenigen Tageseinnahmen, schließt die Tür zur Straße ab und geht durch den Hof zum Nebeneingang. Seine Wohnung ist direkt über der Kneipe. In der Dachbude hat niemand gewohnt, seit der Koch weg ist. Als der zu ihm kam, sah es mit ihm auch nicht gut aus. Sie haben einige Kämpfe ausgefochten, aber als der Koch ging, war er trocken.

4 ELISABETH

«Jan? Schön dich zu hören.» Sie versucht, so normal wie möglich zu klingen. Als Jana anrief und erzählte, dass Jan immer öfter in eine Spielhalle geht, mit seinem Geld nicht zurechtkommt und sie sich von ihm trennen wird, war klar, sie muss etwas tun. Also kommt sie sofort zum Kern.

«Jan, wir hatten einen Anruf von Jana. Stimmt, was sie sagt?»

«Was hat sie denn gesagt?», weicht Jan aus.

«Dass du in Schwierigkeiten bist, finanziell. Du gehst abends in eine Spielhalle und kommst nur zum Schlafen nach Hause.» Sie hört, wie Jan tief Luft holt.

«Ich komme da wieder raus. Mach dir keine Sorgen.»

«Jana sagte, sie wird dich verlassen, deshalb. Oder habt ihr euch wieder zusammengerauft?»

«Ich bin für sie ein Niemand. Kein Geld, kein Ehrgeiz.»

«Da kennt sie dich aber schlecht. Was ist mit deinem Geld?»

«Lass› mal, eine längere Geschichte. Das kriege ich wieder hin, ganz sicher.»

«Das hört sich nicht beruhigend an, Junge. Zu blöd, dass du so weit weg bist. Am liebsten würde ich gleich losfahren.» Jan wehrt ab, klingt aber wenig überzeugend. Ihre Sorge wächst.

«Wir sollten zu dir kommen und über alles reden.»

«Das ist jetzt nicht so gut. Jana hat mich eigentlich schon rausgeschmissen.»

«Das hat sie nicht gesagt. Musst du sofort …?» In der Leitung ist Schweigen; in ihr arbeitet es. Sie wartet Jans Antwort nicht ab.

«Weißt du was, wir nehmen ein Zimmer, Jan. Wir kommen, gleich dieses Wochenende.» Sie nickt bekräftigend und verabschiedet sich schnell. Und wenn Lu nicht kann? Egal, sie muss nach Köln, notfalls ohne ihn.

***

Sie stehen sich verlegen gegenüber: Jan, Jana, Lu und sie.

«Ihr seid sicher müde. Seid ihr lange gefahren? War Stau? Wollt ihr was trinken?» Jana redet ohne Pause, läuft in die Küche nach Gläsern und Saft. Dann breitet sich die von ihr befürchtete Stille aus.

«Eigentlich wollen wir gleich zu unserer Pension, Jan», sagt sie, nachdem sie am Saft genippt hat.

«Lasst euch Zeit. Ich bin in ein paar Minuten weg.» Jana erklärt, dass im Center eine Kampagne sei die bis spät abends gehe. Die Verabschiedung gerät etwas steif. Zu viert verlassen sie die Wohnung. Ihre Unruhe wächst.

«Jan, wo können wir nachher eine Kleinigkeit essen und vor allem ungestört reden?»

«Ich kümmere mich oder wir gehen zu Manne.» Jan lacht.

«Nein, das ist ein Scherz.»

«Manne, Scherz?», entfährt es Lu, der bisher nichts gesagt hat.

«Manne hat eine Kneipe, gleich um die Ecke. Er hat mir eine Bude bei sich unter dem Dach angeboten. Scherz, weil seine Kneipe keine Küche hat.» Lu kräuselt die Stirn, sieht sie fragend an, aber mehr weiß sie doch auch nicht.

***

Sie haben in dem einfachen Restaurant, das Jan ausgesucht hat, einen Platz in einer Nische gefunden, rechts und links durch Pflanzen abgeschirmt. Sie werden ungestört reden können. Als die Teller abgeräumt sind, sieht sie Jan auffordernd an. Der lacht, es hört sich gepresst an.

«Da seid ihr hergeritten, um den verlorenen Sohn zu retten. Ja, ich bin ab und zu in die Spielothek gleich bei uns gegenüber. Immer, wenn Jana Stress gemacht hat.» Sie fixiert ihren Sohn mit den Augen.

«Und dann ist es aus dem Ruder gelaufen?»

«Am ersten Abend, da habe ich richtig gewonnen. Das war, also wow. Zuvor dieser Streit mit Jana. Ich habe ihr mehrmals ein Gespräch über Familie und

Kinder aufgedrängt. Da hättet ihr sie sehen sollen. Ausgerastet ist sie. Sie hat jetzt keine Zeit für Kinder.»

«Na ja», wirft Lu ein, «Jana ist eben ehrgeizig.»

«Es ging nur um sie und um Karriere, versteht ihr? Familie war abgemeldet, das heißt, war für sie nie ein Thema.»

«Sie hätte zumindest eine Perspektive für euch beide zulassen müssen, eine mit Kindern.»

«Ach Mutti, du kennst sie nicht. Sie hat mich einen Meter von sich weggehalten.» Jan erzählt von dem Abend im ‹Marrakesch›, dem gescheiterten Urlaubsplan, Janas Kampf gegen ihre Mitbewerber. Dann zuckt er hilflos mit den Schultern.

Sie sind tatsächlich zu verschieden. Jana lebt für ihr Fortkommen. Das ist nichts für ihren Jungen. Angestrengt sucht sie nach einer Lösung für Jan.

«Wie geht es nun weiter, Jan?», fragt Lu.

«Ich kann vorläufig bei dem Kneipier wohnen, von dem ich erzählt habe. Ist ‹ne billige Bleibe.» Jan blickt angestrengt auf den Fußboden. Sie spürt, dass da noch etwas ist. Lu sieht zu ihr und schüttelt unmerklich den Kopf. Typisch, immer dieses Zögern. Sie haben nicht viel Zeit, und Jan darf sich nicht drücken. Zu ihrer Überraschung bricht es aus ihm heraus, bevor sie nachfragen muss.

Eine halbe Stunde später hat er alles auf den Tisch gepackt. Sie bemüht sich, ihr Erschrecken zu unterdrücken. Was geht da in Jan vor? Er hat doch eine schnelle Auffassungsgabe und einen praktischen Sinn, aber bekommt den normalen Alltag nicht auf die Reihe, verbaut sich seine Zukunft. Sie weiß noch nicht wie, aber sie wird eine Lösung finden.

Für die kommenden Wochen, bis das Arbeitslosengeld bewilligt ist, schießt sie ihm fünfhundert Mark vor und nimmt ihm das Versprechen ab, sich um einen neuen Job zu kümmern, sofort, und nicht mehr spielen zu gehen. Mit der Bleibe bei diesem Kneipier, sagt sie, muss sie sich erst anfreunden. Doch hat sie eine Wahl? Lu scheint das ebenso zu sehen.

Am nächsten Morgen frühstücken sie zu dritt in der Pension. Jan erzählt, dass er ganz früh ein paar Sachen gepackt und die Reisetasche bei Manne untergestellt hat. Auf einmal sei ihm alles klar gewesen, sagt er. Sie greift über dem Tisch nach der Hand ihres Sohnes.

«Du kannst uns jederzeit anrufen, Jan. Wir kommen. Du sollst wissen, dass das gilt. Immer.»

5 JAN

Erst, als der silbergraue Ford weit genug weg ist, lässt er den Arm sinken. Normalerweise hasst er Winken. Heute ist es anders. Er möchte den Elan von früh abrufen, als er kurz entschlossen die Reisetasche gepackt hat und zu MannesKneipe gegangen ist. Das Haus war nicht verschlossen. So konnte er sein Gepäck im Hausflur abstellen, ohne zu klingeln. Manne wird es inzwischen gesehen haben. Er will dort sein, bevor die Kneipe öffnet, will den plötzlichen Entschluss erklären. Zu Fuß ist es ziemlich weit. Trotzdem läuft er.

Es tut gut, jetzt allein zu sein. Vielleicht fliegt ihm etwas zu? Ein Gedanke, der sagt, was dran ist, ein ‹Wird-schon›, von irgendwoher. Aber da ist nur Sonntagsstille. Familien mit Kindern sind unterwegs, Halbwüchsige kurven mit ihren Fahrrädern um parkende Autos; zwei Hundebesitzer kommen ins Gespräch, während sich schwarz und braun-gefleckt, beide mittelgroß, am anderen Ende der Leine beschnuppern.

Woran merkt man, ob es richtige Liebe ist? Gibt es sie überhaupt oder ist alles Zufall? Man lernt sich kennen, findet sich sympathisch, dann checkt jeder, ob es ‹passt› und schwupps, ist man verliebt? Wenn er nicht weiß, wie sich Liebe anfühlt, wie soll er wissen, ob er jetzt eine verloren hat? Hat er seinen Wunsch nach Familie mit Liebe verwechselt? Frau, Kinder, Arbeit, Ausflug am Wochenende - ist das so verkehrt?

Nichts daran ist verkehrt, Jan. Es war nur alles mit euch beiden verkehrt. Du hast etwas für richtig gehalten, weil du es so wolltest. Du musst zurück auf Anfang, einen Job finden. Köln ist groß. Wenn nicht Modellbauer, dann Tischler, die werden vielleicht eher gebraucht.

***

Eineinhalb Stunden später steht er nach dem langen Marsch vor der Kneipe. Es fehlen noch zehn Minuten bis zum Öffnen. Ehe er klingeln kann, kommt ihm Manne entgegen, nimmt ihn wortlos bei den Schultern und schiebt ihn vor sich her in den engen, dämmrigen Flur, in dem es ein wenig nach Fisch riecht. Er drängelt sich dann doch an ihm vorbei und geht vor ihm in die Küche.

«Setz dich, viel Zeit ist nicht, ich mache gleich auf. Also wie jetzt? Im Flur stand ‹ne Reisetasche. Ich nehme an, von dir?» Er nickt nur, bekommt kein Wort heraus. Er hätte Manne wirklich vorher fragen sollen. Aber der lacht und scheint sich diebisch zu freuen.

«Du bist ‹ne Nummer. Stellst deine Plünnen ab und verpisst dich. Immerhin, schneller Entschluss oder wie?» Manne sieht ihn erwartungsvoll an.

«Das ging heute früh alles so schnell. Meine Eltern waren da. Wir haben geredet, sie haben mir bisschen

Kohle gepumpt, und früh - Jana war nachts nicht zu Hause - da wusste ich plötzlich, ich muss weg, sofort. Na ja, da bin ich. Wollte dich nicht rausklingeln, und du hast doch gesagt, ich kann jederzeit…?» Wieder lacht Manne.

«Du hast dich entschieden. Gut so.»

«Dann kann ich dir heute Abend gleich helfen? Wird vielleicht voll?»

«Klar. Heute ist Fußball. Ich spendiere dir auch ein Bier zum Feierabend. Aber erstmal sieh dir dein Übergangs-Zuhause an, damit du weißt, auf was du dich einlässt.» Manne geht in den Flur, pflückt einen dünnen Schlüsselbund vom Haken und wirft ihn Jan zielgenau zu.

«Sieh dich um und komm dann nach.»

Jan steigt die zwei Treppen hoch, schließt auf, wirft die Tasche auf das Bett, das direkt unter der Dachschräge vor dem Fenster steht und sieht sich um. Neues Dachfenster, alles ist ordentlich. Weiße Wände, rechts neben dem Bett ein Kleiderschrank, gegenüber an der Wand ein rundes Tischchen, zwei Holzstühle, darüber ein Regal mit ein paar zerlesenen Büchern. Links daneben eine Tür. Er öffnet sie: die Küche. Ein winziges Geviert mit Kühlschrank. Dann dreht er sich ringsum. Bad? Toilette? Da fällt ihm ein, Manne hatte an dem Abend gesagt, Bad ist vor dem Zimmer. Er entdeckt im Dämmerlicht eine angelehnte Tür: Dusche, Waschbecken, Toilette auf der anderen Seite. Zweckmäßig, alles, was man braucht. Er geht zurück in das Zimmer, lässt die Tasche, wie sie ist, auf dem

Bett liegen. Manne hat Bettwäsche an das Fußende gelegt. Das kann warten. Die Frage, wie lange dieser Übergang dauern wird, schiebt er für heute weg. Es zieht ihn in die Kneipe. Er läuft die Holztreppe hinunter, als hätte er es eilig.

***

Es ist Mittag. Der Gastraum ist leer. Er hat sich an den einzelnen Tisch gleich neben dem Tresen gesetzt, sortiert die Formblätter vom Arbeitsamt zum dritten Mal, kann sich aber nicht auf das Ausfüllen konzentrieren. Gestern Abend hat er Manne von dem ‹Ausfüllscheiß› erzählt und dreimal gesagt, dass er damit nicht klarkommt. Außerdem ist der Tisch in seiner Kammer zu klein. Seine Hoffnung, Manne würde ihm helfen, erfüllt sich nicht. Er bot ihm nur an, sich hierher zu setzen.

Mit einer heftigen Bewegung steht er auf, schiebt die Blätter entschlossen zu einem weiterhin ungeordneten Stapel zusammen. Die können ihn mal. Wer denkt sich so was aus? Es muss anders gehen. Er stürmt aus der Kneipe nach oben, wirft das Bündel Blätter auf den Tisch, nimmt aus dem Umschlag mit den fünfhundert Mark fünfzig heraus und legt das restliche Geld als stille Reserve unter den Stapel Unterwäsche ganz hinten in den Kleiderschrank. Er hat gestern Adressen von Tischlern herausgesucht. Da wird er jetzt hinfahren. Vielleicht braucht ihn einer. In der dritten Tischlerei nickt der Meister auf seine Frage. Aushilfe? Am besten gleich.

«Was kannst du?» Gut, dass er mit einem schnellen Rundum-Blick in der Werkstatt einige alte Stücke, ein ovales Tischchen, einen Regulator und Bilderrahmen gesehen hat. Er ist präpariert und legt los. Mit seinem Wissen über das Aufarbeiten kann er punkten. Der Meister, höchstens Anfang vierzig, nickt mehrfach.

«Morgen früh zeigst du, wovon du geredet hast. Aus Köln bist du nicht, höre ich?»

«Gut gehört. Aus dem Osten. Randberliner, wenn du so willst.»

«Schon gut. Hauptsache du kannst, was ich brauche.» Ein Handschlag besiegelt ihre Abmachung. Von wegen Fragebogen. Von wegen Bürokratie. So läuft das, Jana. Wieso die jetzt? Ihr muss er doch nichts beweisen. Aber gut wäre es schon, wenn sie wüsste, er packt es.

Jeden Freitag steckt Jan bar ein, was er in der Tischlerei verdient. Rechnet er das auf den Monat, kommt er an sein Gehalt beim Theater fast heran. Läuft doch. Abends hilft er in der Kneipe.

Gestern hat der Meister gefragt, ob er noch ein paar Wochen bleiben könne. Sein dritter Mann falle länger aus. Soll er sich einrichten in diesem Zufall? Ein Leben zwischen Bett, Tischlerei, Kneipe und Dönerbude, in der er meist Mittag isst? Das Angelzeug verpackt in Mannes Keller? Angeln passt nicht zu der winzigen Wohnung.

Soll es immer so weiter gehen? Wenn Manne die Küche wieder in Gang bringen würde. Fische braten. Aber das ist nicht so einfach, weiß er. Die Ämter mit ihrer Hygiene. Egal. Heute Abend muss er mal was anderes sehen. Er sagt Manne knapp Bescheid. Der ist beim Zapfen, nickt nur beiläufig.

***

In der Spielo legt die junge Frau ihr Buch hastig weg. Sie muss neu sein, Jan hat sie noch nie gesehen. Er bestellt eine Cola und checkt den Raum. Es ist noch früh; er ist allein. Er greift nach dem ‹Fuffi›, den er aus der stillen Reserve direkt in die Hosentasche gesteckt hat. Gegen zehn, nach drei Cola und ebenso vielen Tassen Kaffee, verlässt er die Spielothek. Er ist aufgekratzt. Das viele Koffein. Weil die Getränke in der Spielo nichts kosten, hat er den Kaffee- und Colaverbrauch nicht so im Griff. Den Schein hat er verdoppelt. Immerhin, nicht verloren.

Montagabend, in der Kneipe ist die übliche Flaute, zieht es ihn erneut in die Spielhalle. Was soll er auch in seiner Bude anfangen? Wieder ist die junge Frau da. Sie sieht hoch. Hat sicher gelesen, wie beim letzten Mal, denkt er flüchtig, während er einen Automaten aussucht. Nach zwei Spielen entscheidet er, auch die drei daneben zu spielen. Einer ist keiner. Jan ist voll konzentriert. Die Melodien seiner vier Maschinen, das zeitversetzte regelmäßige Rattern und Klingeln, das bläuliche Licht füllen den Raum und seinen Kopf. Jetzt verschwimmen die schnell wechselnden Früchte von Triple Chance - Pflaume, Zitrone, Kirsche, Glocke - zu einer bonbonbunten Mischung. Im Kontrast die Mittelalter-Bilder der Knight Life-Maschinen. Alles ist vertraut. Er kennt sich aus. Er ist im Spiel.

Zwei Mark Einsatz, warten, bis der Automat das Geld in Punkte verwandelt, wieder zwei Mark, warten, wieder füttert er die Maschinen, warten, noch einmal und noch einmal. Speed, es geht los - nichts.

Er geht Kaffee holen. Nach der Cola ist ihm, als wären die Eingeweide verklebt. Er stürzt ihn schwarz noch im Gehen hinunter, dreht um, holt den nächsten. Wie weit der Körper mit Kaffee und Cola kommt, wundert er sich. Was sagen die Kisten?

Kein Gewinn. Nichts. Wieder nichts. Noch einmal: Nichts.

Neuer Kaffee.

Er beugt sich vor, spürt kurz, wie verkrampft er ist, geht zum nächsten Automaten.

Auch nichts. Wieder Kaffee und Wasser.

Der letzte: NICHTS.

AUS.

Er bewegt die Schulterblätter, vor, zurück, vor, zurück, dann lässt er die Arme sinken. Die Anspannung fällt ab und weicht einem Gefühl von Leere. Er sieht sich um, steht auf und geht. Hier gibt es nichts mehr zu tun. Draußen begehrt etwas in ihm auf. Von wegen nichts zu tun. So eine Verliererstrecke! Er muss das ausbügeln. Wozu eine Reserve doch gut ist. Er wusste schon, warum er die fünfhundert Mark bis auf ein Scheinchen nicht angerührt hat. Er geht zurück in die Spielo. Die muss ihm seine Kisten reservieren, wenigstens zwei. Dann läuft er die zwei Straßen bis zu Manne im Laufschritt und drückt sich unauffällig durch die Toreinfahrt. Weder im Flur noch in seinem Zimmer schaltet er das Licht an, tastet im Schrank nach dem Briefumschlag, steckt ihn ein und ist ebenso schnell zurück.

Seine Automaten? Sie sind frei. Er wiegt den Umschlag prüfend in der Hand. Damit muss was zu machen sein. Die junge Frau stapelt die Münzen auf. Mit einem Griff hat er sie in der Hand und wiegt sie prüfend. Seine Taler, was für ein Gefühl! Er atmet entschlossen. Jetzt wird es klappen. Mindestens einer ist reif. Er wird gewinnen.

Er versorgt sich mit Kaffee und Cola. Zwei Triple Chance, zwei Knight-life. Viele Male füttert er sie. Zitronen, Pflaumen, Ritter, Glocken, Schwerter, blaues Licht, Musik, Rattern, Klingeln. Er läuft von Automat zu Automat. SEINE Maschinen. Sie werden spuren. Sie müssen was ausspucken. Er streift die Ärmel vom T-Shirt zurück. Die Haut fühlt sich feucht an. Schon wieder ist er durstig, holt gleich zwei Wasser. In den Schläfen klopft es hart, aber er hat es im nächsten Moment vergessen. Er muss konzentriert bleiben.

Da greift seine Rechte in die Hosentasche - und ins Leere. Also nochmal wechseln? Im Briefumschlag sieht er nur noch zwei Fünfziger. Hat er denn schon...? Egal, nicht nachdenken. Er knallt die Scheine auf den Tresen, wischt die Klimperstücke in die hohle Hand und ist mit wenigen Schritten zurück. Nach Mitternacht. Der letzte Taler ist in den Schlitz gefluppt. Kein Gewinn.

Grußlos verlässt er den Raum, kann nichts denken, atmet die Nachtluft tief ein. Die bunten Bilder, das Rattern, die Melodienfolgen wird er nicht los. Auch das Klopfen in den Schläfen ist zurück. Wieder tastet er ohne Licht nach oben und wirft sich, wie er ist, auf das Bett. Das Klingeln und Rattern trägt ihn in einen unruhigen Schlaf.

***

Dienstagfrüh - Manne erzählt er, dass er sich einen Tag frei genommen hat - will er zur Sicherheit nun doch die Formulare für das Arbeitsamt ausfüllen. Nur zur Sicherheit. Seine Gedanken aber sind bei den Automaten. Er muss hin. Schnell! Ehe ein anderer den Gewinn einstreicht, der schließlich ihm gehört. Allerdings - mit den paar Kröten im Portemonnaie kommt er nicht weit. Vielleicht hat Manne…?

Er geht hinter den Tresen, öffnet die Kasse. Tatsächlich, Manne hat am Abend zuvor die Kasse nicht geleert; hat sich wohl nicht gelohnt. Er wiegt die Scheine prüfend in der Hand und zählt. Mager, muss eben reichen. Er hat so viel reingesteckt, da kann der Gewinn nicht weit sein. Mit der Tischlerei kommt er klar. Er wird sich krankmelden, nur für diesen Tag. Morgen tritt er wieder an, selbst wenn er es nicht mehr nötig hat. Jetzt ist wichtig, seine fünfhundert

Mark rauszuholen und Mannes Geld zurückzugeben. Was noch kommt, soll kommen. Er strafft sich. Er ist bereit für DEN Gewinn.

Die Spielothek hat gerade erst geöffnet. Er fühlt sich frisch, kein Schläfenklopfen. Neben dem Tresen steht breitbeinig ein junger Kerl wie aus dem Body-Builder-Studio. Muskelpakete, studiogebräunt, die blonden Haare bis auf die Schultern. So ein Bürschchen. Er nickt knapp statt einer Begrüßung und schiebt das Geld auf den Tresen.

«Alles?» Jan nickt.

«Klotzen, nicht kleckern, Mann.» Der Bodybuilder grinst. Jan lässt sich Kaffee und Wasser geben und richtet sich vor seinen vier Maschinen ein. Er hat das am Tresen ernst gemeint, auch wenn es großspurig klang.

Die Atmosphäre am Vormittag ist anders als abends, stellt er noch fest, dann versinkt er im Spiel, in der Melodienfolge, im Rattern und Klingeln.

Gewinn. Ja! Er jubelt innerlich, gibt sich aber gelassen. So soll es sein. Er wusste es. Heute ist sein Tag. Und wieder: Gewinn. Das flutscht. Er verstaut die Münzen, die der mittlere Automat ausspuckt in der Hosentasche und spielt weiter. Er sieht und hört nichts außer den Maschinengeräuschen, spürt den Hunger nicht, der kommt und geht, registriert erneut den Kopfschmerz von gestern, holt noch zwei Cola - für die Konzentration - und stellt sie neben die Geräte in Reichweite.

Um zwei steht er vor der Spielhalle im Tageslicht, blinzelt und trottet die Straße hinunter, achtet nicht auf die Richtung. Ein rotes Auto fährt an ihm vorbei. Die junge Frau am Steuer dreht sich um. Jana? War das Jana? Da hat sie also wieder ihre Lieblingsfarbe für das neue Auto gewählt. Beim EDEKA-Markt setzt er sich erschöpft auf eine Bank. Ein Knirps, vielleicht fünf, baut sich vor ihm auf, zeigt auf das Schaukelpferd neben dem Eingang und lispelt ihm seine Frage zu. «Kannst du das da anmachen?» Er schüttelt stumm den Kopf und bleibt sitzen, bis es dunkel wird. Dann geht er den Weg zurück, drückt sich durch die Toreinfahrt wie in der Nacht zuvor und legt sich, wie er ist auf das Bett. Früh weckt ihn Klopfen an der Tür. Er hört, was Manne sagt und wünscht sich ... ja, wohin?

«Du kommst bitte, wenn du aufgestanden bist, nach unten. Besser, du beeilst dich. Aber», er hört, wie Manne die Tür öffnet, «nicht ungewaschen. Hier riecht es wie in einer Pumahöhle.»

Die Ansage war ernst. Er stemmt sich wie in Zeitlupe hoch und geht ins Bad. ‹Nicht ungewaschen›. Ja, wer ist Manne denn? Sein Erzieher oder was? In der Dusche versucht er, sich etwas zurechtzulegen. Manne muss das doch verstehen. So eine Chance. Dass er Pech hatte, das kommt eben vor. Er wird es wieder gut machen. So schnell wie möglich.

Er rubbelt die kurzen Haare trocken, vermeidet es aber, in den Spiegel zu sehen. Zurück im Zimmer wirft er die nach Qualm und Schweiß riechenden

Klamotten in eine Ecke, steigt in den sauberen Igganzug und geht nach unten. Sein Magen knurrt, ihm wird flau. Gestern hat er fast nichts gegessen.

Manne sitzt an dem Tisch gleich neben der Tür. Da ist nichts mehr in dessen Augen. Nichts Vertrautes.

«Du hast gestern Geld aus der Kasse genommen. Brauchst nichts zu sagen. War kein anderer hier; brauchst auch nicht zu erklären, wo es ist. Eingepflügt, ist mir inzwischen klar.» Manne holt hörbar Luft und sieht Jan nun doch an.

«Wir hatten vereinbart, du gehst nicht spielen. Ich bedaure mehr, als du ahnen kannst, wie es gekommen ist. Aber das ist ein anderes Thema. Ich sehe, du kriegst es nicht auf die Reihe. Dann musst du deinen Weg gehen. Das heißt, unsere Wege trennen sich jetzt. Und ich meine wirklich: JETZT.» Jan nickt mit Kraft, so dass ein Wirbel im Nacken knackt und steht auf. Manne hält ihn am Ärmel fest.

«Moment. Wo willst du hin?»

«Weg. Du. Hast. Mich. Gefeuert.» Er trennt die Worte deutlich und nickt zu jedem einzelnen, sieht den Kneipier aber nicht an.

«Du musst noch etwas wissen. Ich will nicht mit schuld sein, dass du auf der Straße landest. Ich habe deine Eltern angerufen.»

Jetzt rebelliert der Magen deutlich. Nur nichts anmerken lassen. Er scharrt mit dem rechten Fuß auf dem Dielenboden, dann macht er auf dem Absatz kehrt und geht. Manne hält ihn nicht zurück.

6 ELISABETH

Sie windet sich aus Lu‹s Armen und kann ein Kichern nicht unterdrücken.

«Lass los, du Verrückter.» Vor dem runden Spiegel in der Diele sortiert sie die schmalen Träger ihres blauen Kleides. Ihr erster Opernball. So jung wie heute hat sie sich schon lange nicht mehr gefühlt. Sie dreht sich zu Lu um.

«Es war ein toller Abend. Danke.» Der zieht Schuhe und Strümpfe aus, geht auf nackten Sohlen ins Wohnzimmer und brummt etwas von schmerzenden Füßen. Sie läuft ihm nach, stellt sich hinter ihn und schlingt die Arme um seine Hüften.

«Ich liebe Dich, immer noch oder wieder und vor allem sehr. Nicht auszudenken, was geworden wäre, wenn wir es nicht geschafft hätten.» Sie lässt sich auf die Couch sinken und lächelt. Dieser letzte Walzer …

«Holst du uns einen Schlaftrunk?» Lu nickt, geht zum Barfach, gießt Kognak ein, schwenkt die Gläser mit der leicht öligen Flüssigkeit und setzt sich zu ihr. Sie nimmt einen Schluck, stellt den Schwenker ab und greift gewohnheitsmäßig zum Telefon auf der Eckkonsole. Das Display blinkt.

«Da wollte uns jemand, kurz vor Elf. Auf dem Anrufbeantworter ist nichts. Ist jetzt eh zu spät.» Sie leert ihr Glas, gähnt und tappt ins Bad. Lu ist sofort neben ihr, fasst sie an der Hand und zieht sie ohne Worte durch die Diele ins Schlafzimmer. Dort greift er tastend nach dem Reißverschluss ihres Kleides. Sie spürt, wie sich der Stoff lockert.

«Was machst du?»

«Was Schönes», raunt er dicht an ihrem Hals. Sie spürt seinen Atem und den Hauch vom Kognak. Er flüstert Worte, die ihnen in den vielen Jahren nicht abhandengekommen sind.

***

Sie stehen später als üblich auf. Noch im Bad hört sie Lu aus der Küche ‹Brötchen fertig› rufen. Mittag werden sie ausfallen lassen, beschließt sie und föhnt weiter ihre Haare. Das Telefon hört sie nicht. Als sie im Türrahmen zur Küche ‹Hunger› rufen will, hat Lu den Hörer in der Hand und sieht ihn an, als käme da noch etwas. Was ist nur?

«Lu?»

«Er hat gesagt, er wirft ihn raus. Er wollte, dass wir es wissen.»

«Was redest du?»

«Manne. DER Manne aus Köln, der Kneipier.»

«Erzähle, lass uns aber trotzdem essen.» Sie setzt sich, bestreicht schnell und exakt eine Brötchenhälfte mit Frischkäse, häuft darauf Marmelade und beißt sofort hinein. Was kann der wollen? Ihre aufkeimende Angst schiebt sie beiseite, kaut hastig.

«Jan spielt wieder, Elisabeth. Und du hast ihm das Geld dafür gegeben. Den Aushilfsjob in der Tischlerei ist er los. Keine Arbeit, keine Wohnung. Du weißt, was das heißt?»

«Da hast du die Schuldige ausgemacht?»

«Du willst ihm helfen, ich weiß. Fragt sich, ob das gut ist.» Etwas steigt ihr heiß die Kehle hoch.

«Schön, wenn man sich so aus der Verantwortung ziehen kann.» Verdammt, wieso rutscht ihr das raus? Jetzt nur nicht streiten.

«Er ist dort verloren, Lu. Wir müssen ihn holen.»

«Und hier? Willst du ihn anketten? Dieser Manne wollte ihn auffangen, warum auch immer.»

«Ich habe keine Ahnung, was richtig ist. Aber ich könnte mir nicht verzeihen, nichts zu tun.»

«Wann fahren wir?», fragt Lu nach einer Pause knapp. Sie ist erleichtert.

«Gleich morgen, ich nehme frei. Kannst du…?» Er kann, sie hat es nicht anders erwartet.

Sie legt die angebissene Brötchenhälfte zurück auf den Teller und greift zum Telefon. Jan meldet sich nicht. Sie spricht auf die Mailbox und weiß jetzt schon, er wird nicht zurückrufen. Sie hat ihm blind geglaubt. Was ist stärker, ihre Enttäuschung, ihre Sorge oder ihre Wut?

Nach dem Besuch in Köln hatte sie einiges über Spielsucht gelesen. In einer Passage hieß es, aus der Sucht könne man niemanden holen. Der Betroffene müsse selbst wollen. Gut gebrüllt, Löwe, hatte sie gedacht. So schreibt jemand, der nicht weiß, wie das ist, wenn einem das eigene Kind wegrutscht. Gerade dann, wenn man denkt, jetzt ist es erwachsen. Wenn es nun gar keine Spielsucht ist? Vielleicht kommt er nur über die Trennung von Jana nicht hinweg? Immer wieder wählt sie seine Nummer, dann gibt sie auf und legt das Telefon endgültig beiseite.

Sie hockt sich vor ihre Schallplattensammlung. Für schwierige Situationen hat sie eine Auswahl. Dann setzt sie sich in den alten Lesesessel, und es stört sie nicht, dass sie nach zwanzig Minuten zum Wechseln aufstehen muss. Bei der zweiten Seite fällt sie in einen traumlosen Schlaf. Als sie vom Türklappen wach wird - Lu ist aus dem Garten gekommen – wundert sie sich, wie fest sie offenbar geschlafen hat.

7 LU

Es brodelt in ihm. Wieder und wieder stößt er den Spaten heftiger als nötig in den fetten, lehmigen Boden. Nein, er lässt nicht zu, dass Jans Kapriolen seine Beziehung zu Elisabeth in Frage stellen. Er hat diese Frau haben wollen, musste um sie kämpfen. Sie hatten sich fast verloren. Und nun dieses Auf und Ab mit Jan. Wie Elisabeth gegen ihre Schuldgefühle ankämpft. Wie weit darf Elternliebe gehen? Muss er akzeptieren, dass sie Jan auf die Beine helfen, ihm alles abnehmen will? Wie macht er es richtig?

Wenn er selbst Kinder hätte? Ingrid konnte keine bekommen. Vielleicht war ihre Ehe daran zerbrochen? Sie haben nie darüber gesprochen. Mit Elisabeth waren gemeinsame Kinder kein Thema. Sie fanden es mit vierzig dafür zu spät. Und es war eine unruhige Zeit. Nicht die Suche nach einem Partner hatte sie zusammengeführt. Sie lernten sich bei einer Demo kennen. Danach ging er immer mit einer Gruppe zum Pfarrer in das Gemeindehaus. Elisabeth schloss sich ihnen spontan an. Sie diskutierten bis in die Nacht. Ihre Art nahm ihn sofort gefangen. Wie sie sich begeistern konnte. Im Frühjahr ‹89 schien die Situation im Land unerträglich zu werden. Der Druck, der auf allen und allem lastete, war enorm. Elisabeth arbeitete bei der URANIA. Dort konnte sie mit ihren

Kollegen ziemlich frei reden. Als sie hörte, dass er beim Konsum als Werbegrafiker angestellt ist, witzelte sie.

‹Beim Konsum? Und das posaunst du so in die Welt?› Der ‹Konsum›: In einigen Kreisen war das Wort Synonym für die Staatssicherheit. Mit denen hatte er nun wirklich nichts am Hut. Und doch, diesem Land und seinen Ideen galt einmal seine Überzeugung. Freilich, die Werbesprüche waren oft mehr als plump. Originelle Ideen wurden zerredet. Dummheit? Angst? Angepasstheit? Seine Überzeugung bröckelte langsam.

Diese ewigen Engpässe in der Versorgung. Der Parteisekretär stotterte in seiner Unsicherheit Argumente herunter. ‹Genossen, so könnt ihr das nicht sehen. Berlin ist nun mal Berlin. Wir sind schon Außenbereich, aber immer noch besser dran als, sagen wir mal, die in der Altmark. Wir müssen die Südfrüchte intelligent verteilen, es darf nicht so viel privat verschoben werden.›

‹Das heißt also, es gibt verschiedene Klassen? Hauptstadt-Orangen- und Bananenesser, bei uns Apfelesser, und in der Altmark Sauerkrautfresser oder wie?› Er weiß noch sehr genau, wie er das aufgebracht in die Runde gerufen hatte. Nee, warf einer ein, die Altmärker haben wenigstens Spargel. Kriegst du aber nur, wenn du Beziehungen hast, rief ein anderer dazwischen. Einer fragte, was er, Ludwig, gegen Sauerkraut habe, das sei - erwiesen - extrem gesund. Alle lachten. Der Parteisekretär nicht.

Die ‹zersetzende Äußerung› kam zur nächsten Versammlung auf die Tagesordnung. Nach zehn Minuten gab er auf, sich zu verteidigen. Das war auch falsch. Aber wie sollte er gegen offensichtliche Dummheit argumentieren? Alles, was er tat, wurde von nun an misstrauisch beäugt. Freiraum? Kreativität? Fehlanzeige.

An einem wackligen runden Tisch in seiner Werkstatt saßen immer häufiger drei, vier Kollegen, diskutierten die letzte Parteiversammlung, holten auch mal das ‹Neue Deutschland›, kurz ND, oder die ‹Junge Welt› aus der Tasche und lasen vor.

Das war unser früher Runder Tisch, hatte er Elisabeth zwinkernd erklärt. Ihre Zusammenkünfte flogen auf, als der Parteisekretär eines Tages in der Tür stand und sie ihre Debatte über Ausreisewillige so schnell nicht beenden konnten. Er erzählte gerade lauthals, im Westfernsehen hätten junge Leute im Interview offen gesagt, was anders werden müsse. Jetzt war er fällig.

Parteiversammlung mit endloser Diskussion, der Parteisekretär plädierte für Ausschluss, bekam aber keine Mehrheit mehr. Stattdessen überschüttete er ihn mit Parteilogik.

«Genosse Schwindt, du bist vielleicht kein Klassenfeind, aber leider reichlich naiv. Konzentriere deine Ideen auf das Wichtige, die aussagekräftige Präsentation von sozialistischem Handel und Versorgung und vor allem, lass das Westfernsehen aus dem Spiel, dann ist alles in schönster Ordnung.»

Als aus der Werkstatt über Nacht alle Farbtöpfe verschwunden waren, kam der Parteisekretär mit Polizeiaufgebot und der Drohung, den Klassenfeind schon auszuheben. Zu Elisabeth hatte er grimmig gesagt, er hoffe, dass mit seiner Farbe wenigstens ordentliche Plakate entstanden seien. Aber mulmig war ihm schon.

Irgendwann dachte er mehr über Elisabeth nach als über die sich aufheizende politische Stimmung. Am Abend der Grenzöffnung setzte er sich in seinen Trabant und fuhr zu ihr. Da sah er Jan zum ersten Mal, erinnert er sich. Er lud die beiden zu einer Spritztour ein. In einer endlosen Schlange ging es quälend langsam Richtung Westen. Was für eine Begeisterung das damals doch war. Als er kurz darauf überlegte, sich in einer der neuen Parteien zu engagieren, warnte Elisabeth. Die Euphorie werde verfliegen. Beobachte die Westler, hatte sie gesagt, die sehen es nicht gern, wenn wir wie die Landplage einfallen, Begrüßungsgeld abfassen und die ALDI-Märkte verstopfen. Seine weitsichtige Elisabeth. Mit heutigem Wissen wäre wirklich keine Partei die richtige für ihn gewesen.

Sie heirateten noch im Frühjahr 1990. Wer weiß, wie das mit dem Geld ab Juni wird, also besser ‹Heirat in Ost›, beschlossen sie.

Jan ging als einer der Ersten zum Bund. Dana, Elisabeths ältere Tochter, wohnte schon seit 1987 mit ihrem Mann in Dresden; ein Familienleben mit Kindern hat er, Lu, nicht erlebt. Die frisch gegrabene

Erdzeile glänzt. Er spürt, wie gut ihm die gleichmäßige Arbeit tut. Dieses Grundstück zu kaufen war die richtige Entscheidung. Freilich, die Zinsen waren elend hoch, ihr Gehalt nicht. Doch der Garten ist für beide wichtig. Hier finden sie Ruhe. Wenn Jan wieder hier ist, was wird dann aus ihrer Ruhe? Passt er noch hierher? Wie lange soll er hier wohnen? Wann wissen sie, dass sie ihm wieder vertrauen können?

Warum hat er Elisabeth erneut vertraut, obwohl sie ihre Beziehung nicht nur aufs Spiel gesetzt, sondern fast weggeworfen hat? Weshalb weiß er nicht. Aus dem Nichts tauchte dieser andere Mann auf. Von heute auf morgen war sie nicht mehr die, die er glaubte zu kennen. Alles fand sie eintönig. Statt Aufbruchstimmung von 89, statt nächtelanger Diskussionen gäbe es nur noch Haus, Garten, Kredit. ‹Wann›, hatte sie gefragt, ‹haben wir uns das letzte Mal mit anderen getroffen und diskutiert, ob das, wie wir nun leben, das bessere Gesellschaftsmodell ist?›

Er war hilflos, hatte keine Antwort. Sie fand es also nicht entspannend, am Wochenende im Garten zu arbeiten, ihr Reihenhaus Stück für Stück zu modernisieren und sich über jede Verbesserung zu freuen? Nein, sie fegte alles weg: Spießer wären sie.

Als sie zurückkam, sagte, sie könne dieses andere Leben auch nicht führen, war er bereit zu warten. Aber wann hat er ihr wieder vertraut? Es kam wohl unmerklich, mit der Zeit. Muss er ihr nicht jetzt zugestehen, dass sie um ihren Sohn kämpft?

8 ELISABETH

Es ist Mittag. Sie ist müde und angespannt, als sie bei dem Kneipier in Köln klingelt. Der Mann öffnet, sagt, dass Jan nicht da sei und erklärt, wie sie zur Spielhalle kommen. Aber das wissen sie ja von Jan. Er wird wohl kaum gewechselt haben. An einem Straßenstand kaufen sie Würstchen. Ihres schmeckt nach Pappe.

Hätte sie vorsichtiger sein müssen? War es falsch, Jan so viel Geld zu geben? Aber was hätte er ohne ihre Unterstützung gemacht? Vor dem Eingang der Spielothek sieht sie Lu an. Sie zögert, ist auf einmal unsicher, ob das, was sie da gerade tun will, richtig ist. Dann gibt sie sich einen Ruck.

«Ich gehe da jetzt rein, Lu.» Sie ist schnell zurück, schüttelt schon von Weitem den Kopf. Kein Jan.

«Der Mann am Tresen kennt ihn. Er meinte, er werde sicher noch kommen, er sei jeden Tag hier. Stammgast, fügte er hinzu. Wir versuchen es später noch einmal.»

Wieder kostet es sie Überwindung, die Spielhalle zu betreten. Als Lu meint, er komme schon mit, schüttelt sie entschlossen den Kopf und geht hinein. Stammgast, hat der Mann gesagt. Da muss er ja irgendwann ...

Sie sieht sich unschlüssig in dem Raum um. Drei Männer mustern sie unverhohlen neugierig. Diese Atmosphäre. Über allem ein ölig-träger Film. Erst jetzt nimmt sie Geräusche wahr. Sie sind anders als das übliche Gemurmel in einer Kneipe. Automaten klingeln, rattern, dudeln, dazu bunte, schnell wechselnde Lichtreflexe, die wie Finger in das Dämmerlicht langen. Die Geräte erscheinen ihr bedrohlich. Sie versteht nichts von alldem und will es auch nicht. Was nur zieht Jan hierher? Sie geht durch den Raum in einen zweiten; hier ist es noch dämmriger.

Da, ist das nicht Jan? Sie kann keinen Schritt weiter gehen, fühlt es im Hals pochen; in den Schläfen pulsiert das Blut. Ja, sie erkennt ihn. Ihr Sohn hockt vor einer dieser Maschinen. Zusammengesunken. Raucht und stiert vor sich hin. Knöpfe drückt er keine.

Das ist alles so dumpf. Sie fröstelt. Wo da drin ist der Jan, den sie kennt? Unter ihrem Brustbein sitzt ein Klumpen, nimmt ihr die Luft und drückt auf den Magen. Die Nackenmuskeln schmerzen. Instinktiv hält sie ihre Jacke mit beiden Händen in Brusthöhe zusammen. Sie muss etwas tun! Mit wenigen Schritten ist sie bei Jan, beugt sich zu ihm hinunter und flüstert.

«Sag nichts, Jan. Steh auf und komm mit.» Da ist kein Erschrecken. Er zuckt nicht einmal zusammen; nickt mehrmals, sieht sie nicht an, steht wortlos auf und geht vor ihr her ins Freie.

Lu läuft ihnen entgegen. Dann stehen sie da und sehen aneinander vorbei. Sie senkt den Kopf und spürt dabei, wie Tränen vom Kinn auf den Hals tropfen. Aber die Anspannung ist weg. Sie fühlt sich schwach wie nach langer Krankheit. Jan ist da. Jetzt wird alles gut.

9 JAN

Etwas Ungewohntes holt ihn aus einem unruhigen Schlaf. Es ist die Stille, weiß er auf einmal. Keine Straßenbahn, keine an der Ampel anfahrenden Autos, kein Kinderlärm vom Spielplatz. Dafür auf der vor dem Fenster stehenden Kastanie eine Taube. Ihr beständiges Gurren nervt, mehr als der Kölner Straßenlärm.

Er ist zurück. Soll er aufstehen? Sie haben kaum miteinander geredet, ihm nur das Nötigste für den ersten Tag erklärt. Fragen wollte er nicht. Zu unwirklich war alles. Da ließ er sich wie ein Kind willenlos hierher kutschieren. Nachhause? Das hier ist nicht mehr sein Zuhause. Mit beiden Händen wühlt er durch die Haare, wirft sich mit Schwung wieder auf das Kissen zurück.

Diese öde Autofahrt. Er hat sich schlafend gestellt, ist so allem ausgewichen. Ab und zu döste er tatsächlich ein. Lu redete manchmal halblaut mit seiner Mutter, meist Belangloses. Für einen Moment fühlte er sich wie in Kindertagen, wenn er krank war. Er brauchte nur liegen und gesund werden. Aber er ist kein Kind mehr. Trotzdem haben sie über ihn entschieden und er hat nicht protestiert. Jan verschränkt die Arme hinter dem Kopf und sieht nach draußen. Vorfrühlingshimmel, hellblau mit weißen Wölkchen.

Gegen vier - er hat nach einem ausgiebigen Bad fernsehend abgewartet - stemmt er sich hoch und beschließt, sich um das Abendbrot zu kümmern. Die Küchenarbeit geht ihm wie selbstverständlich von der Hand. Als Lu und seine Mutter heimkommen, sitzt er ebenso selbstverständlich in der Küche.

«Oh, Abendbrot. Das ist Luxus. Ab jetzt bitte täglich.» Seine Mutter strahlt und stürzt sich hungrig über den Salat. Lu häuft ebenfalls eine ordentliche Portion in seine Schüssel und nickt gleich darauf auch anerkennend.

«Was hast du da alles dran?» Jan ist froh über die Frage, setzt zu Erklärungen an, da fällt ihm seine Mutter ins Wort.

«Später. Besser, du schreibst es auf. Jetzt lasst uns nicht um den Brei schleichen. Ich fühle mich erst wieder wohl, wenn wir geredet haben.» Lu sieht sie an und schüttelt den Kopf.

«Dein Tempo schlägt auf den Magen, Elisabeth.»

«Wie du meinst.» Seine Mutter schnauft, nimmt aber noch eine Portion Salat. «Wirklich lecker, Jan, sogar mit Pinienkernen.»

«Jana hatte für so was wenig Sinn. Sie meinte, ich soll meine Kreativität in was Anständiges stecken, statt in der Küche zu murksen.»

«Da habt ihr tatsächlich aneinander vorbei gelebt. Dann war es gut, dass ihr euch getrennt habt. Wie geht es nun weiter, Jan?» Er scharrt mit den Füßen über die Fliesen.

«Was willst du hören? Ein Rezept, wie beim Kochen? Ihr habt mich geholt. Ich hatte keine Chance. Ich sage nicht, dass es falsch war. Ich weiß nur gerade nicht, was falsch und was richtig ist.» Lu steht auf, läuft in der Küche umher.

«Ohne Wohnung in Köln wäre die Alternative, Jan. Ich finde es unsäglich, wie du den Kopf in den Sand gesteckt hast. Jetzt überlege, was von hier aus in Köln zu regeln ist. Deine Schulden, die Formalitäten. Trag das zusammen und dann sortieren wir am Wochenende.» Lu setzt sich und trinkt einen Schluck. Er also auch. Familienstrafgericht.

«Was ist das beschissen. Eltern holen erwachsenen Sohn, der muss dankbar sein und alles tun, damit Eltern beruhigt sind. Versteht ihr, wie beschissen?» Er muss hier raus, sonst erstickt er. Im Türrahmen dreht er sich noch mal um.

«Sorry, ich muss allein sein.»

***

Nach einer Woche ist das gemeinsame Abendessen mit seinen Salatkreationen zum Ritual geworden. Seine Mutter beugt sich über die Schüssel und wedelt sich mit der Hand den Duft zu.

«Hmm, Krabben, exquisit.» Lu hat wie immer seinen Teller als Erster leer und wischt mit dem Handrücken über den Mund. Ihre Blicke begegnen sich. Lu beobachtet ihn. Beim Essen hatte er schon einmal das Gefühl.

Er hat sich nicht getäuscht. Lu räuspert sich und sagt, er habe einen alten Bekannten im Baumarkt getroffen, per Zufall. Der arbeite in einer Tischlerei, erzählte, sie kämen nicht hinterher mit ihren Aufträgen und bräuchten dringend Hilfe.

«Willst du dir das mal ansehen, Jan? Zeichnung lesen kannst du?» Das war es also. Wirklich Zufall? Egal.

«Was meinst du, wie wir am Theater gearbeitet haben? Manne hat immer gesagt...» Falsch, ganz falsch. Er bricht den Satz ab und fragt stattdessen, wie er ohne Auto zu dieser Tischlerei kommt.

«Mit der S-Bahn ist es eine prima Verbindung.» Da hat Lu also alles vorgedacht.»

***

City. ‹Am Fenster›. Das Geigensolo - es begeistert ihn immer wieder. Er hat, weil er einen Sender mit halbwegs vernünftiger Musik nicht fand, eine CD eingelegt und sich auf die Schlafcouch gesetzt, die Beine auf dem niedrigen Tischchen. Tischlerbude. Lu meint es ja gut. Natürlich will er arbeiten und Geld verdienen. Es geht alles so schnell. Wenn Robert jetzt hier wäre. Mit dem könnte er reden. Aber seinen besten Kumpel hat es nach München verschlagen und er hat sich wohl zu wenig Mühe gegeben mit dem

Kontakt. Er schaltet die Musik aus und sieht durch die Zweige der Kastanie grübelnd in die Dämmerung.

***

«So, aus Köln. Was treibt dich hierher zurück?» Hartmut Kreibich, Chef der Tischlerei, musterte ihn aus kleinen wasserblauen Augen unter buschigen, fast weißen Augenbrauen. Ein auffälliger Kontrast zu den noch dunklen Haaren, die nur schwach von ein wenig Grau durchzogen sind. Der Meister ist nicht unfreundlich, nur ausgesprochen aufmerksam, duzt ihn ohne Umstände. Jan hält seinem Blick stand, lächelt.

«Köln ist riesig und wenn man jemanden braucht, ist man allein.»

«Wärst du zehn Jahre älter mit Familie, klänge das vernünftig. Aber du, jung, ohne Anhang, da wundert es.» Er muss etwas sagen, sonst wird es unbehaglich.

«Ach, was soll es. Kann ich ja ruhig sagen. Meine Freundin hat Schluss gemacht, neue Freunde hatte ich noch nicht wirklich, Wohnung ist teuer. Hier wohne ich bei meinen Eltern.»

«Verstehe», lenkt Kreibich bereitwillig ein. «Also erzähle, was kannst du?»

«Was braucht ihr denn, frage ich da mal zurück.» Kreibich schmunzelt.

«Zeichnung lesen. Selbständig arbeiten, was entscheiden. Genau sein, nicht schludern, wenn Druck ist, nicht zu sehr auf die Zeit sehen. Vier

Wochen Probe?» Er nickt, erklärt, dass er natürlich Zeichnungen lesen kann. Aber der Meister scheint es vorausgesetzt zu haben. Sie gehen durch die Werkstatt, er nickt allen zu, die vier Männer nicken so gleichgültig wie möglich zurück.

Die Tischlerei ist nicht groß. Mit dem Meister fünf Leute. Noch ein Jüngerer, die anderen um die fünfzig, schätzt er. Sie produzieren Fenster jeglicher Art, erzählt der Meister. Ab und an sei ein interessanter Auftrag dabei, zum Beispiel für ein denkmalgeschütztes Haus. Eintöniger als am Theater wird es sein, schlussfolgert er, aber auch ruhiger; kein aufgeregtes Gewusel, keine endlosen Diskussionen.

Der Chef sieht Jan mit seinen wasserhellen Augen an.

«Also, Jan aus Köln, Montag, pünktlich sieben Uhr. Ich weise dich ein, Arbeitssachen hast du, hoffe ich, Schuhe bekommst du. Essen bringst du mit, man kann hier schlecht was einkaufen, ist zu weit weg. Meine Frau kocht nachmittags Kaffee, den gibt›s umsonst. Mehr ist heute nicht zu sagen. Komm pünktlich, Junge.»

Genaue Ansage, das gefällt ihm. Er erwidert Kreibichs festen Händedruck. Verderben sollte er es sich nicht mit ihm, das spürt er. Er ruft zu Hause an, sagt Bescheid, dass er später kommt. Seit er zurück ist, hat er außer zum Einkaufen keinen Fuß nach draußen gesetzt. Für den Moment fällt ihm zwar niemand ein, den er gern treffen würde außer Robert, der ja unerreichbar ist. Mit ihm hatte er viel Blödsinn angestellt, aber sie konnten auch richtig gut über alles Mögliche reden. ‹Robi› hat er mit extra breitem Grinsen gesagt. Der hat sich mit dem ebenso blöden ‹Jani› revanchiert. Er probiert das Grinsen von damals; es will nicht gelingen.

Er schlendert ziellos an den Geschäften vorbei. Sie sind nur wenig anders als in Köln. Einheitssoße inzwischen. Vor einem Burger King stoppt er, geht hinein und bestellt einen Double Chilli Cheese und eine Cola. Das Umfeld beruhigt ihn. In einer Kneipe würde er doch nur an Manne denken. Was hat er für ein verdammtes Talent, es sich mit Menschen zu verderben, an denen ihm etwas liegt? Er vermisst das Theater, er vermisst Manne, den Kneipier.

Die alten Kumpel von hier? Haben sich bestimmt alle schon eingerichtet mit Familie und so. Wenn sie ihn fragen würden: Zurück aus Köln, nicht mit einem tollen Auto, nicht mit einer netten Familie, mit nichts? Er kaut lange auf seinem Hackfleisch mit Käse. Es schmeckt lasch. Fast acht. Auf einmal hat er keine Lust auf noch mehr Stadt, nicht einmal auf Kino.

***

Montagmorgen. Er hatte sich vorgenommen, zu frühstücken, bekommt aber keinen Bissen hinunter. Er steht am Küchenfenster, raucht und trinkt einen extra starken Kaffee. Rauchen im Haus ist nicht erlaubt. Sie werden es riechen, wenn sie aufstehen, aber dann ist er weg. Er hat ein Essenspaket vorbereitet - Brote, ein Apfel, ein Stück Gurke. Eine Flasche Wasser verstaut er ebenfalls im Rucksack. Er will es vernünftig angehen.

Sein erster Tag. Es fühlt sich ein bisschen wie nach überstandener Krankheit an. In der S-Bahn sieht er die Leute an, ahnt, dass er manche von ihnen jeden Morgen wiedersehen wird. Das gab es für ihn in Köln nicht, weil er zu anderen Zeiten als den normalen unterwegs war. Jana hatte von solchen Morgens- und Abends-Grüppchen erzählt. Im Winter fuhr sie oft mit Öffentlichen. Er ist fürs Erste froh allein zu sein.

Er ist zu früh, die Werkstatt ist noch verschlossen, aber im Büro von Kreibich sieht er Licht. Er klopft, hört den Meister Unverständliches brummen und öffnet die Tür. Rechter Hand im hinteren Teil des großen Raums steht der wuchtige altertümliche Schreibtisch. Ein gediegenes Stück Nussbaum, nicht übermäßig gepflegt. Bei seiner Vorstellung war er zu aufgeregt, um auf so etwas zu achten. Jetzt sieht er sich um, während der Chef schmunzelnd vom Schreibtisch her grüßt.

«Die Pünktlichkeit der Neuen, das verliert sich. Dauerhaft hat es noch niemand geschafft, vor mir da zu sein.» Er hebt und senkt wortlos die Schultern. Was soll er darauf erwidern?

Nicht nur der Schreibtisch ist gediegen, tastet er sich in seiner Beobachtung weiter. Auch die übrigen Möbel, geschätzt Anfang zwanzigstes Jahrhundert. Bei besserer Pflege würden sie edel wirken. Büffetschrank und ein Bücherregal, Nussbaum furniert, auf dem Absatz des Schranks liegen Farb- und Holzmusterfächer, daneben ein gewaltiger unbenutzter Aschenbecher und eine Vase aus Birkenholz mit lebhafter Maserung. Auf dem Schreibtisch Papierstapel.

Der Raum macht einen praktischen, ein wenig verkramten Eindruck. Hier wird gearbeitet und nicht repräsentiert, schließt er seinen Rundgang mit den Augen ab. Der Meister erhebt sich ächzend.

«Dann mal auf in die Werkstatt.» Kreibich zeigt ihm, wo er arbeiten wird, währenddessen trifft ein Kollege nach dem anderen ein. Einer stopft im Laufen das Shirt fester in die Latzhose.

«Morgen, Männer, ihr habt Jan vergangene Woche gesehen. Er arbeitet vier Wochen zur Probe. Erklärt ihm alles, ich will nicht wieder eine Pleite wie mit Bernd. War nicht eure Schuld, der war kein Tischler, jedenfalls keiner mit dem Herz fürs Holz. Jan, sag was zu dir.» Er tritt einen Schritt vor, räuspert sich.

«Was soll ich sagen. Ich bin Modellbauer, ein Herz habe ich auch». Schon hat er vier Lacher auf seiner Seite. «Ihr wisst schon, eins für Holz. Ich war am Theater in Köln. Was anderes kenne ich nicht. Mit Fenstern hatte ich noch nie was zu tun. Ansonsten, was wollt ihr wissen?» Er schaut einen nach dem anderen an, hat nicht vor, Näheres zu erzählen. Doch der Jüngere fixiert ihn und fragt.

«Wie kommst du wieder hierher - aus Köln?» Er wiederholt die Version, mit der er den Meister schon zufriedengestellt hat. Der andere nickt und gibt ihm die Hand.

«Ich bin übrigens Steve.»

«Peter.»

«Hannes.»

«Dietrich.» Jan schüttelt Hände, sieht den Meister an.

«Ich bin Hartmut, steht ja auf dem Schild am Büro.» Er wendet sich zu den anderen.

«Nochmal; weist Jan gut ein. Je besser, desto schneller ist er euch eine Hilfe. Ich muss los wegen der beiden nächsten Aufträge. Wenn du Fragen hast, Jan, geh zu Dietrich. Kaffee ist zwischen viertel und halb drei. Du wirst ja noch wissen, wann das ist?»

«Vom Kölner Dialekt ist bisschen was hängen geblieben, Meister, aber Uhrzeit kann ich noch.» Alle grienen. Lässt sich doch alles gut an. Dietrich, offenbar der Älteste, winkt ihn zu sich.

***

Jan geht zufrieden in den Feierabend. Kreibich hat ihn nach dem Kaffee – es war eine kurze gemütliche Runde, in der Kreibich›s Frau das Sagen hat - nochmals ins Büro gerufen.

«Du hast nicht nach den Bedingungen für die vier Wochen gefragt.» Darauf war er nicht vorbereitet. Es gelang ihm kein vollständiger Satz. Kreibich winkte ab, unterbrach sein Stottern und sagte, er zahle eine Pauschale, wenn er sich gut mache, denke er über einen Aufschlag nach. Es sei denn, er baue Mist. Vertrag gebe es nicht, sein Wort müsse ihm reichen. Dann wieder der aufmerksame wasserblaue Blick. Er bringt kein Wort heraus, kann nur nicken und bemüht sich, seine Freude zu verbergen.

Dietrich ist okay, denkt er noch in der S-Bahn, dann nickt er ein. Die vier Wochen vergehen zeitrafferähnlich. Die Arbeitsabläufe beim Fensterbau erfasst er schnell. Dietrich scheint zufrieden.

«Du klaust mit den Augen», hat er ihm gleich am zweiten Tag zugerufen. «Sieh dich vor, Kreibich macht abends ab und zu Hirnkontrolle.» Beide haben gegrinst. Er weiß beim besten Willen nicht, was er aussetzen sollte. Trotzdem beschleicht ihn ab und zu die Frage nach dem Haken.

Er wuchtet einen Fensterrahmen auf einen Arbeitsbock. Sondermaß, aus einer alten Villa. Der Besitzer will die vorhandenen Fenster aufgearbeitet haben und das freiwillig, ohne Auflage vom Denkmalschutz. Entweder ein echter Liebhaber oder viel ‹Knack›. Ihm ist es recht. So ein Stück hat eine Seele. Andächtig streicht er über die Holzoberfläche mit den Resten abblätternder Farbschichten und fantasiert, wie sein Haus aussehen müsste. Geradlinig und klassisch mag er es. Diese Fenster hier mit den Schwüngen und Absätzen gehören zu etwas Verspieltem. Eine Menge Arbeit, freut er sich.

«Na, Jan, wie geht›s dir so mit den ollen Kamurken von dem Verrückten?» Sie sitzen in der

Nachmittagsrunde. Steve nippt am heißen Kaffee und taxiert Jan über den Rand der Tasse.

«Prima, Steve, viel gute Arbeit.»

«Ja, ja», setzt der nach. Da hat die richtige Arbeit zu dir gefunden.» Dietrich sieht zu Steve.

«Zu dir auch, mein Lieber, ihr werdet beide an dem Auftrag arbeiten. Hat Helmut heute Morgen mit mir so abgesprochen.» Steve nickt wortlos, schaut angestrengt in seine Kaffeetasse. Kreibichs Frau schenkt allen nach, bevor sie sich mit an den Tisch setzt. Der Meister kommt als Letzter.

«Na, Männer, Redepause?» Erst jetzt merkt Jan, dass sich etwas verändert hat nach Steves Bemerkung.

***

In der S-Bahn findet er heute keine Ruhe. Am liebsten wäre er noch eine Weile herumgelaufen, um den Kopf klar zu kriegen. Er hat einen festen Job. Es war ein kurzes Gespräch im Meisterbüro. Kreibich, der alte Fuchs, sagte, er, Jan, passe in die Mannschaft; dass er klaue, würden sie ihm schon abgewöhnen.

«Da höre ich original Dietrich», hat er gelacht. Dann hat ihm der Meister für einen Moment die Hand auf die Schulter gelegt und gesagt: «Klar, Junge. Das ist eine Gabe, bewahre sie dir.» Darauf musste er eine Weile aus dem Fenster sehen und heftig schlucken. Kreibich ähnelt seinem Meister am Theater. Fast hätte es ihn umgehauen.

«Du bist jetzt einer von uns.» Fast feierlich sagte das der Meister und schob nach, «wenn du die Probezeit nicht vermasselst. Das wirst du aber nicht. Da bin ich sicher.»

Als Jan gehen wollte, schob Kreibich nach, er fände es gut, dass Steve ein wenig eifersüchtig sei. Der könne Wettbewerb vertragen.

***

Zu dem Anlass gehört Sekt. Er kauft eine Flasche seiner Lieblingsmarke, stellt sie auf den Küchentisch und erzählt. Seine Mutter strahlt ihn an und putzt dann an den Gläsern herum, obwohl es nichts zu putzen gibt.

«Du fitzt dich in alles rein. Das ist deine Stärke», sagt Lu anerkennend.

«Trotzdem, Lu, es warten viele auf einen Job, da ist es nicht selbstverständlich. Ich bin stolz auf dich, Jan.» Hat sie so etwas schon einmal irgendwann gesagt? Zum zweiten Mal heute muss er schlucken. Lu prostet ihm zu.

«Der Kreibich weiß, was er an dir hat.» Er nickt und hebt sein Glas ebenfalls.

«Auf meinen Job und Geld in der Kasse.» Erst nippt er, dann nimmt er einen ordentlichen Schluck. Jetzt kann das Leben losgehen. Das andere, Strich durch, na, zumindest drunter. Er wird das Geld an Manne und Jana zurückzahlen und damit gut.

***

Freitag, der Meister hat allen verkündet, dass er eingestellt ist, fällt ihm keine Ausrede ein, als Steve fragt, ob sie sich auf ein Bier treffen. Die Kneipe hat Steve vorgeschlagen; es geht drei Stufen in den Keller. Da steht dieses Mädchen neben ihm, nickt Steve kurz zu, sieht aber eindeutig ihn an, während sie am Tresen auf ihr Bier wartet. Mehr ist nicht, doch er fühlt ein Kribbeln in sich hochsteigen, mustert das Mädchen unauffällig. Lange Beine und eine wirre aschblonde Mähne, die sie ab und zu lässig schüttelt. Wieder sieht sie zu ihm herüber. Von ihrem Blick fühlt er sich durchleuchtet. Die Farbe ihrer Augen kann er im Kneipenlicht nicht erkennen. Etwas Stolzes geht von ihr aus. Über Steves Schulter lugt er immer wieder zu ihr, bis der ihn irritiert fragt, ob er ihm überhaupt zuhört. Soll er nach der Rotblonden fragen? Ohne zu überlegen, platzt er schon mit der Frage heraus.

«Virginia? War mit mir in der Luxemburg-Schule, zwei Klassen weiter unten. Wie ihr Name, so ist sie auch. Nur der Nachname – na ja…»

«Wie ist sie denn?»

«Siehst du doch. Ein Eisblock.»

«Solo?»

«Vorsicht, bei der erfrierst du.» Jan lächelt. Das sah gerade anders aus. Sie hat ihn angestrahlt, wenn auch nur einen winzigen Moment. Er schüttet den Rest Bier hinunter, geht zum Tresen, zahlt und klopft Steve auf die Schulter. Der sieht ihn verdutzt an.

«Mann oh Mann, ausgedehnter Kneipenabend? Bist du immer so?»

«Ach was, nur bisschen müde. Vielleicht steckt eine Erkältung in mir. Kein Risiko, jetzt, wo ich fest eingestellt bin.»

«Daher weht der Wind. Dem Meister sein Musterknabe.» Er überhört die Bemerkung.

«Steve, sag mal, Virginia…was?»

«Wie?»

«Ja ‹wie›, wie heißt diese Virginia weiter? Nur für den Fall…» Steve grinst.

«Ich hab doch gesagt, der Nachname passt nicht. Schultze, mit ‹tz›.»

«Okay du, also tschö denn.» Diese Mähne, die durchdringenden Augen. Schultze, so viele Virginias wird es nicht geben. Warum hat sie ihn so angelächelt, wenn sie eine Unnahbare ist?

10 GINI

Um diese Zeit ist der Badestrand leer. Sie lässt flache Steinchen über die Wasseroberfläche tanzen.

«Jetzt war es richtig», ruft sie begeistert, «dreimal gehüpft. Ist doch gut, oder?» Jan nickt ernsthaft, aber sie sieht ein winziges Lächeln in seinen Augen.

«Ganz schön lernfähig. Und ich bin ein prima Vormacher.» Sie lacht.

«Ja, du Vormacher, hast du außer komischen Wörtern noch was drauf?» Jan steht einen Moment nur da, dann zieht er, ohne zu antworten, Schuhe und Strümpfe aus, sieht konzentriert nach unten in den Sand, nimmt kräftig Anlauf und schafft einen Überschlag.

«Angeber», ruft sie, klatscht aber doch. Er hat keine schlechte Figur gemacht.

«War nicht eins a wie früher, bin zu schwer geworden und aus der Übung.» Sie legt den Kopf schief, so dass sich eine dicke Haarsträhne über ihr Gesicht legt, sieht Jan an und kneift ein Auge zu.

«Ich bin nicht sportlich, vielleicht zu bequem. Keine Ahnung, aber hat mir nie Spaß gemacht.»

«Was macht dir Spaß? Ich muss ja wissen, wie ich dich bei Laune halten kann, damit du mir nicht wegläufst.» Sieh mal an, der kann ja verlegen sein; sogar rot ist er ein bisschen geworden. Sie werfen

Steinchen, bis es dunkler wird, dann bringt Jan sie nach Hause. Zu ihrer Wohnung sind es nur fünf Minuten vom See. Wer hier wohnt, kann in Flipflops zum Badestrand.

Wie bei ihrem ersten Treffen verabschieden sie sich vor dem Haus. Jan drückt ihr einen braven Kuss auf die Wange. Sie sieht ihm nach, wie er zur nächsten Haltestelle der S-Bahn läuft. Scheint so, als müsse sie demnächst den ersten Schritt machen. Noch zögert sie, hat in Gedanken alles hin- und hergewendet, findet aber nichts, das gegen Jan spricht. Er ist so anders als die Jungen, die sie kennt. Viel Erfahrung hat sie allerdings nicht. Ob sie ihrer Mutter von ihm erzählen soll? Sie beschließt abzuwarten. Besser, sie lässt sich Zeit mit allem.

***

Jan bedeutet ihr, die Schuhe auszuziehen. Er legt den Finger auf die Lippen, schüttelt leicht den Kopf. Dann schiebt er den Schlüssel vorsichtig ins Schloss, öffnet die Tür geräuschlos und geht vor ihr die Treppe hinauf. Sie schleicht ihm nach. Als die letzte Treppenstufe unter ihren Füßen ein Knarren von sich gibt, zieht Jan sie schnell ins Zimmer, steht still und lauscht. Sie will auch flüstern, aber dann räuspert sie sich und redet normal.

«Warum schleichst du, als wenn dich wer bei etwas ertappen könnte? Jan geht zum Fenster und öffnet es.

«Ich war doch schon weg von hier, Gini. Nun bin ich zurück, ein Fremdkörper. Ich mag meine Mutter, ich mag Lu. Aber so ganz gehöre ich nicht hierher. Außerdem wissen sie noch nichts von dir.» Sie zieht ihn zurück ins Zimmer, fasst seine beiden Ohren und lächelt.

«Du hast aber alles dafür getan, dass ich jetzt hier bin? Freilich erst, nachdem ich … Du hättest mich sicher noch ein paar Wochen mit deinen Teenagerküssen verwöhnt.»

«Oh Mann, kannst du das nicht stecken lassen? Wenn das nur Taktik war?» Sie grient, lässt abrupt Jans Ohren los und wirft sich auf die Schlafcouch.

«Rausreden kannst du dich gut.» Jan setzt sich neben sie und zerrt am Ausschnitt seines Shirts.

«Ich wollte dich unbedingt wiedersehen, nach dem Abend in der Kneipe. Wer weiß, wenn ich dich nicht zufällig in der S-Bahn gesehen hätte.»

«Ich habe dich schon von weitem erkannt und mich zu dir durchgedrängelt.» Sie zieht ihn näher zu sich heran.

«Glaubst du, ich wäre mitgekommen, wenn mir nicht sehr viel an dir liegen würde?» Sie steht auf, nimmt Jans Kopf in ihre Hände, reibt ihre Stirn an seiner und küsst ihn lange.

«Ich bin hier, weil wir beide das gewollt haben. Erklär es morgen früh deinen Eltern. Wir sind keine fünfzehn, sondern eher…» Sie stutzt. «Jan, du hast mir verschwiegen, wie alt du bist.»

«Du hast nicht gefragt. Schätze.» Wieder nimmt sie seinen Kopf in beide Hände, dreht ihn ins Licht und wendet ihn von links nach rechts und zurück.

«Über vierzig?»

«Du bist gemein.» Jan lacht, aber es klingt gequält. «Ich muss mich wohl damit abfinden, dass diese Haare - besser die fehlenden - mich älter machen.» Sie freut sich diebisch. Da tut er immer so überlegen, schleicht aber wie ein Dieb und hat Komplexe wegen der Haare. Jan, Jan, du solltest erwachsen werden.

«Jaaa – und wie alt nun?» Noch einmal sieht sie ihn von allen Seiten an. «Ach was, du bist ein schönes Exemplar.» Sie gibt ihm einen Kuss aufs Ohr, Jan schüttelt den Kopf, lacht aber befreit.

«Ich werde achtundzwanzig. Zufrieden?» Sie angelt nach dem Lichtschalter.

«Sieh an. Sogar paar Monate jünger als ich.» Sie langt nach dem Lichtschalter und flüstert ins Dunkle, «mal sehen, wie weit deine jugendlichen Qualitäten reichen.»

***

Mit geschlossenen Augen tastet sie nach Jan. Der Platz neben ihr ist leer. Vielleicht beichtet er seinen Eltern gerade? Warum nur hat er so einen Aufriss gemacht? Sie hat mit ihrer Mutter allein gelebt. Einen Vater gibt es, aber sie trifft ihn nicht mehr; das hat sie entschieden, als sie vierzehn war. Wie es wohl in Jans Familie zugeht?

Gestern Abend war alles auf einmal so selbstverständlich. Nachdem sie Jan bei ihrem letzten Treffen an die Hand genommen und vor sich her in ihre Wohnung geschoben hat, sie sich kurz und heftig geliebt haben, wollte Jan unbedingt, dass sie hierher kommt. Warum jetzt sein Zögern?

Diese Nacht war etwas Besonderes. Noch nie war ein Mann so zu ihr wie Jan. Sie haben sich viel Zeit gelassen, er immer nachspürend, was sie möchte. Sie schließt die Augen und hört ihn flüsternd fragen, ‹sag mir, was du dir wünschst›. Der heftige Akt in ihrer Wohnung zählt nicht. Aber heute - sie fühlt sich leicht, alles stimmt.

Die Treppenstufe, die sie in der Nacht erschreckt hat, meldet Jan an. Er steht in der Tür, strubbelt durch das nasse Haar und hechtet zu ihr ins Bett.

«Willst du gar nicht raus?» Sie räkelt sich, sieht ihn aber aufmerksam an.

«Hast du deine Eltern vorbereitet?»

«Sie frühstücken, wollen danach in den Garten.»

«Puh, da muss ich, sonst denken sie noch, ich will mich drücken.»

«Nimm die Dusche gleich neben dem Zimmer. Das große Bad ist unten. Eigentlich könnte das hier oben meine Wohnung sein, fehlt nur eine Küche.»

«Aber du willst dir doch eine Wohnung suchen?»

«Ich sage ja nur, könnte.»

Sie gehen zusammen nach unten. Sie begrüßt Jans Eltern, lächelt Elisabeth und Lu nacheinander an, setzt sich und zwinkert Jan zu. Der wirft ihr übermütig ein Brötchen zu. Sie kann es gerade noch auffangen.

«Hepp, bist du richtig wach?» Alle lachen. Sie bestreicht eine Brötchenhälfte mit Marmelade und fragt, ob die selbstgemacht ist. Elisabeth erklärt: Quitte mit Johannisbeere. Als sie die Marmelade nochmals lobt, strahlt Jans Mutter.

Was Jan nur hat? Sind doch ziemlich locker, die beiden. Elisabeth sieht sie immer wieder neugierig und offen lächelnd an, fragt, was sie sich für den Tag vorgenommen haben und wirft beiläufig ein, sie heiße Elisabeth und das sei Lu und damit sei das ja geklärt. In die Stille danach sagt sie schnell, Jan habe Virginia verkleinert. In der Schule sei sie immer Gini gewesen, das fand sie doof. Von Jan höre sie es wieder gern. Der sieht seine Mutter an und setzt ein charmantes Lächeln auf.

«Wenn wir eure Fahrräder haben können? Ihr wollt doch im Garten …?»

«Es soll schön bleiben, fahrt nur» nickt da auch schon Lu ihr zu statt Jan. Nur Elisabeth seufzt komisch.

«Futsch ist unser Sonntags-Koch. Gut, dass es die Tiefkühltruhe gibt.» Sie sieht überrascht von einem zum anderen.

«Jan kocht?» Elisabeth setzt zu einer Erklärung an, aber Jan unterbricht sie.

«Mach Gini bloß nicht den Mund wässrig.»

«Das habe ich nicht umsonst gehört, Jan.» Zu Elisabeth gewandt, sagt sie, dass sie sich beim nächsten Besuch den Garten ansehen werde.» Sie weiß wenig von Gartenarbeit, wollte aber zum Abschied etwas Nettes sagen. Als Floristin hat sie vor allem gelernt, Blumen zu binden und Pflanzen zu arrangieren.

Es ist ein milder Spätsommertag. Erst, als sich nachmittags der Hunger meldet, radeln sie zu ihrer Wohnung. Jan plündert den Kühlschrank und überlegt, was er aus Tomaten, einer ältlichen Gurke, drei runzligen Paprika, den letzten Kartoffeln und einer Tiefkühl-Hühnchenbrust zaubern kann. Sie braucht ihn nicht zu überreden. Er kocht offenbar wirklich gern. An die Spüle gelehnt, sieht sie ihm zu.

«Mir wäre da nichts eingefallen. Das Zauberwort heißt also Auflauf. Das Ganze mit Jan am Herd – ich bin begeistert.» Jan wiegt den Kopf.

«Schaff dir mehr Gewürze an, Kräuter fehlen auch. Es sind die kleinen Zutaten, die was hermachen.»

«Wer hat es dir beigebracht? Deine Mutter?»

«Ich war neugierig und habe zugesehen. Später hat sie mich machen lassen. Vielleicht hätte ich Koch werden sollen.»

Sie genießt es, wenn Jan abends bei ihr ist. Er kocht, sie reden; es fühlt sich wie Familienleben an. Ihr Lieblingsthema ist Wohnung suchen.

***

Es ist Samstag, später Vormittag. Draußen rinnt unaufhörlich ein leichter Novemberregen. Es wird nicht hell. Sie konzentriert sich auf die Wohnungsanzeigen, forstet systematisch erst die Zeitung, dann das Internet durch.

«Jan, willst du nun was Eigenes der nicht?»

«Meine Eltern, sie haben mich zu Hause aufgenommen. Wenn ich sie damit nun vor den Kopf stoße?» Sie runzelt die Stirn. Was will er denn nun? Manchmal gibt er ihr Rätsel auf.

«Das war, weil du alles so überstürzt gemacht hast, hast du mir erklärt. Sie wissen doch, dass sie nur Zwischenstation sind. Sie hätten dir ja abraten können, Hals über Kopf aus Köln wegzuziehen und hätten dir gleich bei der Wohnungssuche helfen können. Ich finde, da musst du jetzt nicht auf ewig dankbar sein.» Sie schiebt die Zeitung beiseite, schaltet den Computer aus. Sie wird jetzt Nägeln mit Köpfen machen.

«Wohnungen muss man ansehen, Jan. Wir machen Termine für das nächste Wochenende. Was hältst du davon?» Zu ihrer Überraschung sagt er sofort ja. Dann mal los. «Sag schnell, Jan, was wünschst du dir? Wie soll deine Wohnung aussehen?»

«Du bist gut, vor allem bezahlbar.»

«Immer siehst du Probleme. Träum doch mal. Vielleicht passt alles besser, als du jetzt denkst. Also, wie soll sie aussehen?» Sie betont jedes Wort und sieht Jan forschend an.

«Unter dem Dach wäre schön. Man müsste weit sehen können, von einer Terrasse aus am besten. Da könnten wir abends sitzen, den Sonnenuntergang verfolgen, der dort oben nicht von Hausdächern zerschnitten wird.»

«Na bitte. Kannst ja doch träumen. Hört sich romantisch an. Weiter, wie viele Zimmer?»

«Drei wären super, sie müssten nicht groß sein, aber auch nicht so winzig wie deine Butze. Allerdings», er grinst sie frech an, «finde ich es bei dir besonders gemütlich. Am gemütlichsten und am Besondersten ist es in deinem Bett, weißt du das? Wollen wir nicht sehen, ob wir da heute noch etwas Gemütlichkeit hineinbekommen?»

«Jan, du bist schrecklich.»

«Wo du doch heute keine Anzeigen mehr ansehen willst», raunt er mit den Lippen an ihrer Halsbeuge und pustet ihr sanft ins Ohr. Lächelnd gibt sie ihren Widerstand auf. Er schafft es immer wieder.

Jan erkundet vorsichtig und systematisch ihren Körper, von den Ohren bis zu den Zehenspitzen. Er streift ihr die Strümpfe von den Füßen.
«Du hast erotische Zehen, weißt du das?», flüstert er von unten. Sie setzt sich auf, beguckt verwundert ihre Zehen und lässt sich wieder zurücksinken.

«Ich kann dich nicht in Körperteile zerpflücken, Jan, du bist als Ganzes erotisch.» Sie ziehen sich gegenseitig aus.

«Mach weiter Jan, ich genieße es, ich genieße dich, ich genieße uns.» Sie fühlt, wie Jan seine Wanderung mit den Fingerspitzen auf ihrer Haut fortsetzt. Seine Hände streichen sanft von den Zehen aufwärts, kraulen die schwarz geringelten Haare ihrer Scham, dann küsst er sie und fährt schnell mit der Zunge um den kleinen runden Punkt. Warme Wellen breiten sich in ihr aus. Sie tastet nach Jans Kopf, zieht ihn näher zu sich, sucht seine Lippen. Sie küssen sich heftig. Jan drängt sich gegen sie, dringt in sie ein. Ihr Einssein ist zeitlos.

***

«Und das ist die Küche. Nicht groß, aber praktisch angeordnet.» Die Maklerin geht vor ihnen her und erklärt. Sie forscht in Jans Miene, der schüttelt den Kopf.

«Was, haben Sie gesagt, soll die Wohnung kosten?»

«290 kalt.» Als sie die vier Treppen nach unten gehen, stöhnt Jan.

«Die Vierte. Zu klein, zu groß, zu teuer, nicht nett. Irgendwie reicht es mir.»

«Was hast du erwartet? Ausdauer musst du schon aufbringen.»

«So, wie du dich ins Zeug legst, könnte man meinen, es geht um deine Wohnung.»

«Wenn ich nett bin, darf ich vielleicht manchmal bei dir nächtigen?» Sie kneift Jan leicht in den Oberarm, der springt gespielt entrüstet beiseite. Die Anspannung löst sich. Hand in Hand gehen sie weiter. Die nächste Wohnung ist nur zwei Straßen entfernt. Der Makler, ein älterer, solide aussehender Herr im Anzug, wartet schon an der Tür.

«Hallo, Sie sind pünktlich, das gefällt mir. Es sollten noch zwei Interessenten kommen, aber wir können schon immer. Ich gehe vor.» Ohne abzusetzen, steigt der Makler zügig bis in die fünfte Etage hinauf.

«Noch höher», pustet Jan.

«Dafür werden Sie mit einer fantastischen Aussicht belohnt. Gleich ist es soweit.» Es ist ein Haus aus der Gründerzeit, erklärt der Makler.

Es muss frisch renoviert sein. Sie riecht Farbe und ein wenig von einem Reinigungsmittel. Das Treppengeländer ist hellblau gestrichen. Ungewöhnlich. Zusammen mit den hellen Treppenstufen wirkt alles sehr freundlich.

«Da sind wir.» Nun schnauft der Makler doch hörbar. Die Tür knarrt leise beim Öffnen. Wie die Treppenstufe bei Jan zu Hause. Sie denkt an ihre erste Nacht, an Jans Sorge wegen seiner Eltern.

In der Wohnung heller Holzfußboden, weiße Wände, viel Licht. Kein klassischer Flur, statt dessen eine quadratische Diele, von der vier Türen abgehen.

«Und hier das Wohnzimmer, zum Schlafzimmer geht man hindurch, man kann aber auch von der Diele hinein, dahinter, voilà, eine extra Toilette – sehr praktisch. Küchenmöbel gehören dazu, wie Sie gesehen haben, Herd müssen Sie kaufen, alles ist frisch renoviert. Wenn Sie mich fragen, eine sehr schöne Wohnung. Aber das Beste kommt hier.» Der Makler steuert noch einmal auf die Küche zu, öffnet die doppelflüglige weiß gestrichene Tür mit

Glaseinsätzen bis zur halben Höhe und zwinkert ihr zu.

«Sehen Sie mal da raus.» Sie geht an ihm vorbei und zieht Jan an der Hand hinterher.

«Wow», entfährt es ihr. «Das ist ja der Wahnsinn!» Sie stehen auf dem Balkon, der fast schon eine Terrasse ist und sehen über ein Gewirr von Dächern bis zum Fluss. Sie wippt in den Knien und kann ihre Begeisterung schlecht zurückhalten.

«Jaa», macht Jan. «Schöne Aussicht. Was soll die kosten? Und wie groß ist sie?»

«75 Quadratmeter, 580 warm.»

«Puh, das wird wohl nichts.»

«Ach», entfährt es dem Makler. «Sie sahen beide so begeistert aus.» Das muss sie jetzt dem Makler genauer erklären, sonst ist die Wohnung weg.

«Von genau so einer Wohnung hat mein Freund geträumt. Und dann gibt es die – also… Jan?» Der schüttelt den Kopf.

«Schade, schade. Sie können mich jederzeit anrufen, falls Sie es sich überlegen. Ältere kriege ich hier nicht rauf. Man muss schon gut zu Fuß sein.»

«Dass es die Wohnung geben soll, die ich mir ausfantasiert habe …» Sie fühlt, wie Ungeduld in ihr hochsteigt.

«Jan, eine Wohnung hat man für gewöhnlich länger. Deine Schulden in Köln, das muss ja mal zu Ende gehen? Rechne noch mal in Ruhe.» Als Jan auf dem Weg zur S-Bahn sagt, sie haben vergessen, nach den Heizkosten zu fragen, freut sie sich. Es lässt ihn also nicht kalt.

***

«Hast du schon mal in einer WG gelebt, Jan?»

«Nee, nur auf Montage. Bei Erdöl, wir waren ein Männertrupp. Und dann beim Bund, aber das war ja alles zwangsweise.»

«Beim Bund warst du?»

«Klar, bei den ersten Ossis sogar. Danach kam Erdöl. Modellbauer brauchten sie gerade nicht nach der Wende, jedenfalls nicht hier. Ich hätte wegziehen müssen. Wollte ich damals aber nicht. Also wurde es Erdöl. Die haben gut gezahlt. Meine Schwester war immer neidisch, sie hat studiert, Philosophie. Heute krebst sie rum mit einem Job in der PR-Branche. Hört sich toll an, aber die saugen sie ganz schön aus, ein irrer Leistungsdruck.»

«Gutes Geld und nichts zurückgelegt; glückliche Jugend also?»

«Ich brauchte mir keine Gedanken zu machen, ja. Wo es hingeflossen ist, null Ahnung. Schön blöd, da hast du recht.»

«Das habe ich nicht gesagt. Vielleicht muss es einmal im Leben so sein? Die Buchhalter, die Schein für Schein aufeinander packen und sich dran freuen, sind bestimmt nicht glücklicher. Ich weiß nicht, wie es sich lebt mit ein bisschen Überfluss. Wir hatten nie viel. Warum bist du trotzdem weggegangen, in Köln gelandet?»

«Dieses Herumziehen war dann doch nichts für mich, zu unstet. Als ich von Jana in Köln hörte - ich war mit fünfzehn heftig in sie verliebt - wollte ich sesshaft werden. Also habe ich mir in Köln Arbeit gesucht. Den Rest kennst du. Aber was ist denn mit deiner Frage? Da steckt doch was dahinter?»

«Ich überlege, ob zwei schon eine WG sind.»

«Gini?...»

«Warum nicht. Dir hat die Dachterrasse gefallen, mir auch. Du kannst die Wohnung nicht allein bezahlen, sagst du. Was liegt näher, als eine WG? Für jeden ein Zimmer, vielleicht aber auch ein großes Doppelbett? Meins ist dir ja zu schmal. Und bei deinen Eltern fühlst du dich nicht frei.» Sie beobachtet Jans Reaktion genau. Ablehnung sieht anders aus. Eher guckt er, als ob sich ein Problem löst. Manchmal braucht er wohl jemanden, der ihm zeigt, wo es langgeht.

Sie hat alles hin und her gewendet. Sogar mit ihrer Mutter hat sie gesprochen. Die hat ihr Mut gemacht. ‹Wenn es der Richtige für dich ist, tust du schon das Richtige. Bist ein kluges Mädchen.› So gestärkt brauchte sie noch mehrere Tage und einige Anläufe, ehe sie Jan diese Frage stellen konnte. Jetzt ist sie erleichtert, geht in die Küche und kommt mit Tee zurück. Jan ist bei ihr zum Teetrinker geworden. Sie stellt das Tablett auf der Erde ab und ordnet Kanne,

Tassen und Zucker auf dem runden Tisch. Sie trinken und sehen stumm in das Nieselgrau.

«Gini, wenn wir zusammenziehen, das wäre ein ziemlich neuer Abschnitt. Für dich doch auch?» Die Löffel klappern leise auf den Untertassen, als Jan mit dem Knie wieder mal an die Tischkante stößt.

«Du hast alles verändert, weißt du das? Mit Jana in Köln, ich wollte immer, dass wir schnell eine Familie sind, Kinder haben. Aber dann, von einem Tag auf den anderen musste ich mir eine Wohnung suchen.»

«Warum hat sie Schluss gemacht?»

«Ich war ihr nicht ehrgeizig genug. Ich weiß bis heute nicht, was sie von mir wollte. Danach ist mein Leben, ich sage mal, weggerutscht, habe mich hängen lassen, mich verkrochen, bin nicht zur Arbeit gegangen. Dabei war Manne ein toller Chef. Der hat immer gesagt, Junge, du wirst mal mein Nachfolger.» Sieh an, plötzlich redet er über sich. Spricht und hält dabei die Tasse, als müsse er sich wärmen oder daran festhalten. War wohl doch nicht so harmlos, seine Zeit in Köln? Sie muss jetzt was sagen.

«Freundin weg und Job futsch. Deshalb bist du so Hals über Kopf zurück? Wenn ich das mit mir vergleiche. Es ging immer geradeaus. Floristin war es, was ich werden wollte. Täglich meine Blumen, Ideen umsetzen, kreativ sein. Ist alles so gekommen. Schon komisch, ohne deine Pechsträhne wären wir uns nie begegnet.»

Sie gießt zum zweiten Mal Tee nach. Sollte sie genauer nachhaken? Aber Jan ist nicht der Typ, der alles auf einmal auskippt. Für heute kommt da wohl nichts mehr. Er sieht abwesend an ihr vorbei. Kinder wollte er, hat er gesagt. So ein Wunsch ändert sich nicht über Nacht. Sie will auch Kinder. Soll sie ihn darauf ansprechen? Nein, nichts überstürzen. Es fühlt sich nicht so an, als wäre es in diesem Moment eine gute Idee. Jetzt geht es um sie beide. Worauf warten? Jan ist der Richtige, es ist die richtige Zeit.

11 ELISABETH

«Tausend Hände müsste man haben und viel mehr Zeit.» Sie stöhnt und lockert ihre verkrampften Finger.

«Man kann es auch übertreiben, Elisabeth.»

«Lu, du bist ja ein Lieber, meist jedenfalls. Aber manche Sachen... Kurz, ich kann nicht anders. Findest du nicht, dass die beiden Unterstützung verdient haben?» Lu brummt etwas wie ‹ja schon› und verschwindet in der Küche. Sie lächelt in sich hinein, lässt die bunten Bänder, mit denen sie den Stubenwagen dekoriert, in ihren Schoß sinken und sieht aus dem Fenster. Niemand, nicht einmal Lu, weiß, wie sehr sich die Angst um Jan in ihr eingenistet hatte. Jetzt empfindet sie Erleichterung. Aber ob sie jemals verschwindet?

Jan wird Vater. Das Kapitel Köln ist abgeschlossen. Sie möchte, dass ihre Sorge, er könnte erneut spielen und alles kaputt machen, ein Ende hat. Wo er doch eigentlich ein Glückskind ist. Weder in der Lehre noch in irgendeinem Job brauchte er sich besonders anstrengen. Immer ging alles glatt. Als er von diesen Erdölleuten wegging, war sie froh, aber weshalb er das Theater so leichtfertig aufs Spiel gesetzt hat? Woher nur kam dieser Drang zum Spielen? Was hat sie falsch gemacht? Worin hätte sie ihn mehr bestärken müssen? Sie hatte nie den Eindruck, dass Jan nicht zurechtkommt mit seinem Leben. Oft erschien er ihr sogar selbstbewusster als Dana. Ihre Tochter musste für ihren Studienabschluss ganz schön büffeln. Dana war früh selbständig. Selbst sie hat sich manchmal Rat bei der Großen geholt. Wenn sie nur an die langen Telefonate mit ihr während der Krise mit Lu denkt.

Was hat sie bei Jan übersehen? Hat er Ausdauer nicht gelernt, weil ihm vieles zuflog? Dieses Fragen und Zweifeln. Schluss damit. Es bringt sie nirgendwo hin. Sie gibt sich einen Ruck, nimmt die Schleifenbänder und dekoriert weiter. Das Kind kann jeden Tag kommen. Und sie hat sich diesen Stubenwagen für ihr drittes Enkelkind in den Kopf gesetzt. Sie konzentriert sich auf die Farben. Rosa, blau, gelb, weiß. Sie windet die Bänder im Wechsel um das Korbgeflecht.

Gini und Jan haben geheim gehalten, ob es ein Junge oder ein Mädchen wird. Namensdiskussionen wollten sie auch nicht. Wenn jemand fragte, sahen sich beide nur an und lächelten. ‹Lasst uns die Spannung›, mehr war nicht zu erfahren. Wie sehr hat Jan sich Kinder gewünscht. Deshalb - entschlossen windet sie das letzte Band um den Rand des Korbes - wird jetzt alles anders. Gini, die neue Arbeit, das Kind. Er wird zur Ruhe kommen und zufrieden sein. Den leisen Zweifel schiebt sie resolut beiseite.

***

«Mutti?» Sie presst den Hörer fest ans Ohr, bevor sie ‹Ja?› herausbringt.

«Mutti, du bist Oma. Seit heute früh um zehn vor fünf. Gini…»

«Was ist mit ihr, rede schon, Junge.»

«Atme mal tief durch. Ich wollte doch nur sagen, sie lässt euch grüßen. Ging bei ihr wie beim Länderspiel. Gegen drei in der Nacht wurden die Wehen stärker. Taxi war schnell da. Sie konnten Gini nicht mal mehr richtig fertigmachen, sagte die Hebamme hinterher. Er wollte einfach nicht warten.»

«Jan, es ist ein Junge, wie schön.» Sie krächzt vor Aufregung, wischt ein paar Tränen weg und schnieft. «Erzähle, Jan, ich habe so viele Fragen. Wie groß und wie schwer ist er, wie soll er heißen? Und wie lange bleibt Gini in der Klinik?» Jan lacht.

«Heute Morgen ging es mir genauso - ach, schlimmer, wenn ich ehrlich bin. So eine Geburt, das haut dich um.»

«Jan?»

«Ja, ich bin noch da. Also, er heißt Jacob, mit «c» bitte. Er wiegt, glaube ich, vier Pfund, halt, natürlich Kilo. Die Hebamme sagte, der ist proper. Und schreien kann er, alle Achtung. Du hättest sehen sollen, wie er tiefrot anläuft. Er tat mir richtig leid, so hat er sich angestrengt. Ihr müsst ihn bald ansehen. Ich will wieder in die Klinik. Alles andere Morgen, tschüss.»

«Jan, mein Junge, mach›s gut. Und gib deinen beiden einen dicken Kuss von mir, nein, von uns.»

***

«Lu, siehst du mal nach, ob Jacob eingeschlafen ist?» Sie legt die Beine auf die Couch und gähnt. Wie anstrengend so ein Baby sein kann. Sie hatte es fast vergessen. Jan und Gini haben ihren ersten Jacob-freien Tag. Der Kleine quengelte beim Einschlafen, scheint sich aber beruhigt zu haben. Lu kommt auf Zehenspitzen aus dem Schlafzimmer.

«Das Kerlchen entwickelt tatsächlich seinen eigenen Willen», er schüttelt lächelnd den Kopf.

«Du glaubst nicht, wie froh ich bin, dass es mit den beiden so gut läuft. Ich hatte solche Angst, aber jetzt - ich werde von Tag zu Tag ruhiger.»

«Jan ist stolz auf seine Familie. Das setzt er nicht aufs Spiel. Und er hat eine vernünftige Arbeit.»

«Er hat Gini immer noch nichts erzählt von damals, Lu. Geht alles gut, kann ich das so stehen lassen, aber wenn nicht?» Lu beruhigt sie, gießt jedem ein Glas Wein ein und schaltet den Fernseher an. Es läuft irgendeine Show zum Samstagabend. Sie will sich nicht darauf konzentrieren, Lu scheint egal zu sein, was läuft; er sieht kaum hin. Ab und zu nippt sie an ihrem Glas Wein, doch ihre Gedanken geben keine Ruhe.

«Mir geht der Abend nicht aus dem Kopf, Lu, als Jan uns gesagt hat, dass er ausziehen will. Ich habe ihm geraten, Gini reinen Wein einzuschenken. Ihre Beziehung sollte eine ehrliche Basis haben. Erinnerst du dich, wie er reagiert hat?»

«Angst hat er gehabt, davor, dass Gini kein Vertrauen zu ihm hätte, wenn sie davon wüsste. Kannst du das nicht verstehen?»

«Dieses Vermeiden und Verschweigen ist es, das mich stört. Es macht mich unruhig, ich kann die Gedanken nicht abschalten.» Lu krault beruhigend ihren Nacken, sie lehnt sich an ihn. Als sie hören, wie Jacob im Schlaf geräuschvoll schmatzt, müssen beide lachen.

12 JAN

Ein Sohn: sein Sohn. Ist wirklich alles real? Es ging so wahnsinnig schnell. Seine Angst, als Gini ihn weckte. Die Wehen. Er war hilflos. Die Taxifahrt nahm kein Ende. Die Geschäftigkeit im Kreißsaal. Alles war fremd, er stand nur da, hatte von nichts einen Plan. Ginis Stöhnen; sie hat sich bemüht, nicht zu schreien; hat die Unterlippe blutig gebissen. Aber das merkten sie beide erst nach der Geburt.

Auf einmal war da ein blauroter blutverschmierter Körper, winzig. Ehe er es sich versah, hat ihm die Hebamme seinen Sohn in den Arm gelegt. Ein kleiner Fremder. Und doch sein Kind. Jacob. Von ihm. Von Gini.

Jan läuft eilig mit Saft und zwei Zeitschriften neben der Straßenbahn her. Als sie hält, steigt er nicht ein, steht und sieht der Bahn nach. Er muss ein paar Stationen laufen, sicher sortieren sich dann seine Gedanken.

Nach einigen Minuten hängt sich der Stoffbeutel an und wird schwer. Von weitem sieht er eine Kneipe. Er kennt sie vom Vorbeifahren. Nur auf ein kleines Bier. Eine kurze Auszeit. Er bleibt gleich am Tresen stehen. Als er sich umsieht, entdeckt er den Automaten. Nur ein Spiel. Er nimmt sein Bierglas und den Beutel, stellt das Glas auf das Fensterbrett, lehnt den Beutel an das Gerät und beginnt zu spielen. Er konzentriert sich. Es hilft. Die Gedanken versiegen. Das Glas ist leer, er lässt es nicht nachfüllen. Der Kneipier fragt nicht. Magenknurren holt ihn aus dem Spiel. Er sieht auf die Uhr und erschrickt. Mehr als eine Stunde? Hastig zahlt er und geht. Keine Bahn in Sicht, also laufen. Er ist versackt. Eine ganze Stunde. Wie konnte er die Zeit so vergessen? Er schiebt die Gedanken beiseite. Ach was, das ist nichts. Andere Väter gehen saufen. Hat er oft gehört: Kind gekriegt, total besoffen und beim Aufwachen überlegt, ob es wahr sein kann. Dagegen ist so ein Spiel harmlos.

Für Gini legt er sich eine Geschichte zurecht. In vier Tagen ist sie wieder zu Hause, hat sie am Telefon gesagt. Dann beginnt das Familienleben. Zeit für die Spielhalle bleibt dann nicht. Sein Traum ist wahr geworden. Es wird aufregend zu dritt. Er wird Jacob ein Freund sein, nicht zu streng, aber er wird darauf achten, dass er was Richtiges aus seinem Leben macht. Sie werden viel unternehmen, er wird ihm alles zeigen, alles erklären. Bis zum Krankenhaus hat ihn keine Straßenbahn überholt. Gut, dass er nicht gewartet hat. Er nimmt zwei Stufen auf einmal, fühlt sich okay, das Laufen hat den Kopf frei gemacht. Ein Ausrutscher, denkt er, dann klopft er an der Tür.

***

«Jan, wollen wir was trinken oder musst du ewig telefonieren?» In den vergangenen Monaten gab es nur

Jacob. Jacob wie er lächelt, wie er trinkt, wie er schreit, wie er die Windeln vollmacht und ob die Farbe von dem, was drin ist, heller ist als gestern. Er musste mal raus. Steve hat immer wieder gefragt, ob sie sich auf ein Bier treffen können. Also ist es nicht gelogen, wenn er Gini erzählt, er trifft sich mit Kollegen. Sie wird ihn kaum vermissen. Sie ist eine wunderbare Mama, aber jetzt eben nur noch das. Die Kneipe hat er ausgewählt. Hierher geht er ab und an auf ein Bier und ein schnelles Spiel. Steve weiß das nicht.

«Jan, hörst du mir überhaupt zu?»

«Tschuldige, war in Gedanken.»

«Hab ich gemerkt. Immer die Familie?» Steve grinst, deutet auf die beiden Spielautomaten und klaubt einzelne Geldstücke aus der Hosentasche.

«Wie ist es, ‹n Spielchen? Ich genehmige mir jedes Mal ‹nen Fünfer, mehr nicht. Sonst rutscht es einem vielleicht weg.» Sieh an, so ein Klugschnack.

«Alles unter Kontrolle? Gut so.»

«Ich will nur bisschen Spaß», sagt Steve. Als ob der Ahnung hätte. Wie oft hat er sich gefragt, warum einer die Kontrolle behält, wie Steve, und einer sie verliert, wie er. Darüber kann er mit niemandem reden. Jetzt nicht einmal mehr mit seinen Eltern. Für sie hat er Familie und Arbeit und damit Boden unter den Füßen. Alles richtig. Er liebt Gini, er liebt Jacob und die Tischlerei ist okay. Trotzdem ist da wieder dieser Sog. Der Automat klingelt, Münzen klimpern im Ausgabefach. Steve schüttelt den Kopf.

«Wie machst du das bloß? Ich hab alles diesem blöden Ding gespendet und du machst Kasse.»

«Anfängerglück. Nur keinen Neid. Ich gebe dir ein Bier aus, okay?» Steve sieht auf die Uhr.

«Ich muss Schluss machen, will heute Abend noch meinen PC reparieren, der spinnt seit ein paar Tagen.»«Dann», er hebt die Hand, «ich trinke noch mein Bier und nehme eine Bahn später.» Er sieht Steve kurz nach und reiht dann die gewonnen Münzen vor sich auf. Er richtet sie exakt aus, in einer geraden Linie nebeneinander, fixiert die Stapel. Mit einer entschlossenen Geste streicht er alles in seine Linke und füttert den Automaten. Da geht noch was, hämmert es in seinem Kopf. Wie ferngesteuert greift er nach dem letzten Schein im Portemonnaie, sieht ihn im Eingebeschlitz verschwinden. Als der Kasten in den Wartemodus geht, wird ihm klar – das war der Zehner für die Rechnung. Er sieht zum Kneipier, zuckt mit den Schultern.

«Tut mir leid.» Der nickt beiläufig, sagt, er soll das Geld morgen bringen und setzt nach, dass er sein Bier künftig gleich zu bezahlen hat. Zu blöd. Von wegen ‹geht noch was.› Leeres Portemonnaie, das hat er nun. Und Gini muss er erklären, warum er schon wieder so spät dran ist.

***

«Mensch, Jan, du hier? Beim Zahnarzt schon ausgelitten?» Mist. Warum hat er nicht daran gedacht, dass Steve nach Feierabend auch ohne ihn auf ein Bier hierher kommt? Er überlegt blitzschnell. Auf keinen Fall soll Steve mitbekommen, dass er hier inzwischen Stammgast ist.

«Tja, du, da hat mir mein Gedächtnis einen Streich gespielt. Nicht heute ist mein Termin, sondern in einer Woche. Ich guck doch unterwegs noch mal auf den Bestellschein und sehe es. Zurück zur Arbeit hätte nichts mehr gebracht. Stattdessen gönne ich mir ein außerplanmäßiges Bier.» Steve grient. Er scheint nicht misstrauisch geworden zu sein.

«Da hast du also», Steve deutet auf den Spielautomaten, «die Dinger für dich entdeckt, seit du letztens so ein unverschämtes Glück hattest?» Er lacht.

«Das war es aber auch. Heute läuft nichts. Ich habe gerade Schluss gemacht. Also, bis morgen früh.» Bloß nicht über die Arbeit reden, weg, bevor Steve dumme Fragen stellt. Es reicht, dass er seit Tagen das Gefühl hat, Kreibich beäuge ihn unter seinen Urwaldaugenbrauen aufmerksamer als sonst bei seiner Runde durch die Werkstatt. Gibt den Firmenvater. Scheint die Ruhe selbst. Manchmal hat er genau diese Ruhe satt. Und dann das Einerlei mit den ewig gleichen Fenstern. Kaum interessante Aufträge. Scheint keine Denkmale mehr zu geben.

Jan lässt die S-Bahn fahren, wartet auf die nächste. Gini, Jacob, seine Eltern, Kreibich, die Kollegen. Nichts passt mehr zusammen. Wo ist der rote Faden? Am liebsten möchte er fort, weder reden, noch erklären. Vor der Wohnungstür fällt ihm ein, dass Gini heute Morgen sagte, sie müssen etwas besprechen. So sehr er sich auch anstrengt, es will ihm nicht einfallen.

Jacob quietscht vor Vergnügen, als er in der Tür steht, kommt geschickt durch den Flur gerobbt und zieht sich an seinem linken Hosenbein hoch. Er wirft ihn in die Luft, der Kleine gluckst. Es erinnert ihn an Ginis Lachen.

«Sei vorsichtig, Jacob landet noch an der Decke.» Er drückt seinem Sohn einen Kuss auf die Wange und lässt das zappelige Bündel hinunter.

«Warte nur, wenn du erst laufen kannst. Dann toben wir beide richtig. Wir gehen Drachensteigen. Das fand ich als Kind toll. Ja, mein Kleiner, das machen wir.» Jacob lallt und quietscht.

«Genau, Drachensteigen, du verstehst mich.»

***

Er sieht auf den Wecker. Es ist erst fünf und der Kleine quengelt. Manchmal schläft er noch eine Stunde, wenn er mit zu ihnen ins Bett darf. Er hört, wie Gini das Kind beruhigt, dreht sich um und will noch etwas allein sein. Es ist Sonnabend. Kein Kreibich, keine Fenster, kein Spielautomat auf dem Weg zur S-Bahn. Seit vier Wochen ist kein Tag spielfrei. So geht es nicht weiter.

Gini bringt Jacob mit ins Bett. Er spürt ihre Wärme und riecht die vertraute Mischung aus Babypuder und Milch. Er dreht sich zu ihr und legt den Arm um sie. Gini. Seine Familie. Er muss etwas unternehmen.

Montag wählt er die Telefonnummer von der Stadtmission, die er schon länger in seiner Jackentasche bei sich hat. Er ist überrascht. Schon in zwei Wochen kann er zur ersten Sitzung kommen.

Karen Eigen, die Therapeutin, ist geschätzt kaum älter als er. Sie macht ihm Mut, meint, er wäre noch nicht so tief drin. Er könne es schaffen.

«Es ist wie bei jeder Sucht, Herr Siegel. Wenn Sie sich wieder der Situation aussetzen, geben Sie einen neuen Impuls. Es mag anders sein als bei Alkohol oder Drogen, weil Ihr ‹Stoff›, der Spielautomat, nicht physiologisch wirkt, jedenfalls nicht vorrangig. Spielsucht ist schlecht erkennbar und messbar. Wir wissen darüber noch nicht genug. Aber es laufen ähnliche Prozesse im Gehirn ab, wie bei einer stoffgebundenen Sucht. Da ist das sogenannte Belohnungszentrum im Spiel. Fangen Sie wieder an, brauchen Sie den Impuls immer öfter. Irgendwann verlieren Sie die Kontrolle. Glauben Sie mir, Sie haben es nicht ‹im Griff›. Nehmen Sie es ernst, auch, wenn ich gesagt habe, Sie können es schaffen. Die Betonung liegt auf ‹können›. Will heißen, Sie haben das Potenzial. Nutzen Sie es.»

«Uff», macht er und grinst. Sie kann so schön rot werden. Die Farbe ihrer Wangen konkurriert dann mit dem der extra langen Haarsträhne, die sie oft aus dem Gesicht streicht. Dazu diese tiefdunklen Augen, die sich in ihn zu bohren scheinen.

Vor der vierten Therapiestunde teilt ihm die Sekretärin mit, dass Frau Eigen versetzt wurde. Keine

Erklärung. Ein älterer Mann will ihn neu einteilen. Da macht er auf dem Absatz kehrt. Er lässt sich nicht ‹einteilen›. Er ist ein leichter Fall. Er kann es schaffen. Das hat Karen Eigen gesagt und das wird er auch tun. Seit der ersten Stunde bei ihr war er in keiner Spielothek mehr. Er fühlt sich besser, muss für Gini keine Ausreden mehr erfinden.

13 GINI

Jacob quengelt. Jan hat sich nur ganz kurz mit ihm beschäftigt und ihn dann mit Schwung in das Laufställchen gesetzt. Er ist verändert. Hat er manchmal selbstvergessen mit dem Kind gespielt, ist er seit einiger Zeit oft wie abwesend, sieht durch sie hindurch, weicht ihrem Blick aus. Als er gestern nachhause kam, war er völlig aufgedreht. Er ist so unstet. Sie muss mit ihm reden, kann es nicht mehr hinauszögern.

«Du hättest ihn ruhig noch ein bisschen müde spielen können, Jan. Er macht mittags jetzt manchmal Zirkus, will nicht schlafen und wird unleidlich. Jan reagiert nicht.

«Jan, ist etwas?» Sie horcht in die Stille, spricht dann mühsam beherrscht weiter. «Du kümmerst dich kaum um Jacob, weichst mir aus und manchmal denke ich, du bist gar nicht richtig anwesend.» Jan kommt aus der Küche, druckst, aber rafft sich dann doch auf.

«Na ja, in der Werkstatt ist es die Tage nicht so doll. Ich denke schon rechteckig in Fenstergröße.» Er lacht abgehackt und sieht wieder an ihr vorbei.

«Rechteckig denken, du sprichst in Rätseln.»

«Immerzu nur Fenster, verstehst du? Nur Routine, es fordert mich nicht.»

«Hat doch aber was, wenn man Routine bekommt, wenn es flutscht. Deine Worte, Jan.» Er schüttelt heftig den Kopf. Flutschen und nicht gefordert sein, meint er, das seien zwei verschiedene Sachen.

«Aber unterfordert? Das hast du nicht umsonst gesagt. Ich komme darauf zurück, nach dem Essen, wenn Jacob schläft. Ich hatte ja angekündigt, dass wir reden müssen. Gestern Abend passte es bei dir nicht, war mein Eindruck.»

Sie wartet. Wieder keine Reaktion. Er hat es also vergessen. Dem Kleinen fallen nach dem Füttern die Augen fast von allein zu. Sie geht noch schnell ins Bad, entwirrt ihre zerzauste Mähne und malt die Lippen leicht an. Ein paar Minuten gönnt sie sich, bevor sie mit Jan über ihre Pläne sprechen kann. Warum zögert sie so? Es ist doch normal, dass sie nicht ewig zu Hause sitzen will. Sie haben das Thema Arbeit in den vergangenen Monaten nie berührt. Diese Zeit mit Jacob war gut und wichtig. Sie hat es sehr genossen, aber nun wird er größer und sie fühlt, Mutter sein ist nicht alles. Die Frage ihrer Kollegin kam genau zur richtigen Zeit. Mal sehen, wie er reagiert.

Sie geht in die Küche, Tee kochen, den braucht sie zum Reden. Im Wohnzimmer ordnet sie Tassen, Kanne und Zubehör auf dem Tisch an und sieht dann zu Jan, der stumm abwartend im Sessel sitzt.

«Da du immer noch so ratlos aussiehst - es geht um meine Arbeit. Alina, du hast sie im Laden schon gesehen, rief vor einiger Zeit an. Sie ist schwanger.

Gestern hat sie nachgefragt, ob ich mich entschieden habe. Die brauchen mich, Jan.» Als von Jan nichts kommt, legt sie nach.

«Nur für vier Stunden, später vielleicht sechs. Was hältst du davon?».

«Warum machst du da so ein Buhei? Ich habe nichts dagegen, wenn du wieder arbeitest. Ist das deine Sorge? Das Geld können wir auf jeden Fall gebrauchen. Aber wie organisieren wir es mit Jacob?»

«Genau darum geht es. Wir müssen alles in den Griff bekommen und das jeden Tag.» Jan zuckt mit den Schultern.

«Unsere Eltern haben auch gearbeitet und es ging. Ob die da so viel drüber geredet haben? Deine Mutter hat dich sogar allein großgezogen.»

«Ist lange her, Jan. Heute ist manches anders. Das sollte dir aufgefallen sein. Viele Kitas schließen so, dass es mit meinen Arbeitszeiten nicht passt. Aber zu deiner Beruhigung: In vier Wochen wird zwei Straßen weiter in einer Einrichtung ein Platz frei. Den habe ich reservieren lassen. Sie nehmen Kinder ab Beginn des zweiten Lebensjahres. Und sie schließen erst um fünf. Besser geht es nicht.»

«Da hast du ja an alles gedacht.»

«Du willst doch mehr gefordert sein. Das wirst du, wenn auch anders. Vielleicht habe ich an alles gedacht, aber du musst mitziehen. Wir müssen uns aufeinander verlassen können.»

«Bin ich denn unzuverlässig, Gini?» Ist sie zu weit gegangen? Jan hat erschrocken ausgesehen. «Du bist in letzter Zeit… also du hörst mir nicht zu, bist hektisch, wirst mit Jacob ungeduldig, dann wieder hängst du da und ich muss dir den Kleinen in den Arm drücken.»

Es ist raus. Sie gießt Tee nach und beobachtet ihn. Kommt an, was sie sagt? Ist er noch der, den sie meint zu kennen? Tut sie ihm Unrecht mit ihren Gedanken? Als sie ihrer Mutter von den Zweifeln erzählte, hat die nur gelächelt. Männer wären manchmal merkwürdig, wenn die Kinder noch ganz klein sind. Sie solle abwarten, bis Jacob etwas älter geworden ist.

Für ihre Mutter ist alles so geradlinig. Doch da ist etwas mit Jan, das sie nicht deuten kann. Die Geschichten mit dem Abzahlen seiner Raten in Köln: Erst die kaputte Waschmaschine von dieser Jana. Da hat er eine Rate vorzeitig überwiesen, dann dieser Lehrgang, für den Jan ihr ausgeholfen hat. Die fremde Frau kommt ihr bedrohlich vor, als würde sie nach ihrem Leben greifen. So üppig haben sie es nicht, dass es ihr egal sein kann. Als Jan vor drei Wochen die hundert Mark verloren hat, das war unangenehm genug. Im Monat davor hat auch fast ein Hunderter gefehlt, als man ihm das Portemonnaie geklaut hat. Das Thema heute nicht auch noch. Vielleicht braucht er ja wirklich Zeit, sich an den Familienalltag zu gewöhnen? Dazu passt dann aber nicht, dass er schon von einem zweiten Kind gesprochen hat. Im Moment erscheint ihr das weit weg.

14 JAN

Er bockt die Fensterrahmen auf, stutzt dann aber. Der Meister hat gesagt, erst den kleinen Auftrag, der Termin drängt. Er hat die französischen Fenster für den Großauftrag herangeschleppt. Und nun? Umrüsten, auch das noch. Alle zwanzig Rahmen über den ellenlangen Flur tragen, dafür die sechs kleinen rein. Wieso verdammt...? Schafft er das bis zum Feierabend?

Es flutscht nicht. Nervös fährt er mit den Händen über das Gesicht. Sofort brennt der feine Holzstaub in den Augen. Er läuft zur Toilette, wäscht die Hände, spült die Augen, hält stumme Zwiesprache mit seinem Spiegelbild. Aus der Werkstatt ruft jemand; er soll zum Meister ins Büro. Jetzt? So kurz vor der Kaffeepause? Er kann ihn immer noch nicht locker Hartmut nennen, sagt ‹Meister› und für sich selbst ‹Kreibich›.

Als er das Büro betritt, sieht Kreibich über den Rand der Brille zu ihm hoch. Die buschigen Augenbrauen zucken. Neuerdings setzt der Meister eine Lesebrille bei der Büroarbeit auf. Heute ist es nicht die Brille. Wenn er den Blick nur deuten könnte! Er wechselt das Standbein, Kreibich hat noch immer nichts gesagt, steht jetzt aber ein wenig schwerfällig auf, kommt zum runden Tisch, an dem selten jemand sitzt, und deutet auf einen Stuhl. Jan setzt sich an die schmale Tischseite. Der Meister beginnt ohne Einleitung.

«Wenn ich nicht wüsste, dass du kein Mensch bist, der schludert und schlampt, würde ich genau das denken. Aber ich kenne dich, glaube ich zumindest, und ich meine, du kannst gar nicht schludern. Trotzdem, etwas ist anders. Sag mal was dazu, Jan.»

«Nnnein.» Er wehrt ab, ist aber unsicher, wohin das führt und versichert hastig, es sei alles in Ordnung. Kreibich schüttelt den Kopf.

«Ich beobachte dich und ich habe das Gefühl, es ist nicht in Ordnung. Das, was mir an dir gefallen hat, das ist - weg.» Der Meister rückt an der Brille, setzt sie ab, taxiert ihn genau, setzt sie wieder auf. «Es sind Kleinigkeiten. Wenn Steve so arbeitet, sehe ich hin und sage, so ist er eben. Deshalb bewerte ich ihn anders. Bei dir sitzt jeder Handgriff. Das Ergebnis ist entsprechend tadellos. Wenn da was ist, was quer läuft, Junge, dann sag es.» So unwohl Jan sich auch fühlt, es bleibt ihm nicht verborgen, dass es dem Meister ebenso unangenehm ist. Er muss was anbieten.

«Vielleicht bin ich nicht so konzentriert. Heute habe ich die Fenster verwechselt, habe es aber noch gemerkt. Kann sein, bisschen wenig Schlaf wegen Jacob. Er ist seit einiger Zeit nachts quengelig. Die Zähne. Und dann - Gini will wieder arbeiten. Wir haben bis in die Nacht diskutiert.» Das ist nah an der Wahrheit und die Fenster hat er gleich mit erwähnt.

«Kann schon mal sein, ja», nickt Kreibich, «aber wenn da mehr ist, rede, Junge.» Er sieht auf die Uhr, sagt, Kaffeezeit ist ran. Sie gehen schweigend in den Aufenthaltsraum.

Jan kann das Ende der Pause kaum erwarten. Es ist ihm unerträglich, zu sitzen und über Wetter, Wochenende, Fußball, Familie zu reden. Zum Feierabend ist er - ganz unüblich - als erster raus. Sonst lässt er sich gern Zeit, macht noch einen Schwatz, sieht nach, was für den nächsten Tag anliegt und geht dann in aller Ruhe zur S-Bahn. So kommt er runter. Heute stürmt er los mit einem Knäuel an Gedanken, die er nicht entwirren kann.

Der Meister ist unter seinen Augenbrauen noch aufmerksamer, als er dachte. Der Meister kann Menschen einschätzen. Aber es ist gut gelaufen; er ist erleichtert. Da darf eine Belohnung sein. Andere trinken Bier oder rauchen. Er wird mit dem Spielen aufhören. Nur heute noch. Nur noch einmal; auf den Schreck.

Er nimmt die drei Stufen zur Spielothek mit Schwung in einem Schritt, nickt Richtung Tresen, in Gedanken schon bei den Automaten. Vielleicht kommt ja heute der ‹warme Regen›? Dieses Geräusch, wenn das Klimperzeug in den Ausgabeschacht klickert, er hat es lange nicht mehr gehört. Er stellt sich vor, er kommt nach Hause und legt Gini einen Packen Scheine auf den Tisch. Das Bild gefällt ihm.

Er holt Kaffee und Wasser, konzentriert sich auf das bunte Flackern, ist ruhig und gesammelt, eingehüllt in die Melodienfolgen, alles Störende ist ausgeschaltet. So soll es sein. Er ist überzeugt, er kann es schaffen. Aber nichts klickert. Verloren. Er nimmt die Unterlippe zwischen die Zähne, trommelt mit den Fingerkuppen auf die Konsole, greift nach der Kaffeetasse. Leer. Er sieht noch einmal im Portemonnaie nach: leer, wie erwartet. Die Jackentaschen? Jede einzelne fühlt er genau ab. Keine einzige Mark. Mit einem gemurmelten ‹tschau› verlässt er die Spielo, sieht auf die Uhr. Überstunden? Ja, das passt zur Situation, da braucht er kein schlechtes Gewissen zu haben. Scheiß Spielo. Er muss sich umprogrammieren, muss diese Straße meiden.

***

Jan stürmt in die Wohnung, drückt Gini einen Kuss auf die Wange und kneift Jacob in den nackten Oberarm. Gini macht ihn gerade fertig zum Baden. Wenn er nachher noch weg will, muss er zum Ausgleich die Küchenarbeit schmeißen. Es geht ihm wie gewohnt flott von der Hand. Als Jacob nach dem Baden müde im Bettchen vor sich hin brabbelt, steht das Essen auf dem Tisch.

«Was ist in dich gefahren, Jan, du bist ja ganz hummelig?»

«Ein Neffe von meinem Kollegen Dietrich, das ist der Älteste, der spielt in einer Band und die sucht einen Sänger. Ich soll mich vorstellen.» Gini lacht ungläubig.

«Du? Singen? Wie kommt der denn darauf?»

«Ich singe ab und zu bei der Arbeit. Wenn es richtig flutscht, dann passiert das einfach. Ist wie Pfeifen. Einmal kam der Meister rein und hat geklatscht. Da habe ich irgendeine Schnulze geschmettert. Mir fiel nichts anderes ein.» Er zuckt wie entschuldigend die Schultern. Gini muss wieder lachen.

«Es fiel dir nichts anderes ein. Wieso ist mir das noch nicht aufgefallen? Wieso singst du Jacob nicht abends in den Schlaf?»

«Soll ich etwa ‹Lalelu› singen?» Er sieht auf die Uhr.

«Ich muss, Gini. Ist ein Stück mit der Bahn.»

«Geh noch mal zu Jacob. Er hat dich drei Tage fast gar nicht gesehen.» Er überhört den Vorwurf und schleicht ins Schlafzimmer. Jacob hat die Augen geschlossen und fährt mit den Händchen in der Luft herum. Sacht streicht er ihm mit dem Zeigefinger senkrecht über die Stirn, nimmt die warmen Babyhände in seine, hält sie eine Weile und legt sie dann vorsichtig rechts und links auf die Bettdecke. Der Kleine liegt jetzt ruhig.

In der Küche nimmt er Gini kurz in den Arm und pustet ihr in die Halsbeuge. Sie lehnt sich schwer an ihn. Seine Gini, sie fühlt sich wieder vertraut an. Erregung kribbelt in ihm, aber er lässt nach einem Kuss schnell los.

***

Die Tür zum Probenraum steht offen. Er wartet unschlüssig, da kommt einer auf ihn zu, strahlt und streckt ihm schon von weitem die Hand entgegen.

«Jan? Ich bin Oliver. Name tut nicht viel zur Sache, wirst du gleich merken.» In dem runden Gesicht huscht ein Augenpaar lebhaft hin und her, doch das Auffälligste ist der Bart. Im Gegensatz zum lichten Haupthaar prangt ein rötlicher Schnauzer auf Olivers Oberlippe, der in altmodischer Manier fast bis an das Kinn reicht.

«Wir bosseln hier rum, weißt du, aber ohne Gesang ist das nichts. Wir hatten eine Sängerin, jung, hübsch, alles da zum Vorzeigen. Dachte, sie kann berühmt werden. Die Teenies haben heutzutage alle ‹ne Vollmacke, können aber wohl nichts dafür. Einmal zu viel in die Glotze geguckt.» Oliver macht eine wegwerfende Handbewegung. «Geschichte. Ich stelle dir mal die anderen vor. Der lange dünne Schlaks da - Gandhi, Saxophon; Sven, unser Küken - ja, hörst du nicht gern, bist du doch aber - also der sitzt am Schlagzeug, und da, sag ich dir, ist er kein Küken. Er ist übrigens der Neffe von deinem Arbeitskollegen. Und das ist Rudolf, unser Senior und Bassgitarrist.» Er deutet auf sich. «Melodiegitarre. Ach ja, Oliver sagt hier keiner. Ich bin Robbe. Das klebt an mir. Darfst grinsen, tu dir keinen Zwang an. Habe ich alles durch. Ohne das hier», er streift tief atmend über seine Schnauzerenden, «wäre ich nackig.»

Jan hat allen zugenickt. Keiner macht Anstalten, auf ihn zuzugehen wie Robbe. Also bleibt er auch auf Abstand.

«Spielst du was?»

«Nee, leider nicht», er schüttelt den Kopf. «Ich dachte mir das ja gleich, aber Dietrich hat gemeint, ich soll unbedingt...» Er bricht ab, sieht Robbe fragend an, ob der sein Gestammel begriffen hat.

«Lass zuerst hören, was du an Stimme mitbringst. Wenn wir zusammen passen, überlegen wir, wie es weitergeht; auch mit Instrument und so.»

«Also, ich weiß nicht...». Er setzt mit deutlicher Stimme an, räuspert den Frosch weg - verdammt, gerade jetzt -, dreht den Hals im T-Shirt hin und her und grinst hilflos. Robbe haut ihm als Antwort derb zwischen die Schulterblätter.

«Ist doch einfach. Wir suchen, was du offensichtlich hast, ‹ne gute Stimme. Jedenfalls sagt das Dietrich. Der ist, nebenbei gesagt, ganz vernarrt in dich. Sollte ich wohl nicht ausplaudern. Vergiss es.» Robbe pfeift eine kurze Melodie und zwirbelt die Bartenden. «Okay, fang mal an dich einzusingen. Und ihr», Robbe nickt den anderen zu, die immer noch keinen Laut von sich gegeben haben, «ihr stimmt euch auf den hier ein. Hat einer ‹ne Idee, womit wir anfangen?» Er dreht sich wieder zu ihm. «Denk nicht, das ist für uns einfach. Wir sind keine Profis, wir spielen, weil es uns Spaß macht. Na ja, inzwischen können wir einigermaßen Noten lesen. Aber wie Band und Sänger zusammenkommen, da sind wir Neulinge.»

Jan nickt. Was kann schon passieren. Schlimmstenfalls sagen sie ‹reicht nicht›, wir reden noch ‹n Schlag und das war es. Gandhis Saxophon holt ihn aus seinen Gedanken. Jetzt setzt Robbe mit der Gitarre ein. Er erkennt die Tonfolge, stellt sich dichter zum Bandchef und summt mit. Als er überzeugt ist, dass er den richtigen Titel meint, singt er laut, bricht aber gleich darauf ab. Er bekommt den Text nicht zusammen.

Robbe grinst, stellt die Gitarre weg, reicht ihm einen dicken Ordner und schlägt die passende Seite auf. Jetzt ist die ganze Band dabei und wiederholt das Motiv. Er setzt beim Refrain ein. ‹Über sieben Brücken› Er atmet auf, als sie durch sind, spürt, wie die Anspannung wächst. In die Stille nach dem Titel - Robbe sieht Jan nur an und sagt nichts - meldet sich Gandhi.

«War doch nicht so unübel.»

«Ne», sagt Sven, der Schlagzeuger, «nicht übel, aber ohne ‹un›, das ist nämlich Unsinn.» Dabei zwinkert ihm Sven zu.

«Du hast es ganz gut erfasst, klang tatsächlich ordentlich. Aber wir brauchen Theo, der das aufnimmt. Was sagst du, Robbe?»

«Wir hätten ihm gleich Bescheid geben sollen. Machen wir beim nächsten Mal. Proben wir noch ein Stündchen, Jan? Dann machen wir einen Termin mit Theo. Der hat ein Tonstudio, nichts Großes, aber für uns gerade richtig. Irgendwann nehmen wir bei ihm ‹ne eigene Scheibe auf.» Jan nickt. Es hat sich gut angefühlt, laut zu singen.

***

Er sieht auf die Uhr: superpünktlich ist er und so gut drauf wie lange nicht. In der Werkstatt läuft es wieder rund. Spielo und Kneipe hat er erfolgreich gemieden, statt dessen unterwegs eine Flasche Wein gekauft. Nach dem Essen stellt er sie demonstrativ auf den Tisch.

«Wie ist es mit einem außerplanmäßigen Glas, Gini? Ich habe dich in letzter Zeit ganz schön vernachlässigt. Das will ich wieder gut machen.» Gini gluckst und schüttelt den Kopf.

«Du Verrückter passt in keine Schublade. Vielleicht liebe ich dich gerade deshalb?» Sie steht auf, schlingt ihre Arme von hinten um seine Mitte und küsst ihn in den Nacken. Plötzlich schiebt sie ihn von sich.

«Hast du zugenommen?» Sie packt ihn an den Schultern, dreht ihn um. Sie schiebt ihre Hand unter sein Shirt. Die Hand fühlt sich warm und trocken an. Dann kneift sie kräftig in die tatsächlich vorhandene Speckschicht in der Hüftgegend, die ihn ärgert, und gurrt wie eine Taube. Was nur ist in sie gefahren? So war sie schon lange nicht mehr.

«Gini, Gini, kaum siehst du eine Flasche auf dem Tisch, schon flippst du aus. Was soll das erst werden, wenn wir was getrunken haben?» Er wuschelt ihr durch das Haar, greift fester zu und küsst sie lange.

«Wir sind noch lebendig», flüstert er ihr ins Ohr.

«Ja, das ist zu befürchten. Deinem Charme kann ich nicht widerstehen. Aber ein Glas Wein trinken wir später noch, ja?» Sie zieht ihn auf die Couch und nestelt an den Knöpfen seines Poloshirts.

***

Gini kommt im Bademantel auf nackten Füßen vom Duschen und versucht, mit bloßen Händen ihre Mähne zu bändigen. Er genießt ihren Anblick und kann es sich dann nicht verkneifen:

«Von wegen Männer schlafen nach dem Sex gleich ein.»

«Noch eine Woche, mein Lieber, dann weht ein anderer Wind. Dann komme ich alle zwei Wochen später als du. Ich soll mal früh anfangen und mal Mittag. Packen wir das? Du hattest in letzter Zeit öfters Überstunden. Und nun noch die Proben mit dieser Band.» Gini nimmt einen großen Schluck und lässt ihn dabei nicht aus den Augen.

«So ändern sich die Zeiten, Gini. Früher haben wir nach dem Sex gekuschelt. Heute wälzen wir Probleme. Aber wir kriegen alles hin, wenn wir es wollen. Das mit der Band, ich glaube, das wird mir schon wichtig.» Als er es ausgesprochen hat, klingt es für ihn wie eine Beschwörung. Gini legt ihren Kopf an seine Schulter und murmelt, sie freue sich schon auf Konzerte. Plötzlich richtet sie sich auf.

«Deine Mutter habe ich ganz vergessen. Sie rief Nachmittag an. Du solltest zurückrufen. Sie sagte etwas von Urlaub.»

«Ist schon so spät. Mache ich morgen früh aus der S-Bahn.» Er hebt die Flasche hoch.

«Noch ein Glas?»

«Lass mal. Morgen muss ich zeitig los wegen dem Kita-Platz.» Sie will an ihm vorbeigehen, aber sein Arm schnellt vor und hält sie fest. Er stellt sich vor sie und nimmt sie in den Arm.

«Gini, ich liebe dich. Ich weiß, ich war in letzter Zeit manchmal unausstehlich. Das wird anders.» Sie reibt ihren Kopf an Jans Arm.

«Wäre ja unnormal, wenn alles geradeaus gehen würde. Lass uns schlafen gehen, ja?» Sie wirft ihren Bademantel über die Sessellehne und läuft nackt ins Schlafzimmer. Er sieht ihr nach. Ihre Figur ist fast wie vor dem Kind. Eigentlich schöner. Die Brüste schwerer, der Bauch in leichtem Schwung gewölbt. Sie ist weiblicher, weicher. Wenn sie das Haar offen hat, verdeckt es ihre schmalen Schultern.

***

Als in der S-Bahn das Handy klingelt und sich seine Mutter meldet, fällt es ihm wieder ein: Er wollte sie anrufen. Sie erzählt, dass sie kurzfristig mit einer Gruppe zum Wanderurlaub nach Mallorca fliegen können. Ungünstig sei nur, dass Lu in der vergangenen Woche Rasen gesät habe. Der müsse jeden Tag gewässert werden. Sie bietet ihm im Gespräch das Auto an und schlägt vor, dass er bei ihnen im Haus schläft wegen der Wege.

Passt eher weniger, denkt er, aber absagen? Sie haben viel für ihn getan, das darf er nicht vergessen.

Vorsichtig wässert er die frische Rasenfläche und freut sich auf den ersten grünen Flaum. Am Abend setzt er sich an den Teich und sieht zu, wie die Libellen scheinbar schwerelos über die Wasseroberfläche gleiten. Die vibrierenden stahlblauen Flügel, so dünn und doch so stabil, denkt er bewundernd und nickt im Beobachten ein. Als er aufwacht, ist es fast dunkel.

Er geht nach oben. Sein ehemaliges Zimmer ist noch wie früher. Mit dem Gedanken, dass es auch so riecht, schläft er zufrieden ein. Jeden Nachmittag fährt er nach Hause, spielt mit Jacob, bespricht das Wichtigste mit Gini und hat es dann eilig, zu ‹seinem Rasen› zu kommen, wie er sagt. Den Sonnabend verbringen sie zu dritt im Garten. Jacob patscht mit den Händen aufs Wasser und kreischt vor Freude. Am Abend fährt er die beiden zurück. Im Haus will Gini nicht bleiben. Der Kleine hat zu Hause seine gewohnten Abläufe, findet sie.

Als Jan zurück ist, steht er unschlüssig in der Diele. Was fängt er mit dem Abend an? Kurz entschlossen stellt er sich unter die Dusche. Es ist Samstag. Er muss mal raus. Ganz in der Nähe kennt er eine Gartenanlage mit Vereinskneipe. Zu Fuß macht er sich auf den Weg.

Der einzige Raum ist voll. Die halbe Sparte scheint sich verabredet zu haben. An den Tischen fast alles Ehepaare, ein paar Jungs um die vierzehn. Er bleibt beim Ausschank und bestellt ein Bier. Nach dem zweiten registriert er auf dem Weg zur Toilette zwei Spielautomaten. Sie sind frei. Zurück am Tresen kippt er hastig den letzten Schluck und geht zu den beiden Kisten. Sie sind zwar in die Jahre gekommen, aber das ist nicht wichtig. Niemand macht ihm den Platz streitig. Irgendwann tippt ihm der Kneipier auf die Schulter.

«Komm, Junge, mach Schluss. Morgen ist auch noch ein Tag.» Kurz vor dem Haus seiner Eltern dreht Jan ab, läuft ohne nachzudenken, in Richtung der Spielothek, der von damals. Erst, als es hell wird, gibt er auf.

An den Nachmittagen der nächsten Woche lässt er sich wie immer pünktlich für eine Stunde zu Hause sehen. Dann muss er zum Rasen, sagt er Gini. Als Elisabeth und Lu nach elf Tagen von ihrem Wanderurlaub zurückkommen, ist ein zarter, dichter Flaum zu sehen. Sie freuen sich. Jan hat gut für das Grün gesorgt.

15 ELISABETH

Das Telefon klingelt. Wie immer ist sie augenblicklich hellwach, springt aus dem Bett, stößt mit dem linken Knie an irgendeine Kante, greift nach dem Telefon. Ihre Stimme ist rau.

«Ja...?»

«Elisabeth?» Es schnieft in der Leitung. Dann hört sie «Jan ist weg.» Ginis Stimme! Nun ist sie vollends munter. Sie konzentriert sich, muss aber mehrfach nachfragen, weil Ginis jetzt laut schluchzt. Jan habe gestern Abend Jacob zu ihrer Mutter gebracht, weil sie wegen ihres Arbeitsbeginns noch einiges zu erledigen hatte.

«Danach wollte Jan das Auto zu euch zurückbringen und mit der Straßenbahn nach Hause kommen. Es muss etwas passiert sein, Elisabeth!»

«Unser Auto steht, wo es immer steht, Gini.» Es arbeitet in ihr, die Gedanken überstürzen sich.

Unfall? Das wüsste Gini längst. Jan spielt! Dabei ist er versackt! Sie weiß es, weiß es sofort. Warum bloß haben sie Gini damals nichts gesagt? Sie bemüht sich, ruhig zu sprechen.

«Wenn etwas passiert wäre, hätte man dich schon verständigt. Gibt es einen Freund, bei dem er sein könnte? Wenn es so ist, schlafen die jetzt noch. Es ist

Sonnabend.» Gini schnieft wieder. Es fällt ihr niemand ein.

«Vielleicht jemand von der Band?»

«Weiß nicht, ich habe von denen keine Telefonnummern.»

Sie vereinbaren, bis um neun zu warten. Dann wollen sie wieder telefonieren. Inzwischen ist Lu wach. Sie sieht es, wickelt sich in ihren Bademantel und geht trotzdem wortlos hinunter ins Bad. Dann steht sie da, unfähig, etwas zu tun. Die Handflächen sind schweißnass, sie friert. Als Lu herunterkommt, lehnt sie sich an ihn und kann endlich weinen. Der Tag dämmert, richtig hell wird es nicht. Ein monotoner Landregen hat eingesetzt und lässt alles trostlos-diffus erscheinen. Quälend oft sieht sie auf die Uhr. Dieses Nichts-Tun-Können! Sie überzeugt Lu, mit ihr die Spielhallen abzufahren. Vor der Letzten, die sie kennen, bleiben sie lange im Auto sitzen, sehen sich an, schweigen. Es ist ein ungepflegter Hof mit ausgedehnten Pfützen, das Umfeld erscheint verwahrlost. Vor dem barackenähnlichen langgestreckten Gebäude kein einziges Auto.

«Sieht geschlossen aus, ich sehe mal nach, Lu.» Sie steigt aus, klappt die Kapuze ihrer Regenjacke hoch, balanciert um die Wasserlöcher. An der Wand links neben dem Eingang ein Schild mit der Aufschrift ‹Vorbildliche Einrichtung›. Ein Lachen würgt tief im Hals, dann steigt Wut hoch. Wie, bitteschön, misst man hier Vorbildlichkeit? Die Tür ist verschlossen. Die Wut weicht einem flauen Gefühl im Magen.

Montagmorgen. Sie hat tatsächlich geschlafen. Duschen, essen, Zähneputzen - alles funktioniert wie jeden Tag. In der Auffahrt zu dem vierstöckigen Zweckbau, in dem ihre Werbefirma eine halbe Etage gemietet hat, laufen in ihr Bilder ab, wie der Tag aussehen wird. Beim Aussteigen sieht sie einen Kollegen. In genau diesem Moment wird ihr klar: Sie muss hier den ganzen Tag überstehen, muss alle grüßen, mit allen reden, doch sie wird es nicht können. Ihr mühsam errichtetes Gebäude aus Abwarten bricht zusammen. Sie fällt zurück in den Autositz. Ein Weinkrampf schüttelt sie und hört nicht auf.

‹Zurück›, würgt sie heraus, als das Weinen abebbt und schafft es, sich auf die Straße zu konzentrieren. Zu Hause rollt sie sich embryoklein auf der Couch zusammen und bedeckt den Kopf zum Schutz mit den Armen. Nach einer Stunde ruft sie die Sekretärin an und meldet sich krank, dann telefoniert sie mit Lu. Gegen zwei Uhr dringt das Telefon in ihren Dämmerschlaf. Es ist Gini. Jan ist wieder da, sagt sie nur und dass Lu Bescheid wisse und zu ihr unterwegs sei.

Jan sitzt mit dem Rücken zur Tür im Sessel. Im Raum lastet Schwere. Sie kann es fühlen. Sie setzt sich ihrem Sohn gegenüber. Der hebt unmerklich den Kopf. Da ist etwas in seinen Augen, das sie nicht erwartet hat. Er sieht gefasst, ja entschlossen aus. Bevor sie ihren Gedanken zu Ende bringen kann, hört sie sich fragen:

«Bist du bereit, in eine Therapie zu gehen, Jan? Es ist deine einzige Chance.» Sie hört ihre Worte, als hätte ein anderer gesprochen. Jan nickt ein stummes ‹Ja.›. Er setzt mehrfach an, schafft aber keinen vernünftigen Satz. Nach mehreren Versuchen krächzt er:

«Ich will da raus.» Sie kann nichts antworten. Die Tränen spürt sie erst, als ihr Hals nass wird.

«Hast du Gini erklärt, was mit dir los ist?» Jan reagiert nicht. Da schiebt sie Gini entschlossen aus der Tür und geht mit ihr in die Küche. Es wird ein langes Gespräch. Sie erzählt rückhaltlos und sachlich. Lu, der inzwischen gekommen ist, kriecht mit Jacob auf allen vieren und wirft ab und zu einen Satz ein. Gini sitzt still da, wie abwesend sagt aber am Schluss, dass sie Jan helfen wird.

«Warum haben wir nicht mehr darauf gedrängt, dass er es dir erzählt. Er konnte dir immer etwas vormachen. Wenn Jan meint, mit einer Sache nicht fertig zu werden, sucht er im Spielen den Ausweg. Nur so kann ich das erklären. Aber womit hat er Probleme? Ich bin ratlos.»

Es erstaunt sie, dass Gini so vernünftig ist. Sie kennt das Ausmaß nicht. Aber egal. Wichtig ist, dass sie zu ihm hält, sich nicht trennen will. Jan hat noch eine Chance und seine Familie auch.

Sie gehen zurück in das Wohnzimmer. Jan sitzt noch in der gleichen Haltung im Sessel, als habe er sich nicht bewegt. Gini legt ihm vorsichtig die Hand auf die Schulter.

Da beginnt er plötzlich zu reden: dass er nicht weiß, warum das passiert ist, dass die Geschichten mit den Schulden bei Jana alle so nicht stimmen, dass er Spielschulden in Köln hat und dass er nun auch Schulden bei seiner Mutter und Lu hat. Er habe ihre Scheckkarte im Flur gefunden und seit er einmal für sie getankt hat, kenne er die Geheimzahl.

Elisabeth erstarrt, schafft es aber, sachlich zu fragen:

«Wie viel?» Jans Schultern beginnen zu zucken, er weint, stoßweise, krampfartig, lautlos. Gini sieht ratlos von einem zum anderen.

«Wie viel, Jan?», wiederholt Lu ihre Frage, erhält aber auch keine Antwort. In die lange Stille hinein bricht es endlich aus Jan heraus.

«Das weiß ich doch nicht! Keine Ahnung.»

«Du musst doch wissen, wie viel Geld du abgehoben hast», versucht sie es erneut.

«Immer, wenn es alle war.» Gini schüttelt ungläubig den Kopf.

«Hast du dich nicht gefragt, was dann passiert?»

«Wer spielt, fragt nichts. Es ist egal, woher die Kohle kommt. Ist was da, spielst du. Wenn du gewonnen hast, spielst du weiter, weil du gewonnen hast. Hast du verloren, spielst du weiter, weil du denkst, du musst das Verlorene wiederholen. Es läuft immer auf das Eine hinaus: Du spielst. Weiter. Weiter. Weiter.» Gini lässt nicht locker.

«Was war nach dem ‹weiter›, Jan?»

«Der Geldautomat hat nichts mehr ausgespuckt. Da wollte ich nur noch weg.»

Elisabeth strafft sich, fragt, ob Jan bei seinem Ja zur Therapie bleibt. Er nickt. Dann erzählt er - seine Stimme klingt jetzt gefasst und deutlich - dass er es in der Zwischenzeit mit einer ambulanten Therapie versucht habe.

«Hat aber nicht funktioniert», setzt er nach. Sie muss das in die Hand nehmen, das ist ihr klar. Allein schafft ihr Sohn das nicht und Gini wäre damit überfordert. Schon geht sie in Gedanken durch, was alles erledigt werden muss. Jan braucht eine Krankschreibung und schnellstens eine Therapie. Sie spürt Erleichterung. Sie kann etwas tun. Jan wird es schaffen.

***

Arztbesuch, Krankschreibung für Jan und für sie, Telefonate mit Therapieeinrichtungen, alles läuft wie geplant. Er braucht, hat die Hausärztin erklärt, eine Krisenintervention, ähnlich einer Entgiftung bei Drogen oder Alkohol. Entgiftung? Wovon? Sie hat nichts als Fragen, gibt sich Jan gegenüber aber zuversichtlich. Seine Entscheidung soll auch an allen weiteren Tagen richtig bleiben. Nach dem Arzt Arbeitsamt, Suchtbetreuung. Zwei Tage sind sie unterwegs. Wie geht es denen, die auf Öffentliche angewiesen sind? Für viele Arbeitsmöglichkeiten ist es ähnlich, grübelt sie, ohne Fahrzeug geht gar nichts. Was kommt nach der Therapie? Eine Stelle wie in der Tischlerei wird er nicht wieder bekommen. Sie hat mit dem Meister telefoniert. Der sagte, dass es ihm mehr als leidtue. Aber ein Süchtiger? Als kleiner Handwerksbetrieb könne er sich das nicht leisten.

Sie redet mit Jan so viel, wie sonst nicht in Monaten. Während der Wartezeiten versucht sie die Stadtmission zu erreichen, in der er die ambulante Therapie abgebrochen hat. Endlich ist die Zuständige zu sprechen. Kurz entschlossen fahren sie hin. Nach zwanzig Minuten wird Jan aufgerufen. Sie lehnt sich zurück, wieder Warten. Aber die Frau, die Jan abholt - sie ist in ihrem Alter - lächelt und lädt sie mit einer Handbewegung ein mitzukommen. In dem sparsam ausgestatteten Raum erfahren sie: Die Frau ist Therapeutin, betreut Süchtige ambulant und steht Selbsthilfegruppen zur Seite. Glücksspielsucht werde noch nicht so lange untersucht wie beispielsweise Alkoholsucht, erklärt sie. Nur wenige Spieler fühlen sich behandlungsbedürftig. Bei Alkoholikern sei das schneller klar. Man sehe es, rieche es, die Betroffenen könnten ihr Umfeld nicht so gut täuschen. Spielsüchtige schaffen das sehr lange. Manche blieben Jahrzehnte unerkannt.

«Herr Siegel, Sie haben sich zu einer Therapie entschlossen. Erzählen Sie, damit ich mir ein Bild machen kann.» Die Frau lächelt aufmunternd. Jan spricht zögern, nestelt beim Sprechen an seinen Schnürsenkeln, fingert an den Schuhsohlen, fährt sich über das Gesicht, über die Lippen, legt die Hand vor den Mund

und spricht, sich räuspernd, immer undeutlicher werdend.

«Ja, ähm, ich bin, ich habe... Also, ich bin abgerutscht, ganz nach unten.»

«Schildern Sie es bitte, damit ich es mir vorstellen kann.»

«Na ja, ich habe gespielt, an Automaten und so. Das hatte ich aufgegeben, aber irgendwie...» mit der Rechten den Mund verdeckend, nuschelt Jan so, dass die Frau wieder nachfragen muss.

«Sie haben gespielt, das tun viele. Wie war es bei Ihnen?»

«Anfangs habe ich auch mal gewonnen. Aber irgendwann habe ich gespielt, bis das Geld alle war.»

«Und dann? Sind Sie wieder nach Hause? Oder was haben Sie gemacht, als das Geld alle war?»

«Habe ich mir was besorgt.»

«Wie besorgt?»

«Na, geborgt, irgendwas erzählt, Märchen. Auch mal was aus dem Portemonnaie genommen.»

«Aus dem Portemonnaie? Wie das? Ich denke, es war nichts mehr da?»

«Na ja», Jan windet sich, «von meiner Freundin, meinen Eltern.»

«Das nenne ich gestohlen, Herr Siegel. Es ist schwer, aber Sie müssen schon da anfangen, wenn Sie was ändern wollen. Und das wollen Sie, sonst wären Sie nicht hier.» In Elisabeth krampft es sich zusammen. Wo ist Jans Selbstbewusstsein, seine Fröhlichkeit, dieses Immer-Aufgeräumte? War alles Fassade? Aber für wen? Was muss er verstecken? Die Therapeutin lässt ihrem Sohn keinen Fluchtweg. Es bleibt ein mühsames Gespräch, so empfindet es Elisabeth.

Eine Woche später ist der Therapieplatz sicher. Noch eine Bestätigung von der Hausärztin; mit der Einweisung geht es schnell. Gini schlägt vor, Jan soll bis dahin seine Schulden aufschreiben, alte und neue. Zwanzigtausend Mark, für sie unvorstellbar. Er muss das auf dem Papier als Zahlen vor sich sehen, sagt sie, und dass ihr erst jetzt klar ist, dass Jan auch sie bestohlen hat. Selbst Jacobs kleines blaues Sparschwein - er hatte es ihm gekauft - ist leer. Als sie kürzlich etwas hineinsteckte, schepperte es hohl: ausgeräumt.

In einer der vielen Pausen auf ihren Wegen zu den Ämtern erinnert Elisabeth Jan an den Tag, als er ihr und Lu sagte, dass er Vater wird. Jan dreht sich weg, zieht die Schultern nach vorn, weint lautlos. Sie berühren sich nur noch selten. Es bleibt meist beim Handschlag. Jetzt kann sie ihren Sohn drücken, kurz nur, aber er wehrt sie nicht ab. Nein, es ist nicht alles zu Ende.

Am Tag der Einweisung fährt sie Jan in die Klinik. Bahn, S-Bahn, Bus, alles Fehlanzeige. Kein vernünftiges Hinkommen, schon gar nicht so früh. Beide schweigen; sie konzentriert sich auf die Straße. Vor der Klinik ist noch Zeit für eine Zigarette und eine zweite. Jan zieht den Rauch nervös ein. Wenn sie ihn ansieht, lächelt er, aber in seinen Augen flackert es.

Dieser Augenblick! Er brennt sich ihr ins Gedächtnis: Jan drückt die halbgerauchte Zigarette mit dem Daumen aus, packt seine Gitarre, geht zur Anmeldung. Die Gitarre. Kann sie sein inneres Zuhause sein? Selbst wenn er sich das Spielen beibringt, wird die Band auf ihn warten?

Der November ist ungewöhnlich warm, die Bäume tragen zum Teil sogar noch Laub. Sie sind zu Jan gefahren und sitzen mit ihm im Besuchercafè der Klinik. Er hat die Hälfte seiner ersten Therapie geschafft und erzählt von den Gruppen- und Einzelgesprächen, aber am meisten von der ‹Ergo›, die ihm offenbar gut gefällt. Er hofft, gleich Anfang des neuen Jahres mit der längeren Therapie beginnen zu können, vielleicht sogar ambulant.

Jacob quengelt. Er will seinem Papa endlich etwas geben, hält ihm wortlos ein aufgerolltes, verschnürtes Blatt hin. Jacob hat ein Bild gemalt.

«Ssenk», sagt er und strahlt, «Papa ssenk.» Jan nestelt vorsichtig die bunte Wollschnur ab. In der Mitte des Zeichenkartons, umrahmt von rot-blau-grün-und-gelben Krakelstrichen, klebt das erste Passfoto seines Sohnes. Jan hebt ihn auf den Arm und legt den anderen um Gini.

Eine Familie im Park, denkt sie, wenn nur die Klinikumgebung nicht wäre. So ruhig und entspannt hat sie Jan lange nicht mehr gesehen.

Als sie vor dem Abschied noch einmal in sein Zimmer gehen, sieht sie, wie er Jacobs Geschenk sorgsam in die Sammelmappe der Ergotherapie legt.

Teil II

1 JAN

«Moin, Moin, alle zusammen», nuschelt einer in den Raum. Der Mann schlurft zum Tisch, an dem außer ihm noch zwei jüngere Männer sitzen, jeder mit einem Pott Kaffee, beugt sich weit vor und fixiert ihn.

«Sieh an, der Zugang.» Der meint ihn. Besser, erst einmal nicht reagieren. Er zieht den Kopf zwischen die Schultern. Aber der andere lässt nicht locker.

«Erinner dich. Letztens vor Karstadt. Die wollten mich grade wegjagen, da kamste, und ich hab gesagt, lass uns gehen, sonst wirste auch angemotzt. Wir sind dann in den kleinen Park.» Hartnäckig ist der. Er sieht nun doch hoch. Der Mann richtet sich wieder auf und deutet ein Grinsen an.

«Na endlich haste›s.»

«Wusste doch nicht, dass du hierher kommst.»

«Is mein Revier. Deins nun wohl auch. Und, wie isses mit dir so? Alles gut?»

Was hat der ständig mit ihm? Bisher hat ihn hier niemand angesprochen, erst recht nicht etwas gefragt.

Aber was soll es. Eigentlich hat er tagelang kaum ein Wort gesprochen.

«Ich konnte duschen. Alles andere ... Und gut? Das gibt es nicht mehr, nicht hier.» Der Mann bleckt die Zähne und lässt mittig in der unteren Schneidezahnreihe eine Lücke sehen. Die war ihm schon im Park aufgefallen. Sicher passen da zwei bis drei Schneidezähne rein. Er schiebt die Stimme im Kopf weg, die sagt, dauert nicht lange, dann siehst du auch so aus, und es fällt dir nicht einmal auf. Der andere wedelt mit der Hand in Richtung Tür.

«Eine rauchen?» Jan schüttelt den Kopf. «Kriegst eine ab.»

Zigarette? Von dem? Aber die Aussicht auf Tabakgeschmack und Abwechslung lässt ihn umdenken. Er schiebt den Stuhl mit geräuschvollem Ratschen nach hinten und geht dem anderen nach. Der lehnt an der Hauswand, kramt in den Taschen seiner Kordjacke und fördert etwas zutage. Jans Hand zuckt zurück. Kippen?!

«Traust dich nich? Kenn ich. Nimm und zick nich rum.» Jan zögert, greift dann aber doch eine der zwei längeren halb Gerauchten aus und lässt sich Feuer geben.

«Tust dich schwer?» Was soll er darauf sagen? Er überlegt, nimmt einen Zug, bläst den Rauch in die Luft, schweigt.

«Hey, biste taub oder was?» Er gibt sich einen Ruck. Wenn er es nicht mit dem Ersten verderben will, der sich hier für ihn interessiert, muss er sich auf ein Gespräch einlassen. Wählerisch sollte er wohl nicht sein.

«Ist nicht ohne, das alles hier.»

«Was is ‹nich ohne›?»

«Ich ecke dauernd an. Lege ich mich irgendwo hin, ist bestimmt jemand da, der sagt, das wäre sein Platz. Neulich hat einer sogar sein Messer aufgeklappt. Mit so einem Ding zwischen den Rippen, das hätte ich nicht so gerne.» Der andere hustet und lacht. War das jetzt witzig? Er redet weiter. «Sammle ich Flaschen, kommt einer und erklärt, das ist sein Revier. Ist alles eingeteilt, geht hier fast zu wie bei den Beamten.» Der Zahnlückige knöpft seine Jacke auf - dunkelblauer Breitkord, nicht modisch, aber ordentlich, sogar innen - dreht seinen Körper in die Sonne und lacht stoßweise.

«Beamte. Allerdings sitzen die mit›m Arsch schön warm in ihren Amtsstuben und regeln Dinge, die niemand regeln müsste. Kümmern sich um jeden Furz und tun sich wichtig. Dabei würde das meiste ohne sie laufen.» Der Lange macht eine Pause, zündet die nächste Kippe an.

«Die Regeln hier, die sind nich ohne. Ich sag mal, bisschen wie im Tierreich. Der Stärkere und der Schwächere, weißt schon. Wenn du bei wem im Revier bist, kriegste ‹ne deutliche Ansage. Klar gibt›s auch Idioten mit Messer und so. Musst die Augen aufmachen, lernen, wo›s langgeht.» Wie der spricht. Wäre die Zahnlücke nicht, sein Genuschel und abgesehen von den fast zwei Metern Größe, wäre er ihm kaum aufgefallen: An den Knien abgewetzte Jeans, Stoffturnschuhe, unter der blauen Jacke schwarzer Pullover mit Zipper - so laufen einige rum. Obdachlose hat er sich anders vorgestellt. Nein, eigentlich hatte er sie gar nicht auf dem Schirm. Die waren einfach nicht da, nicht in seiner Welt. Vor allem hätte er sich nicht vorstellen können, mit so einem zu reden.

«Wie ist es mit dir, du hast mir letzten Dienstag nicht nur gesagt, was ich nicht machen soll, sondern mir einen von den beiden Äpfeln gegeben, die du - nehme ich an - geklaut hattest?» Der andere wiegt den Kopf.

«Ich weiß ja nich, wie verschieden Tiere sind. Menschen schon. Es gibt sone und solche. Es gibt vielleicht sogar nette Beamte oder Politiker, die außer Labern auch was bewegen.» Er zwinkert ihm zu. «Und es gibt Schweine hier - aber eben auch Gute wie mich.» Dabei schlägt er sich auf die Brust und hustet gleich darauf.

«Scheiße, ich hab das Schmuddelwetter vom März noch in den Knochen. Ich hasse Erkältungen.»

«Du bist also ein Guter. Dann sage mir, wie ich über den Winter komme, auch wenn jetzt zum Glück erst mal Frühling wird? Und treffe ich dich manchmal hier?»

«Über den Winter? Hör auf die Doktors, die sagen immer, man soll sich viel an der frischen Luft aufhalten. Machen wir ja oder? Also ernsthaft, du schaffst es, nich krank zu werden, oder du schaffst es nich. Wenn nich, haste zwei Möglichkeiten. Haste eine leichte Erkältung oder so, dann biste spätestens in zwei Wochen wieder auf›m Damm. Wenn es schwerer is, hohes Fieber zum Beispiel, dann haste wieder zwei Möglichkeiten.» Jan stöhnt.

«Bist du Comedian, Hilfsphilosoph oder was? «

«Was denn, Bruder, ich denk, ich unterhalt dich bisschen? Also zwei Möglichkeiten. Du findst einen Arzt, der dich für lau behandelt - es gibt so eine Verrückte, die kommt zweimal im Monat mit ‹nem Kleinbus, da kannste dich anstelln. Brauchste Medikamente, hat sie oft was da, auch für lau; oder du krebst eben paar Wochen rum.»

«Und wenn ich schwerer krank werde? Man kann ja Diabetes kriegen, sich ein Bein brechen.»

«Also, dann», der andere drückt seine Kippe aus, «kann es elend werden. Geht aber auch vorbei. Nur anders. Jedes Leben endet mal. Wenn du auf der Straße lebst ... Is nich so pupsig wie bei den Beamten. Eben frei.» Er breitet die Arme aus und dreht sich einmal um seine Achse, das Gesicht hält er dabei in die Sonne. «Frei wie ein Vogel, sagt man doch so.» Jan wiegt den Kopf.

«Sich was leisten können, ist doch auch Freiheit. Ich hätte jetzt gerne mehr als die paar Kröten, die ich hierher gerettet habe, ach was, gerettet, war Zufall. Vor allem: keine Aussicht, dass was dazu kommt. Darum geht es doch im Leben oder?»

«Da willste also doch philosophieren?»

«Einen wie dich, der nicht nur darüber redet, wo das nächste Bier herkommt, habe ich hier noch nicht getroffen.»

«Oh, Blumen, und nich mal geklaut.» Es entsteht eine Pause. Dann deutet der Zahnlückige grinsend eine Verbeugung an.

«Übrigens, ich bin Manne.» Jan stößt einen kurzen Pfiff aus.

«Scheiß Name. Nicht schon wieder,» dann besinnt er sich und quetscht «Jan» heraus und «tschuldigung, hat nichts mit dir zu tun». Aber prompt kommt die Frage:

«Was is mit ‹Manne›?»

«Längere Geschichte oder besser mehrere, vor allem lang.»

«Verstehe, längere Geschichten haben wir alle.»

Das ist nochmal gut gegangen. Über die Mannes in seinem Leben kann er jetzt nicht reden. Er deutet auf die Magengegend.

«Lass uns reingehen, bestimmt ist das Essen gleich so weit. In mir rumort es.»

Sie setzen sich an einen der beiden langgestreckten Tische. Auf dem verblassten Blümchenmuster der Wachstuchdecke kreuzen sich unzählige feine schwarze Linien wie auf einem Schnittmusterbogen. Jan schnuppert.

«Meine Nase sagt, es gibt Suppe.»

«Kann sein. Die kochen hier selber, die Suppen sind gut, besonders im Winter. Übrigens, das mit dem Reden. Stimmt, is selten jemand da, mit dem sich›s lohnt. Manchmal bin ich hier, haste doch wissen wollen? Aber Vorsicht, Kumpel, ab und zu lass ich mich volllaufen. Keine Sorge, richtiger Alki bin ich nich. Muss nur ab und zu saufen.»

«Wie lange lebst du schon so?»

«Das ‹schon so› heißt ‹Platte machen›, Greenhorn. Is so lange her, hab›s fast vergessen. Sechs Jahre? Beim Plattemachen - da zählt die Zeit doppelt. Mindestens.» Manne lacht wieder, als hätte er einen guten Witz erzählt.

«Und wie ist es so gekommen?»

«Ffff», der Lange lässt Luft zwischen Zähnen und Zahnlücke entweichen. «Und schon kommt Gabi, mein Engel, mit den Fleischtöpfen. Lass uns Essen fassen.»

2 MANNE

Sieh an, der Zugang, Jan heißt er, genau. Steuert direkt hierher. Kreuzen sich ziemlich oft, unsere Wege. Scheint noch ganz schön unsortiert. Der is anders, sah man schon bei Karstadt. Frischling, klar. Aus welchem Nest der wohl gefallen is? Bürgerlicher Stallgeruch, riecht man. So was klebt an einem. Alki? Eher nich. Aber was dann? Abwarten.

Er bleibt stehen, wartet, bis der Neue da ist.

«Moin, Moin. Wie geht›s, Greenhorn? Geschlafen, gut gefrühstückt?» Der andere wackelt unschlüssig mit dem Kopf, sieht nach unten, sagt nichts. Gut, bisschen Schützenhilfe kann man ja geben.

«Bestimmt fragste, was du haben musst, damit du dazu gehörst? Aber eigentlich willste nich zu dem Abschaum ...» Jans Kopf ruckt hoch. Da hat er ihn überrascht. Manne grinst zufrieden.

«Man vergisst nich, wie man selber angekommen is. Die eine Sorte richtet sich ein - wie ich - die andere auch, bleibt aber nich lange.» Jan macht einen Schritt auf ihn zu.

«Du meinst, die finden bald zurück?» Sag ich›s doch, der Blick. Der gehört nich her. Der will nur eins: weg, wohin auch immer.

«Das nu nich gerade, damit mein ich, die saufen bis zum Ende. Füllen sich ab, bis zum berühmten

Löffel abgeben. Ich mein, ich trink auch, hab ich dir erzählt. Aber wer null Kontrolle hat, der versackt. Das nennt man falschen Kreislauf, weiß doch jeder: Geld - Saufen - kein Geld- welches besorgen zum Saufen - wieder saufen. Oder die, die vom Stoff nich mehr loskommen. Is manchmal wie›n Turbo. Tauchen auf, halbes Jahr später sind sie gewesen. Klar, kommt vor, dass einer tatsächlich zurückgeht.»

«Und du», Jan tritt dicht an ihn heran, Zweifel in den Augen, «du bist der weise Uhu, der beobachtet und alles kennt?»

«Du beobachtest und denkst doch auch so einiges, Jan aus ‹ich-weiß-nich-wo›?» Er lässt eine Pause entstehen, lauert ein bisschen, aber Jan beißt nich an, na ja, noch nich. Egal. Wenn er was gelernt hat, is es warten. Der hier is mal was anderes als die meisten Typen. Er kennt sie, seit Jahren. Fast alle öde. Okay, er hat noch Jürgen zum Reden. Allerdings muss er aufpassen. Manchmal hört sich der Herr Pfarrer an wie beim Schäfchen einsammeln. Ne, Schaf will er nich werden, schon gar kein verlorenes. Andererseits, ohne das Scheinchen, das der ihm immer mal zusteckt, wäre er aufgeschmissen. Dann gäb›s keine Sauftouren, stattdessen jeden Tag Betteln. Manne macht eine raumgreifende Handbewegung.

«Wenn ich die Leute jeden Tag ansehe - is mein bester Zeitvertreib, musste wissen - da denkt man sich so dies und das.» Er zischt durch die Zahnlücke und sieht drei Mädchen nach, die sich kichernd zwischen den Straßenbahnen hindurchschlängeln auf die andere Seite.

«Die drei zum Beispiel. Haben Spaß, wissen nüscht und das is gut so. Vielleicht hat das hier mich ausgesucht. Könnt mich nich mehr reinfinden ins Normale. Kann für dich anders sein. Jeder geht seinen Weg.» Er sieht auf die Uhr in der Mitte des Platzes, an dem sich die Straßenbahnen begegnen.

«Zeit für›n Süppchen, oder wie siehstes? Vielleicht gibt›s heute aber auch Nudeln?» Jan druckst, dann fragt er doch.

«Klaust du, wenn du Hunger hast?» Heilige Einfalt, ein echtes Greenhorn.

«Mundraub meinste? Gibt›s eigentlich nich, wie man weiß. Aber lassen wir›s dabei. Gönn› ich mir selten. Was meinste, wie viele Würstchenesser nur zweimal abbeißen und den Rest liegen lassen? Gibt auch welche, die was kaufen, und dann haben sie keine Zeit. Die Bahn kommt oder so. Das steht dann rum.» Der Neue verzieht das Gesicht. Klappt doch. Provozieren macht immer wieder Spaß, besonders bei so einem. Schnell schiebt er den Satz vom Pfarrer nach.

«Was haste? Sind nich mehr Bakterien dran als an jeder Türklinke.»

«Mittag in der Mission ist mir lieber.»

«Bei der Köchin isses fast wie bei Muttern, stimmt. Stichwort, lass uns gehen.» Nach zehn Minuten Fußweg sind sie da. Vor ihnen hat sich eine Schlange gebildet. Jan macht einen langen Hals.

«Hm, Erbsensuppe. Zuhause ...» Die Worte bleiben in der Luft hängen. Ja, Junge, wie bei Muttern isses denn doch nich. Weiß man wohl immer erst, wenn man drinsteckt inner Scheiße. Er greift im Vorrücken zwei Löffel aus der großen Alukiste, gibt einen an Jan weiter, nimmt seinen gut gefüllten Teller und begutachtet beim Hinsetzen den Inhalt. Kein ganzes Würstchen, aber einige Wurststücke schwimmen drin. Er löffelt schnell, wischt sich mit dem Handrücken über den Mund und kann gerade noch einen Rülpser unterdrücken.

«Jetzt such ich mir im Park ‹ne Bank, Sonne tanken. Biste dabei?» Jan nickt und steht auf.

«Ich sitz da nachmittags und seh› den Leuten zu, wie sie hin- und her hetzen: Wohnung, Arbeit, Kinder, Einkaufen. Nur eins können die nich: Bei sich selber ankommen. Oder nimm die Rentner. Die schlagen hier ihre viele Zeit tot von der wenigen, die sie noch haben. Sie nennen es ‹genießen›. Na ja, vielleicht tun sie›s ja wirklich.» Er schüttelt den Kopf und legt sein schadhaftes Gebiss frei. Er weiß, wie das auf andere wirkt. Is schon paar Jahre so. Er saß auf dem Zahnarztstuhl, Spritze drin. Auf einmal klapperten drei Zähne in der Schale. Seine. Die taten nich mal weh, waren nur locker wie Lämmerschwanz. Anfangs hat er die Hand vor den Mund gehalten. Spaß macht es nach wie vor nich, wirkt aber. Bei Jan wirkt›s super.

Manne schlurft vornweg und schlenkert mit den Armen. Seit er denken kann, findet er sie zu lang und weiß oft nicht, wohin mit ihnen. Die abgewetzte Jeans schlottert am Hintern. Für Zwei-Meter-Dünne wie ihn haben sie in der Kleiderkammer selten was Passendes. Der mitgebrachte Bauchansatz ist längst weg. Der Rucksack mit allen Habseligkeiten - er trägt ihn nie auf dem Rücken, zu gefährlich, besonders im Dunkeln - baumelt im Takt der Arme. Mit der Linken fährt er durch das kräftige, kurz geschnittene braune Haar, fühlt am Hinterkopf einen Sturzacker. Den hat ihm einer am Abend zuvor verpasst. Meinte, er kann schneiden. Fünf echte Zigaretten waren fällig. Egal, besser als zottlig. Im Park nimmt er die nächstbeste Bank, streckt die Beine lang, hält das Gesicht in die Sonne und grunzt.

War es richtig, den Neuen ins Schlepptau zu nehmen? Er schiebt seinen Zweifel beiseite. Wann trifft er schon jemanden, mit dem es sich lohnt zu reden? Trotzdem, besser keine Hirngespinste. Freundschaft hält sich hier nich. Der bleibt nich, jede Wette. Bewegt sich wie ‹n Fremdkörper. Das wird er ihm aber nich so deutlich sagen. Das ganze Helfen-Wollen bringt nix, auch wenn es sich gut anfühlt. Aber neugierig macht der ihn schon. Kann er es schaffen, sich rauszuziehen?

Wäre Jan vielleicht ein besseres Objekt für Jürgen als er? Sein, Mannes, jetziges Leben klammern sie in ihren Gesprächen meist aus. Doch Jürgen wäre kein richtiger Pfarrer, wenn er nich trotzdem auf eine Gelegenheit warten würde. Nein, das Thema is Ende. Verdammtes Rumdenken. Seit Jan aufgetaucht is, grübelt er wieder öfter. Dabei dachte er, er hätte es sich abgewöhnt! Was is dieser Jan für ein Mensch? Seine Fragen sagen, er hat nich alle Leinen gekappt.

Neben ihm schnauft es regelmäßig. Jan? So was aber auch, da pennt der am helllichten Tag auf der Parkbank weg, während er …

Manne steht vorsichtig auf, legt dem anderen die Hand leicht auf die Schulter und geht.

3 JAN

Er schreckt hoch und sieht gerade noch, wie Manne davon schlenkert. Die warme Suppe im Bauch ist schuld. Sie hat ihn so müde gemacht. Es ist ungewohnt anstrengend, immer draußen, immer die Frage, wo bleibst man, wie schlägt man die Zeit tot? Wird er künftig wie Manne herumsitzen und Leute beobachten?

Er greift in die Innentasche seiner Jacke, in der er das Blatt mit dem Passfoto und der Kritzelzeichnung von Jacob verwahrt. Er faltet es vorsichtig auseinander - das Foto ist an den Ecken schon etwas geknickt - streicht darüber und sieht lange in das Kleinkindergesicht. Wie mag sein Sohn jetzt aussehen? Hat er noch die Stupsnase? Sind seine Augen blau geblieben, wie seine oder hat er grüne, wie Gini? Wird Jacob irgendwann nach ihm fragen? Dieses Foto und die Erinnerung an den Familienbesuch in der Therapie, mehr besitzt er nicht. Immer, wenn er das Bild ansieht, ist der Gedanke an sein früheres Leben zurück. Alles ausblenden funktioniert nicht. Warum ist es so gekommen? So war das nicht gedacht.

Nein, war es nicht. Aber du hattest es in der Hand. Ohne deine verdammte Spielerei wäre es mit Gini und Jacob weitergegangen. Vielleicht hättet ihr jetzt sogar ein zweites Kind. Wie viel Zeit bleibt dir, wenn du alle Kraft jeden Tag für das Nötigste aufwenden musst? Und wie wird es im Winter? Ist das hier Endstation?

Ihn fröstelt. Die Sonne steht jetzt tief und wärmt nicht mehr so. Er muss sich bewegen, bis die Zeit ran ist, eine Schlafstelle zu sichern. Für einen Platz im Wohnheim heißt es pünktlich sein. So viel weiß er inzwischen. Um sechs wird geöffnet und es ist schwer, abzuschätzen, wie viele warten. Er trottet los, zieht den Kopf zwischen die Schultern. Bei allen Mannes: Diese Welt hier ist nicht seine.

Die Übernachtung für Männer ist nicht weit von der Stadtmission. Er stellt sich mit etwas Abstand zu sechs anderen, die beim Eingang warten. Einer tritt nervös auf der Stelle, zwei lehnen rauchend an den Straßenbäumen. Alle älter. Der mit dem Messer von der Parkbank ist nicht dabei. Nach ihm hält er immer Ausschau. Wie es sich anfühlt mit einer aufgeklappten Klinge an den Rippen, das vergisst er nicht. Wieder kann er sich nicht entschließen, jemanden anzusprechen, und es spricht auch ihn niemand an.

Die zweiflüglige Tür mit der abblätternden grauen Farbe geht auf. Er wählt seinen Schlafplatz in einem Vier-Bett-Zimmer. Dann ist Zeit, zu viel davon. Er setzt sich zu den anderen in den Gemeinschaftsraum. Die meisten starren auf den Fernseher. Er macht es ebenso, erfasst aber nicht, was da läuft. Manche sitzen nur da, sehen auf den Fußboden. Einer drängelt sich hinter seinem Rücken entlang und rempelt ihn an der Schulter. Er sieht hoch, der Rempler nimmt keine Notiz von ihm. Sicher ein Versehen. Doch da sind auch Augen, die lauern und ihn taxieren. Den Rucksack mit seiner Habe schiebt er beim Schlafen zur Sicherheit immer unter den Kopf.

Wieder zurück im Schlafraum, haben zwei Ältere die Betten gegenüber belegt. Inzwischen steckt er Störungen besser weg. In dieser Nacht ist es anders. Die Gedanken nisten in seinem Kopf, werden mehr und mehr, sind wie Essigfliegen. Zuhause tauchten sie jeden Spätsommer wie aus dem Nichts auf. Lu hat Fallen aufgestellt: Apfelsaft mit Wasser und einem Tropfen Spülmittel.

Seine Frage, wie er aus alldem hier rauskommt, rumort im Kopf und in den Eingeweiden. Er kann nichts dagegen tun, wird munter statt müde. Als er spürt, dass der Schlaf endlich kommen will, beginnen die beiden Schläfer im Duett zu schnarchen und lassen ihn wach zurück.

Frühstück. Dünner Kaffee, Butterbrote mit Marmelade. Wie jeden Tag erscheint ihm alles immer noch unwirklich. Wo nimmt Manne seine Selbstsicherheit her, obwohl das hier nichts mit Sicherheit zu tun hat? Er möchte ihn das gern fragen, am besten sofort, aber seine Hoffnung den Langen zu treffen, erfüllt sich nicht. Also läuft er ziellos durch die Innenstadt und landet im Park. Wird der auch sein Zeitvertreib? Wie hat er das Aufstehen und die Müdigkeit morgens gehasst. Jetzt wünscht er sich, genau das tun zu können: Aufstehen. Fluchen. Zur Arbeit gehen.

Es ist erst Vormittag. Er drückt die aufsteigende Panik weg, indem er läuft. Raus aus dem Park, eine Straße rauf, die andere runter. An einem Obst- und Gemüsestand lässt er eine lose liegende Banane mitgehen, sieht sich noch einmal um: Es hat geklappt. Niemand ruft.

Langsam wird er ruhiger. Ein Blick auf die Armbanduhr erinnert ihn, dass sie am Morgen aufgegeben hat. Geld für eine neue Batterie? Luxus. Der Körper wird sich an den Tagesrhythmus gewöhnen. Der Magen sagt, was dran ist. Nur nicht die Zeit für das Mittagessen verpassen. Seine Gedanken kreisen stets um die Frage, woher kommt das nächste Essen? Gestern hat ihm einer zugeworfen, das gehöre dazu. Er würde das schnell drauf haben. Was schnell ist, hat der andere nicht gesagt.

In der Mission sitzen nicht mehr viele. Heute hat sich sein Magen wegen der Banane später gemeldet. Gabi kratzt Kartoffeln, Möhren und sogar ein akzeptables Stück Fleisch zusammen.

«Manne?» Sie schüttelt den Kopf.

«Nee», meint sie gedehnt, «der war nicht da. Ist wohl wieder fällig», setzt sie nach. Er nickt wissend, obwohl er höchstens ahnt, worum es geht. Säuft Manne eine Runde? Angekündigt hatte er es ja. Was ist die ‹Maßeinheit› für ‹eine Runde›? Ein Tag, zwei, länger? Jan lehnt sich zurück, fühlt sich satt, aber nicht gut. Er hat gehofft, Manne würde ihn ablenken von der ewigen Grübelei. Kann es sein, dass der andere ihm fehlt?

Er geht schnell nach draußen, trabt los und es fällt ihm zu spät ein, dass er sich bei Gabi bedanken wollte. Sie hätte ja auch sagen können, dass es nichts mehr gibt.

***

Was gäbe er jetzt für eine Zigarette. Mit Mannes Methode, dem Kippensammeln, kann er sich nach wie vor nicht anfreunden. Also bleibt nur, nach Flaschen zu suchen. Inzwischen ist das offenbar nicht nur für Obdachlose eine Geldquelle. Hartz-Vierer sammeln auch, hat er gesehen, sogar nachts. Wann wird er es lernen, sich einen Platz in dieser Welt zu erobern? Die ‹Reviere› werden kleiner. Wie soll ein Neuer dazwischen passen? Seine Notration darf er nicht für Glimmstängel lockermachen. Das Essen kostet zwar wenig, aber seine letzte Barschaft schwindet und es ist ihm unklar, wie es weitergehen kann.

Was läuft schief, wenn die, die arbeiten, sich wie Obdachlose verhalten? Bleibt ihm demnächst auch nur das Betteln? Es muss einen anderen Weg geben. Die Frage, wo er Flaschen herbekommt, wird zur fixen Idee. Anfangs späht er von Weitem in die Papierkörbe am Straßenrand, dann traut er sich, fischt gezielt in den Behältern oder sucht in deren Umfeld. Die Aussicht auf was zu Rauchen lässt ihn alles vergessen.

Da, geht doch! Mit einem Schlag drei leere Colaflaschen. Kurz darauf wird er in einem Bus-Wartehäuschen fündig. Vier Bierflaschen, eine halbvoll. Den Rest Bier kippt er in den Rinnstein. Das sollte reichen. Er kennt einen Späti - der Inhaber steht allein in der verkramten Bude. Mehr als ein Zubrot wird sie nicht abwerfen, aber es ist ein Laden für solche wie ihn. Das Pfandgeld reicht für vier Zigaretten. Hastig zieht er gleich vor der Tür zwei durch.

Wie so ein Erfolg beflügeln kann. Er lächelt, wundert sich, dass es ihm gelingt, und er sich sogar ein bisschen besser fühlt. Auf der anderen Straßenseite ist Sonne. Da geht er jetzt hin. Die erhoffte Ruhe stellt sich allerdings nicht ein. Zum Bahnhof? Da ist immer was zu sehen. Vielleicht begegnet er Manne ja doch noch?

Dieser Name, er verfolgt ihn, ist eine Brücke in seine frühere Welt. Seit er vor dem Bahnhof gestrandet ist, übernächtigt, leer, fragt er sich, warum alles so passiert ist. Noch immer hat er beim Aufwachen Mühe, sich zurechtzufinden. Die stets gleichen Schleifen aus Gedanken verheddern sich, führen nirgendwohin. Spricht er mit Manne, kann er für Minuten vergessen.

***

Hätte er besser nicht nach Manne gesucht. Ein paar Meter vom Haupteingang des Bahnhofs liegt ein langer Kerl. Jan geht näher und sieht, es ist Manne. Sturzbesoffen. Hängt mehr, als dass er sitzt. Ja, er hatte ihn, Jan, gewarnt. Aber als der andere sehr klar davon erzählte, konnte er es sich nicht vorstellen. Er läuft schnell weiter, versucht, das Bild aus dem Kopf zu bekommen.

Tust ja so, Jan Siegel, als wäre dir das gänzlich neu. Gerade noch mit deinem Kind gespielt, gerade noch mit deiner Frau geschlafen, gerade noch mit den Kollegen gefrotzelt und jetzt? Angekettet vor dem Spielautomaten, alles verloren, abgerutscht. Ja, es ist widerlich, wie Manne da rumhängt, nicht Herr seiner Sinne. Doch du warst ebenso widerlich, weggetreten wie der, nur anders. Deshalb bist du hier.

Bilder. Bilder. Bilder. Was er auch macht, sie holen ihn ein, jeden Tag, wieder und wieder.

4 MANNE

Schon wieder das Greenhorn; trabt zielsicher auf ihn zu, wird langsamer auf den letzten Metern, als gehe er betont gelassen. Von wegen, ihm macht er nichts vor. Wird also nichts mit dem Parkbank-Nickerchen. Da steht der anhängliche Kater auch schon vor ihm, in den Augen wieder das verdächtige Flackern. Nimmt der doch was? Manne fühlt, wie sich die Nackenmuskeln spannen. Aufpassen. Drogenleute hält er sich seit Junkie-Jochen vom Leib. Bloß nich nochmal in so›n Elend reinziehen lassen.

«Darf ich?» Statt einer Antwort rückt er ein wenig zur Seite.

«Das Greenhorn. Wie geht›s? Zeit für bisschen Quatschen? Bei mir is nüscht Aufregendes angesagt. Abgesehen von meinen aufregenden Beobachtungen. Aber ich ahne, die interessieren dich weniger?» Er erwartet keine Antwort, lässt aber eine Pause entstehen. Der will was, der riecht nach Wissen-Wollen. Sagt ihm seine Nase.

«Du warst nicht in der Mission die Tage?»

«Immer mal ‹n anderes Etablissement, wenn du so willst; der Wechsel macht›s, Brüderchen.»

«Ich frage mich, warum du das hier», Jan schlägt mit der Hand einen imaginären Kreis, «warum du das gut findest. Warum du bleibst?» Ans Eingemachte will der? Bloß nich. Jürgen is der Einzige, der seine Geschichte kennt. Junkie-Jochen, mit dem fing es genau so an. Jeden Nachmittag haben sie sich im Park getroffen und gequatscht. Er war kurz davor, dem seine Geschichte zu erzählen. Und dann? Musste er tatsächlich flennen, als der Junkie den Löffel abgegeben hat.

Er strafft sich, schaltet auf ‹Bürgersprech›, so nennt er das. Macht er inzwischen höchstens beim Pfarrer. Früher natürlich bei den Behörden, aber die kriegen ihn schon lange nich mehr zu sehen.

«Wenn ich davon rede, Greenhorn, muss ich ausholen. Falls du Zeit hast ...?» Statt einer Antwort grient Jan, lehnt sich zurück und verschränkt die Arme.

«Dann also Geschichtenstunde.» Er kramt nach Kippen, bietet Jan eine an, der lehnt wie immer ab. Er nimmt zwei Züge und nickt.

«Okay. Niemand will von vornherein hierbleiben. Ich sag› dir, gehen ist schwerer als kommen. Hört sich simpel an, ist aber wichtig. Ich war etwa so alt wie du, na, vielleicht zwei, drei Jährchen mehr. Wie alt bist du?»

«Vergangenes Jahr dreißig.»

«Siehst bisschen älter aus, tut mir jetzt nicht leid. Hast dich lange genug dran gewöhnen können, wie du wirkst. Eitelkeit ist hinderlich. Das heißt, Moment, wir hier draußen sind schon eitel. Wenn jemand sagt, die pflegen sich nicht und verwahrlosen, da bin ich empfindlich. Ich wasche mich, achte auf meine

Klamotten. Wer verwahrlost, da macht der Körper irgendwann schlapp. Nicht mein Ding. Das Leben soll man nicht leichtsinnig beenden. Ist nicht christlich, sage ich mal.»

«Wie du das sagst, müsstest du da nicht auf jeden Fall wieder zurückwollen? Wo du doch offenbar an Gott glaubst? Und dann, du kannst ja Hochdeutsch, fast ohne Nuscheln? Versteh mich richtig, ich will dir nicht zu nahe treten ...»

«Schon in Ordnung. Heißt bei mir ‹Bürgersprech›. Ich habe das Spießerleben nicht vergessen, der Slang passt hier aber besser. Man fällt nicht auf. Mit dem Glauben, das wundert dich? Klammere es einfach aus. Das wird sonst zu unübersichtlich.» Vom Pfarrer muss das Greenhorn nichts wissen.

«Das werden jetzt paar Sätze mehr. Gleich nach der Wende wollten wir uns selbstständig machen, Monika und ich. Was Eigenes, plötzlich ging das. Ich habe Großgeräteteile für CNC-Drehmaschinen vertickt, Monika war Verkaufsleiterin in einer Pharmabude. Das war es, was wir konnten: verkaufen. Aus dem Fenster unserer Platte, neunte Etage, sahen wir auf eine Grünfläche, aber es gab in der Nähe nichts zum Einkaufen. Supermarkt hieß das auf einmal. Das ist es, sagten wir und zogen los. Grundstück suchen. Preise waren das, ich sage dir, traumhaft! Wir von Pontius zu Pilatus. Zuletzt hieß es, man kann da nicht bauen. Der Untergrund gäbe es nicht her. Was meinst du, was da heute steht? Genau, ein Supermarkt. Wir hatten damals keine Ahnung vom Preispoker. Also was anderes gesucht. Teurer natürlich. Da sollte eine neue Wendeschleife für die Straßenbahn hin und ein Fitnesscenter. Das passt, fanden wir, die kaufen dann hier ein. Wir schrubbten Überstunden. Jeden Tag nach der Arbeit die Baustelle. Jeden verdammten Tag. Wir haben alles gegeben.»

Er schluckt, fährt mit der Linken über die Augen. Beim Sprechen kommen die Bilder, der Abstand schmilzt. Es tut noch immer weh, das geht wohl nie weg. Warum tut er sich das an, für den da? Jan fragt nicht, er wartet einfach. Da muss er wohl.

«Dann, Knall auf Fall, wird Monika arbeitslos. Einer von den Großen hat ihre Pharmabude geschluckt. Sozialplan war Neese. ‹Sie sind jung genug, Sie finden was anderes.› Monika war unser Hauptverdiener, musst du wissen. Eine Rate war überfällig, die zweite, noch eine. Wir schufteten weiter. Aus heutiger Sicht: Wir wollten nicht sehen, was da anrollte. Als die Bank ihr ‹Aus› erklärte, ist bei Monika die Sicherung durchgebrannt. Sie hat es mit den Nerven gekriegt, ist in der Geschlossenen. Dauerhaft. Lebt in ihrer Welt. Wer weiß, vielleicht hat sie es besser?» Er zündet eine neue Kippe an und pafft Ringe. Jan ruckelt ungeduldig auf der Bank hin und her.

«Wie ging es weiter, erzähl?»

«Wo ich auch hinkam, Greenhorn, alle waren freundlich, lächelten, ich muss doch verstehen, so was kann passieren, soll mich nicht zermürben. Hilfe gab es nirgendwo. Unser Objekt kam unter den Hammer.

Dabei war es fast fertig. Von da an konnte ich niemandem mehr vertrauen. Ich war allein, so allein, wie man nur sein kann. Kinder haben wir keine.» Er stand auf, schlenkerte die Beine aus. «Greenhorn, ich brauch ‹ne Pause. Abendbrot ist in Sicht.» Er sieht prüfend zum Himmel und beginnt zu laufen.

«Da kommt was runter. Ich kenn mich aus. Lass uns traben, damit wir trocken bleiben. Hättest ja auch mal hochsehen können.» Sie schaffen es gerade so, bevor ein kräftiger Gewitterguss niedergeht. Er schnauft. Das schnelle Laufen schlägt ihm auf die Lunge. Dieser Regen. Vielleicht hat er bei seiner Sauftour doch was abgekriegt? Warum kann er es nicht lassen?

Heute Nacht wird er hierbleiben. Bei dem Wetter nicht das Schlechteste und das Greenhorn gibt bestimmt keine Ruhe. Er muss seine Geschichte zu Ende bringen und, wenn er ehrlich ist, tut ihm das Reden sogar gut. Auf das Abendbrot warten beide schweigend.

«Viel Zeit bis zum Pennen. Scheherazade zweiter Teil?» Jan reißt die Augen auf.

«Schehara…»

«Geschichtenerzählen - dafür steht Sche-he-ra-za-de. Jetzt verstanden?»

«Gehört schon, ja …»

«Also, da ist eine schöne Frau. Sie muss jeden Abend so einem osmanischen Sultan - das spielt im Orient - eine Geschichte erzählen. Die Storys müssen immer spannender werden, damit er sie nicht köpfen lässt, wie die Frauen vor ihr. Na ja, mehr weiß ich auch nicht. Auf jeden Fall steht Scheherazade deshalb für Geschichtenerzählen.» Als Jan nichts sagt, nur erwartungsvoll guckt, lässt er seine Stimme theatralisch tief rollen.

«Und so höre, Jan, du verlorener Sohn, was sich weiter zutrug.»

«Hört sich bühnenreif an.»

«Hm, ist aber alles wahr. Die haben auf mich eingeredet, dass ich mich doch rappeln soll und so, bla, bla, bla. Ich fing an zu trinken. Bin besoffen über Land. Wie es immer ist, es erwischt die Guten. Mein Chef läuft mir über den Weg, ich ‹ne Fahne, wie ... Der schickt mich zum Pusten. Aus. Ich habe versucht, es zu erklären, habe gesagt, ich ändere das, habe mich krummgemacht. Half alles nichts. Ich war draußen. Ab da hatte ich echt Grund zum Saufen. Statt mich beim Arbeitsamt zu melden, tat ich mir leid. Monika tat mir auch leid, dachte aber, sie wird wieder. Der Rest ist schnell erzählt: Du kennst die Rutsche nach unten. Wie auch immer das bei dir war.» Er macht eine extra lange Pause, wartet, doch Jan spielt den Ball nicht, also redet er weiter.

«Das ganze Programm habe ich mitgemacht: Zwangsräumung, deine Habseligkeiten stehen auf der Straße, und du weißt, das geht in den Sperrmüll. Fühlst dich selber wie Sperrmüll. Mittenrein zwischen der Androhung, ‹Wohnung wird geräumt› und dem Rauswurf musste ich zur Operation. Arbeitslos, nicht krankenversichert. Dämmert›s? Da kommt was zusammen. Ist bis heute nicht abbezahlt, aber die lassen mich in Ruhe. Ist ja nichts zu holen. Nur wenn ich die Nase wieder rausstecken würde, wäre der Arm des Gesetzes sofort da.

Ich stelle mir das so vor: Eine junge Frau sagt lächelnd, das tut mir soo leid, unterschreiben Sie mal hier, und dann noch da. Fünfzehntausend Mark. In welchen Raten werden Sie das abbezahlen? So ähnlich.»

«Das heißt, wenn du Arbeit suchen und finden würdest ...?»

«Krallen die das, genau. Der einzige Ausweg ist die Insolvenz. Wieder Ämter, jahrelange ‹Bewachung›. Ne, du, das ist es nicht wert. Es ist doch so: Brauchst du zum Aufstehen eine Krücke und niemand gibt sie dir, bleibst du mit der Nase im Dreck. Keine Enttäuschungen mehr, keine Verarsche, verstehst du?» Da Jan schweigt, schiebt er nach: «Ich erwarte nichts mehr von anderen, aber ich gebe auch nichts mehr. Außer vielleicht einem Greenhorn ein paar Tipps.» Er grinst Jan an.

«Da fällt mir ein, nach der OP hat mir einer von den Krankenhaus-Heiligen geraten, die Telefonseelsorge anzurufen, wenn ich quatschen will. Habe ich mal gemacht. Kostet nichts. Da hatte ich noch ein Handy. Die haben zwar auch kein Rezept, aber sie hören zu. Jedenfalls die meisten. Eine hat mich mal beschimpft, weil sie dachte, ich wäre ein Sexanrufer. Dabei wollte ich über Monika und mich reden. Na ja, sind auch nur Menschen. Falls du Bedarf hast.»

«Danke. Im Moment rede ich lieber mit dir. Obwohl, vorgestern dachte ich, das wird auch nichts mehr.» Er zieht Luft durch die Zahnlücke. Daher weht der Wind.»

«Wer hat es dir gesteckt?»

«Nicht gesteckt, gesehen. Ich, dich, auf einer Bank oder besser fast darunter. Nur, falls du es nicht mitgekriegt hast.»

«Ich habe dich gewarnt. Wann es passiert, weiß ich vorher nicht, jedenfalls plane ich das nicht. Wenn mir zum Saufen ist und Kohle da ist, mache ich es. Stichwort reden. Was wäre denn dein Thema?»

«Keine Ahnung. Später. Vielleicht … Im Moment geht alles durcheinander.»

«Okay, dann bin ich jetzt mal müde, Greenhorn. Ich leg mich aufs Ohr.»

5 ELISABETH

Lu ist längst aus dem Haus und sie? Starrt immer noch an die Zimmerdecke. Jedes Mal, wenn sie meint, aufstehen zu können, ist es unendlich schwer, und sie schafft es nicht. Nur ihre Gedanken rasen wie irrwitzig. Warum aufstehen, wenn sie wieder nicht wissen wird, womit sie anfangen soll, wenn sie nichts Sinnvolles zuwege bringt? Im Kopf hämmert es rhythmisch; es ist aber kein üblicher Schmerz. Sie, um Formulierungen nie verlegen, scheiterte, als sie dem Arzt ihren Zustand beschreiben sollte. Sie stöhnt. In ihrem Kopf tanzen Wörter wild, ungeordnet, überschwemmen sie. Erschöpft schläft sie ein. Ein Traum bemächtigt sich ihrer. Die Szenen sind beängstigend real.

Jan geht mit Jacob an der Hand, auf einmal lässt er das Kind stehen und ist weg, Sie sucht ihn, achtet nicht auf Jacob, Nebel fällt in die Straßenflucht, sie stolpert weiter und findet ihren Sohn reglos im Straßengraben. Über die Szene legt sich eine monströse Excel-Tabelle mit den Release-Terminen des Projekts, an dem sie zuletzt gearbeitet hat. Sie musste es gerade dem Kollegen übergeben, mit dem sie gar nicht kann.

Dann Lu, wie er ihr mit seiner ‹Wie-geht-es-dir-Frage› so nahekommt, dass sie sich bedroht fühlt. Sie will weglaufen, doch da sind die Nachbarn, die Mitgefühl heucheln, sich dann aber wegdrehen und grinsen. Den Abschluss macht ihr Therapeut mit seinen ‹Lassen-Sie-los›-Beschwörungen. Dabei schwenkt er eine brennende Fackel.

Ruhig werden, Elisabeth. Kopf leermachen. Sie legt die Hände flach auf den Bauch und versucht, gleichmäßig zu atmen. Ganz langsam ebbt das Gedanken-Stakkato ab. Endlich kann sie sich hochstemmen. Im Schlafanzug geht sie zum Fenster. Die Straße scheint feucht zu sein. Statt Sonne nur diffuses Licht. Der Himmel bläulich-grau, dazwischen faserige Wolken. Ihr ist, als stände alles still, als stände die ganze Welt still. Grund genug, das Haus nicht zu verlassen.

Sie hat es unter die Dusche geschafft, da klingelt das Telefon. Sie dreht das Wasser ab, wirft den Bademantel über, läuft in den Flur und sucht nach dem Hörer. Es ist Lu. Seine Stimme klingt besorgt. Diese Fragen, dieser Tonfall, sie hat es so satt. Er fragt, ob sie aufgestanden sei? Sie hört vor allem ‹schon› und spürt, wie der Ärger in ihr ätzt. Warum kontrolliert er sie? Wenn sie jetzt sagen könnte, wie schwer es ihr fällt, sich selbst so unperfekt zu ertragen. Sie bringt es nicht über die Lippen. Bestätigt ihr die Erfahrung nicht jeden Tag, dass man perfekt sein muss?

«Elisabeth, bist du noch dran?»

«Lu, ich bin zwei Menschen. Einer, der keine Kraft hat für die alltäglichsten Dinge und einer, der hier raus will. Dieses Kranksein bringt mich um.»

«Du hast noch immer nicht gesagt, ob du aufgestanden bist, Elisabeth?»

«Prima, wie du mich kontrollierst! Am besten, du lässt dir frei geben und kommst zweimal am Tag her.» Im Kopf puckert es wieder und es ist ihr, als höre sie ihr eigenes Blut rauschen. Erst jetzt ist ihr bewusst, dass sie aufgelegt hat. Dabei weiß sie: Lu macht sich Sorgen. Sie stellt sich erneut unter die Dusche, lässt fast kaltes Wasser laufen. Ihr ist heiß, viel heißer, als es normal wäre.

Lu und sie. Sie dürfen sich nicht verlieren. Zwischen ihnen muss es anders sein, als da draußen, in dieser scheinbar perfekten Welt: Schon beim Aufstehen konditionieren, das Äußere auf Hochglanz. Alles für diesen riesigen Ausstellungsraum, der das Leben sein soll. Disziplin, Beherrschung, Kontrolle, Leistung, Funktionieren, Positionieren. Wenn sie morgens im Büro auf die Frage, wie es ihr gehe, sagen würde, was mit Jan passiert ist, und wie sie sich fühlt? Zurückschrecken würden ihre Kollegen, sich fern halten womöglich oder Schlimmeres. Niemand legt so etwas offen. Jeder schottet sich ab. Was für ein Kraftaufwand. In den vier Wänden lässt man sich fallen und konsumiert wahllos. Aufputschmittel, Beruhigungsmittel, Drogen, das alles ist inzwischen normal. Die wachsende Zahl der Ritalinkinder nicht mitgerechnet. Man kann nicht verhindern, dass sich jemand verliert, heißt es, wenn die Medien solche Geschichten hochzerren.

Sie dreht die Dusche ab. Was war das eben? Niemand kann verhindern, dass ...? «Gut gebrüllt», brummelt sie halblaut und knetet die feuchten Haare mit dem Handtuch. Ist sie gerade dabei sich zu verlieren? Warum kriecht sie jeden Tag auf dem Boden? Was passiert mit ihr?

Diese Fassade für draußen - das hat von ihrer Kraft gefressen, von der, die übrig war, seit Jan weg ist. Sie brauchte sie, um die eigene Verletzung zu leugnen. Vier Wochen hat es gedauert, dann nochmal zwei, bis ihr Körper vollends streikte. Flucht in alle möglichen Krankheitssymptome. Sie hatte gehofft, der Schmerz um Jan ginge weg mit der Zeit, wollte sich dem Alltag anpassen. Aber da war stets dieses Loch.

Noch immer im Bademantel, schaltet sie den Computer an und beginnt zu suchen. Von Minute zu Minute spürt sie, wie ihr etwas zuwächst, etwas wie Kraft und ein Gedanke: Sie braucht jemanden zum Reden, jemand anderen als mit Lu. Jemanden, der das professionell macht. Diese Nachfolgerin ihrer Hausärztin. Sie wirkt verständnisvoll, ist aber eher hilflos. Krankenschein, aufmunternde Worte und eine Überweisung zum Psychotherapeuten, mehr hat sie ihr nicht mitgegeben. Die Wartezeit für eine Psychotherapie, die man ihr genannt hat, war so, dass sie in ihrer Verzweiflung lachen musste. Was soll sie mit einem Termin in neun Monaten? Jetzt muss sie reden.

Wüsste ihr Chef, was passiert ist, würde er sich vielleicht von ihr trennen. ‹In diesem Zustand sind Sie nicht kreativ›, hört sie ihn sagen. Dabei liebt sie ihre Arbeit und sie wird zur alten Form zurückfinden.

Ihre Hand umspannt die Computermaus. Da, die Caritas! Hilfe für Co-Abhängige. Davon hat sie damals gelesen; hat weggeschoben, wie tief sie in Jans Leben verstrickt ist. Warum lässt die Gesellschaft solche ‹Karrieren› zu? Weshalb dauerte es so lange, Spielsucht als Krankheit anzuerkennen? Der Staat streicht einen Teil der Gewinne aus dem Glücksspiel ein. Sorgt er sich um das, was es hervorbringt? Stattdessen zeichnet man Spielhallen als «Vorbildliche Einrichtung» aus.

Am Abend erzählt sie Lu von ihrer Recherche. Ihren Streit am Telefon berühren beide nicht.

«Heute hat jemand ein Licht angeknipst, verstehst du?»

«Ne», Lu schüttelt den Kopf und wartet.

«In mir war so ein Knäuel, etwas Festgezurrtes. Ich kann nicht erklären, wie sich das angefühlt hat. Auf einmal war mir klar, wonach ich suchen muss. Die Kirche hat solche Angebote. Niedrigschwellig nennen sie das. Ich werde nicht monatelang auf einen Termin bei einem Psychotherapeuten warten.»

«Du weißt sicher, was du tun wirst?»

«Ich habe schon etwas getan.»

«Elisabeth, wie ich sie kenne», murmelt Lu. Sie geht nicht auf seine Bemerkung ein, erklärt weiter:

«Die Caritas hat ein Angebot für Co-Abhängige. Zehn Gesprächseinheiten. Kleine Hürde, die Abhängigen müssen bei denen in Therapie sein. Aber sie nehmen mich, weil Jan unauffindbar ist und damals bei ihnen war.»

Jan. Sie geht schnell zum Fenster, sieht in den Garten, drängt die Tränen zurück. Als sie sich etwas gefasst hat, setzt sie sich wieder.

«Denkst du auch so oft an ihn, Lu? Was er macht, wo er ist, wie er lebt, warum er sich nicht meldet? Und diese Bilder ...»

«Wir müssen weiterleben, Elisabeth. Wir haben ein Recht darauf. Du hättest ihm nicht helfen können.» Lu geht in die Küche und kommt mit einer Flasche Wein zurück. «Ich finde, ein Glas außer der Reihe ist heute das Richtige.» Typisch. Er will sie auf andere Gedanken bringen. Gut, dass sie dieses Medikament nicht nimmt. Sonst wäre Alkohol tabu. Sie hat seine Vorwürfe ausgehalten, als sie die Schachtel ungeöffnet in den Arzneischrank gelegt hat. Jetzt kann sie es sich nicht verkneifen.

«Siehst du, dass es richtig war, diese Pillen nicht zu nehmen? Die Ärzte verschreiben, anstatt auszuloten, was hinter den Beschwerden steckt. Ihre Routine ist einfacher. Vielleicht haben sie manchmal sogar Angst vor ihren Patienten? Letztens hat einer mit der Schwester diskutiert, nachdem er aus dem Sprechzimmer kam. Der hatte wohl auf seinen Pillen bestanden. So gesehen tun sie mir wieder leid, die Ärzte.»

«Worüber du dir Gedanken machst. Ich freue ich mich, dass wir was trinken können, und du hast Recht gehabt.

So ein Abend war lange nicht. Sie entspannt sich.

***

Sie hat die Tür kaum geschlossen, da steht Lu schon neben ihr, sieht sie gespannt an.

«Wie war es? Erzähle.»

«Lass mich bitte ankommen. Ich habe vor allem Hunger?»

«Alles fertig», strahlt er und geht vor ihr her in die Küche. Das Kochbuch liegt aufgeschlagen neben dem Herd. Sie schnuppert.

«Es riecht wie Fisch.»

«Da wird es auch welcher sein», erwidert Lu gut gelaunt. Sie essen schweigend, dann schiebt sie den Teller weg, lobt den Fisch noch einmal, weiß aber, nun muss sie berichten.

«Ganz zufrieden bin ich nicht. Der Psychologe meinte, ich soll meine Gefühle zulassen. Die würde er vermissen.»

«Wie das», Lu zieht erstaunt die Augenbrauen hoch.

«Ich soll mich nicht kontrollieren, hat er gesagt.»

«Hm, verstehe ich nicht.»

«Ich schon, aber auch wieder nicht. Ich habe alles so konzentriert erzählt, dass es bei ihm bestimmt falsch ankam. Dabei wollte ich es ihm bloß leichter machen, wollte, dass er alles schnell erfasst. Jetzt fühle ich mich verkannt.»

«Aber du gehst doch wieder hin?»

«Es kann nur besser werden. Jede Woche ein Termin, daran hangele ich mich lang. Ich will unbedingt wieder arbeiten.»

***

«Meine Therapietage scheinen Fischtage zu sein. Ich rieche wieder Fischiges?»

«Das war heute dein dritter Termin?»

«Genau. Mit Lob vom Therapeuten. Ich hätte Fortschritte gemacht. ‹Ich sehe, Sie sind berührt. Sie hatten Tränen in den Augen. Beim ersten Gespräch erschienen Sie mir distanziert.› Dabei wollte ich doch nur nicht den roten Faden verlieren. Was hätte er mit mir gemacht, wenn ich wirklich tief in einer Depression steckten würde?»

«Steckst du also nicht?»

«Depressive fühlen nichts. Könnten sie es, hätten sie mehr Kraft. Stattdessen sitzen sie in diesem schwarzen Loch.»

«Das mit dem Loch hast du aber gesagt?» Sie bewegt Zeigefinger und Daumen ein klein wenig auseinander und zwinkert ihm zu.

«Es war wohl nur ein kleines.»

«Also bringt es dir etwas?»

«Dass ich es selbst organisiert habe, hat mir wohl geholfen. Mitten im Gespräch war mir auf einmal klar, dass ich den Therapeuten nicht unbedingt brauche.» Sie gießt sich ein Glas Wasser ein und trinkt in einem Zug. «Es war komisch. In diesen Gedanken hinein sagte der Therapeut, wir könnten es bei den drei Terminen belassen. Ich war wie benommen, habe nur genickt.» Sie lehnt sich an Lu.

«Ich muss akzeptieren, dass ich nichts tun kann. Wenn mir Jans Weg nicht gefällt, es ist sein Weg, Lu. Soweit gehe ich mit. Trotzdem, die Fragen bleiben. Gab es Anzeichen für einen Rückfall? Haben wir die Chance vertan, ihm zu helfen? Wenn es eine Selbsthilfegruppe für Angehörige gäbe ... Ich müsste eine gründen, hat der Therapeut gemeint. Ich weiß nicht, ob ich dafür die Kraft hätte.»

Sie stellt das leere Glas weg. Es ist alles gesagt. Sie wird den Alltag schaffen, auch wenn der nie wieder so sein wird wie vorher.

6 JAN

«Hallo Männer.» Ein junger Kerl mit blondem Pferdeschwanz steht mitten im Raum und sieht sich unternehmungslustig um. Jan unterbricht sein Dösen über der leeren Kaffeetasse. Die vier anderem am Tisch scheinen den Besucher zu kennen. Sie nicken beiläufig.

«Ich könnte jemanden für die «D-A-S» gebrauchen. Ein Austräger ist ausgefallen.» Keiner reagiert.

«Nicht alle auf einmal», versucht es der Blonde erneut.

«Seht ihr Austräger?», fragt einer der vier. Unverständliches Gemurmel, dann steht der Rufer auf, nimmt sein Basecap vom Tisch, stülpt es über, und die Gruppe geht geschlossen nach draußen.

Was will der? Soll er fragen? Jan steht auf, stellt seine Kaffeetasse weg, bleibt stehen, zögert. Der Blonde macht einen Schritt auf ihn zu.

«Wie ist es mit dir? Ich habe dich hier noch nicht gesehen, neu?»

«Wenn du mich meinst ... Hast du nicht.»

«Ist sonst noch jemand hier? Schätze mal, du rätselst, was ich will?»

«Du wirst es mir sagen?» Jetzt lacht der Blonde, sein Pferdeschwanz schaukelt. Er streckt ihm die Hand entgegen.

«Sören. Du kennst unsere Zeitung? Ich suche jemanden, der sie heute austrägt.»

«Jan. Ein paarmal habe ich einen von den Verkäufern gesehen. Das war sie dann wohl, eure Zeitung?»

«Also von vorn. Sie heißt eigentlich «Die andere Seite», abgekürzt D-A-S und ist unsere Straßenzeitung. Die meisten Verkäufer sind wohnungslos oder waren es. Sie kriegen vom Erlös die Hälfte. Wir finanzieren mit den Einnahmen die nächste Ausgabe und so weiter.»

«Du bist auch ...?»

«Wie? Was? Ohne Wohnung? Bin ich nicht. Ich bin der Streetworker, kümmere mich um das Blatt, die Austräger und eine ganze Menge anderes Zeugs. Zeitungen verkaufen ist übrigens ein richtiger Job. Kann man nicht von leben, bringt aber bisschen Bares in die Kasse. Je Heft eins fünfzig, du erhältst für jedes verkaufte Exemplar fünfundsiebzig Pfennig. Die Leute geben auch schon mal zwei Mark, manche sogar mehr. Heute hat sich ein Verkäufer krankgemeldet. Vielleicht Grippe, fing ganz plötzlich an, sagte er. Wie ist es mit dir?»

«Ob ich rumhänge ...» Sören legt ihm eine Hand kurz auf die Schulter.

«Gute Entscheidung. Wenn du gleich mitkommen willst? Unser Büro ist nicht weit.» Sie gehen schweigend. Jan fragt sich, was wohl in so einer Zeitung steht? Er hat noch nie eine gekauft, auch nicht in Köln. Nach fünf Minuten Fußweg stehen sie vor dem Haus. Im Flur riecht es muffig. Altbau, schlampig saniert, das sieht er sofort. Im Büro - ein mit vier Schreibtischen und zusammengewürfelten Möbeln vollgestellter Raum - deutet Sören auf eine Sitzgruppe. Er räumt drei benutzte Kaffeetassen weg, fegt ein paar Brot- oder Keksbrümel auf den Fußboden, geht dann zu einem an die Wand gelehnten Stapel Zeitungen, zieht die oberste heraus.

«Hier, sieh mal rein. Wenn was unklar ist, frag mich.»

«Wer macht die Zeitung? Du?»

«Ein Ehrenamtlicher. War früher Redakteur bei einer Lokalzeitung, ist jetzt Rentner und macht weiter das, was er immer gemacht hat. Manchmal helfe ich, wenn es eng wird mit den Abgabeterminen bei der Druckerei. Ab und zu schreibt einer der Verkäufer einen Text. Aber das meiste macht Helmut - so heißt er. Die Leute sollen erfahren, wie es Wohnungslosen geht. Jeder hat eine Geschichte, die erzählt werden kann. Politiker kommen auch zu Wort, zum Beispiel zu sozialen Themen. Hier - Sören zeigt auf die Titelseite - heute ist der Stadtbezirks-Bürgermeister drin.»

«Wie viel muss oder soll ich denn verkaufen? Und wenn ich nun durchbrenne mit dem Geld?»

«Sage ich gleich etwas dazu. Wie lange bist du hier in der Gegend? Weil du die Zeitung nicht kennst?»

«Drei Wochen - nein, es werden schon vier - dich habe ich aber auch noch nicht gesehen.»

«Passt, ich hatte Urlaub. Drei Wochen am Stück, bin Vater geworden.» Jan sieht auf den Fußboden, zerrt am Kragen und es steigt heiß in ihm hoch.

Du hast es versaut, Jan. Du bist kein wirklicher Vater mehr. Siehst dein Kind nicht aufwachsen, hilfst ihm nicht bei den Hausaufgaben, gehst nicht mit ihm zum Angeln, ins Kino oder zum Sport. So wolltest du es doch. Also halt den Mund. Sag jetzt bloß nichts.

Da fragt der Blonde schon:
«Und du, Familie, Kinder?»
«Jeder hat irgendwie Familie.» Sören sieht ihn aufmerksam an, bohrt mit den Augen nach, lässt sich nicht ablenken.
«Also was ...?»
«Ich will da nicht drüber reden, okay?», hört er sich sagen, bevor er den Satz zu Ende gedacht hat. Sören räuspert sich und schwenkt um auf seine Tätigkeit.
«Ich kümmere mich um Wohnungslose. Was ihnen zusteht, was sie tun müssen, wenn es medizinische Probleme gibt oder wo sie sich ausquatschen können. Es gibt einen Psychologen, der mitkommt - also auf die Straße. In eine Praxis würden die meisten nicht gehen. Für die Zeitung mache ich alles, was organisatorisch nötig ist. Wie ist es, falls Kalle länger ausfällt, kannst du dir die Aushilfe für länger vorstellen?» Sören wartet die Antwort nicht ab, geht zu einer Karte an der Wand rechts neben der Tür und fährt mit einem Bleistift um ein halbkreisförmiges Areal am Bahnhof.

«Kalles Gebiet, jetzt erstmal deins. Wir haben das aufgeteilt, damit kein Streit entsteht. Regelmäßig wird gewechselt; gute gegen weniger gute Lagen. Wenn du einen der anderen Austräger triffst - ich geh mal davon aus, dass dich noch nicht viele kennen - dann verständigt ihr euch. War bisher nie ein Problem.

Zum Durchbrennen mit dem Geld: Kommt eigentlich nicht vor. Da müsste einer völlig von der Bildfläche verschwinden. Das ist nicht so einfach. Die Verkäufer kriegen hier ihre Stütze. Da wechselt man nicht gern. Außerdem sind sie selten überzeugte Berber. Die meisten wollen zurück, wenn nicht zur Familie, dann wenigstens in ein Leben mit Wohnung. Ach ja, die Regeln: Nüchtern solltest du sein, auf keinen Fall Drogen nehmen oder dealen, nicht betteln.» Sören macht eine kurze Pause und sieht ihn fragend an.

«Was soll sein; kein Alkohol ist okay und betteln - da tu ich mich sowieso schwer.»

«Besser so. Bist du wohnungslos gemeldet?» Statt einer Antwort zieht Jan die Schultern hoch.

«Also nicht. Da müssen wir mal länger reden. Nachmittag um fünf?»

«Keine Ahnung ...»

«Komm, ich weiß, was abgeht. Du brauchst Hilfe, und es steht dir zu. ‹Platte machen› ist nicht dein Traum und ehe das hier zum ewigen Alptraum wird, sehen wir uns an, was du tun kannst.» Der Blonde geht zu den Zeitungsstapeln, nimmt ein Bündel, zählt es und hält es ihm hin.

«Zwanzig Stück. Versuche dein Glück. Ach ja, da gibt es noch die Ausnahmeregelung. Du darfst vor Cafés und Kaufhäusern stehen. Manche fragen nach dem Ausweis. Besser, du zeigst ihn gleich mit vor. Für heute habe ich dir einen provisorisch ohne Bild ausgestellt. Wenn du weitermachen willst, schießt Helmut ein Foto, und du erhältst ein richtiges Dokument. Die Verkäufer treffen sich jeden Monat. Gemeinschaft wäre zu viel gesagt, aber sie tauschen sich aus, reden über die nächsten Beiträge. Helmut leitet die Runde. Der Termin ist diesen Donnerstag hier bei uns. Da lernst du die anderen kennen.»

Er nickt, nimmt die von Sören abgezählten Exemplare und läuft Richtung Bahnhof. Ist sicher nicht das schlechteste Gebiet. Eins fünfzig, ziemlich viel, wer gibt für so eine Zeitung Geld aus? Dann läuft es besser als gedacht. Ob seine zwölf verkauften Zeitungen viel oder wenig sind? Jedenfalls hat er knapp zehn Mark verdient. Zwei Frauen haben auf zwei Mark aufgerundet, eine hat mit ihm geredet; über das Wetter und obsich das Verkaufen denn lohne. Das hat ihm gefallen. Als er am Nachmittag in Sörens Büro fragt, ob er morgen wieder kommen kann, lächelt der Streetworker, schaufelt Instant-Kaffeepulver in einen Pott, gießt heißes Wasser auf, hält den Pott hoch und sieht ihn fragend an.

«Kaffee?» Er wartet das Nicken nicht ab, greift eine zweite Tasse und brüht noch einen Kaffee. «Unser Gespräch müssen wir verschieben, sorry. Ein Termin; den kannte ich früh nicht. Also dann, ich trabe mal los. Trink in Ruhe. Ines ist im Nebenzimmer. Gib ihr Bescheid, wenn du gehst. Morgen früh um acht kannst du neue Zeitungen abholen.»

Jan blättert noch zehn Minuten in der Ausgabe und schlürft den Kaffee. In ihm entsteht das Gefühl, etwas Sinnvolles getan zu haben. Jetzt könnte er glatt im Sitzen einschlafen. Das Herumlaufen hat müde gemacht. Er stemmt sich hoch, sagt der Frau, die Ines heißt, Bescheid und beeilt sich, zur Mission zu kommen. Bloß nicht das Essen verpassen. Da ist hinter ihm eine Stimme.

«Im Stress, Bruder, oder warum biste so eilig?» Manne? Er bleibt stehen, sieht sich um, grinst.

«Ich habe Zeitungen verkauft. Das macht hungrig.»

«Hallo, da sieht man sich mal nich und schon ... Warum wohl bin ich nich überrascht?»

«Hast du auch mal ...?»

«Verkauft? Seh ich so aus? Wie biste zu den Zeitungsleuten gekommen?»

«Die zu mir; gestern nach dem Frühstück. Ein Blonder mit Pferdeschwanz hat gefragt, ob jemand aushelfen kann. Ich hatte ausnahmsweise nichts vor.»

«Sören, klar, den kenn ich. Lass mich raten, es hat dir gefallen?»

«Na ja, Holz und Werkzeug wären mir lieber, aber besser als nichts. Der Tag war schnell rum.»

«Holz also. Tischler? Zimmermann?»

«Modellbauer, am Theater, danach Tischler, ja. Ich muss was mit den Händen machen.»

«Dachte, du wärst ‹n Studierter.»

«Wieso das ...?»

«Man reimt sich dies und das zusammen, aber is nich immer richtig.»

«Meine Schwester hat studiert. Ich glaube, meine Mutter hätte das für mich auch gewollt. Ach, Geschichte. Ich habe es eben anders entschieden.»

«So wie jetzt ...?»

«Na klar doch, genau. Setz dich mal in den Zug, Jan, hat Mutter gesagt und sieh dir an, wie man ‹Platte› macht.» Jan schüttelt den Kopf, peilt einen auf dem Pflaster liegenden angebissenen Apfel an, kickt ihn quer über die Straße, läuft hinterher, kickt ihn zurück. Was will Manne? Warum kniet er ihm auf der Seele? Hat es mit dem Zeitungsverkauf zu tun?

«Wenn ich in dieser Nacht, als ich abgehauen bin, irgendetwas gedacht hätte. Keine Ahnung, was dann ...» Manne nickt.

«Da sag ich mal, demnächst Scheherazade dritter Teil?»

«Hä???»

«Liegt doch auf der Hand. Du musst reden. Wer redet, denkt nach, wird klarer im Kopf. Und außerdem – ich bin neugierig.»

«Und deine Geschichte? Fragst du dich nicht manchmal, was du hier eigentlich machst?»

«Deine Warte is nich meine.» Sie bleiben stehen. Jan schiebt den Kopf vor: Plötzlich ist Mannes Gesicht ganz nah.

«Aber du, du beurteilst mich von der richtigen Warte?» Der Lange bleibt stehen, bleckt die Zähne.

«Kannst ja aufdrehen, Bruder. Hast viel da drüben gelassen, weeßte selber. Also denk nach. Richtig ‹Platte machen› kannste dann immer noch.»

«Wieso krebst du hier obdachlos herum, wenn du alles, aber auch alles weißt?» Manne, einen halben Schritt voraus, fährt mit einem Ruck herum. Sein Grinsen ist eingefroren. Jan wechselt schnell das Thema.

«Wie ist es denn so im Winter? Der letzte war ziemlich hart.» Der Lange läuft schneller in seinem Schlenkergang, aber nach einigen Schritten wartet er auf Jan.

«Die richten zusätzlich Schlafplätze ein. Wird bekannt gegeben, wo. Und sie fahren mit Autos rum, klauben welche von den Parkbänken und so. Wenn es kalt genug is, wird schon auch mal erfroren, so isses.»

«Brr, darauf einen heißen Tee und ein Brot.»

Sie sind bei der Tafel angekommen. Jan nimmt die beiden Stufen mit einem Schritt.

***

Heute stellt er sich mit seinem Zeitungsbündel neben das Café am Bahnhof. Hier zieht es nicht so. Es ist ein kühler Sommer, der da beginnt. Jeder sieht zu, dass er weiterkommt. Fünf Zeitungen hat er erst verkauft. Er drückt seine an den Rändern abgeschabte schwarze Schirmmütze aus dem Kleiderlager fester in die Stirn. In dem Dreieck aus Arm und Kopf taucht ein bekanntes Gesicht auf: nur zu bekannt. Bloß nicht! Instinktiv dreht er sich zur Seite. Zum Nachdenken, ob das die richtige Strategie ist, fehlt die Zeit.

Gandhi! Das war unverkennbar Gandhi aus der Band. Er irrt sich nicht. Immer hat er befürchtet, in Bahnhofsnähe jemandem aus seinem früheren Leben zu begegnen. Jetzt ist er darauf nicht vorbereitet. Gerade noch fröstelte es ihn, nun wird ihm unangenehm warm. Als er erneut in Gandhis Richtung lugt, sieht der geradewegs zu ihm. Einen winzigen Moment nur, dann geht der andere weiter. Hat er ihn erkannt? Eher nicht. Wäre auch ein sehr dummer Zufall. Trotzdem, er ist unsicher, da wechselt er besser den Standort.

«Kostet ‹n die?» Eine junge Frau holt ihn aus seinen Gedanken, sieht ihn neugierig an und greift dabei zur Geldbörse.

«Eins fuffzig», sagt er wie immer. Die Frau lächelt und drückt ihm ein Zwei-Mark-Stück in die Hand.

«Der Rest vielleicht für einen Kaffee?» Sie streicht eine blonde krisselige Haarsträhne aus dem Gesicht und steckt die Zeitung in den noch leeren Einkaufskorb. Die Haare - fast wie Gini. Etwas würgt tief in seinem Hals. Kurz vor der Flucht sah es aus, als hätte Jacob Ginis Mähne geerbt. Kleine Löckchen, gar nicht babytypisch, von eher derber Struktur, fielen dem Kind in die hohe Stirn. Das ließ ihn älter aussehen.

Obwohl der Menschenstrom um ihn nicht abebbt, fühlt sich Jan auf einmal allein. Kurz entschlossen faltet er den dünnen Zeitungsstapel längs, klemmt ihn unter den Arm und geht zum Büro. Lieber ein kleiner Verdienst, als noch so eine Begegnung. Sören blickt von einem Stapel Papiere auf, als Jan in der Tür steht.

«Schon zurück? Wir sind erst», er sieht auf den Computer, «in einer Stunde verabredet.»

«Läuft heute nicht. Schietwetter.»

«Schlechtes Wetter, schlechter Verdienst, klar. Willst du warten?» Jan nickt. Was soll er draußen? «Setz dich in - ach was, ich zeige dir den Raum.» Sören steht auf, zieht ihn am Ärmel und geht voraus in ein weiteres Büro. An dessen Ende ist wieder eine Tür.

«Das ist unser Aufenthaltsraum und auch der Treffpunkt der Verkäufer. Früher hat eine Band hier geprobt. Wenn was los war, Tag der offenen Tür, Straßenfest oder so, haben sie gespielt. Ist auseinandergefallen, die Truppe. Schade. Zwei Gitarren, ein Akkordeon und ein Schlagzeug, alles noch da. Geschenk vom Kulturhaus.»

«Gitarren sagst du?» Er kann sein Interesse nicht verbergen.

«Ist das für dich ein Thema?»

«Früher mal.» Sören öffnet einen Schrank, nimmt eins der Instrumente heraus und hält es ihm hin.

«Du überraschst mich. Wenn du Lust hast ...» Er greift zögernd nach dem Instrument, hält es unschlüssig am Hals, dreht sich nach Sören um, aber der ist schon aus der Tür. Erst Gandhi, jetzt der Hobel. Er greift in die Saiten, versucht ein paar Akkorde. Sie klingen nicht wie erwartet. Alles vergessen? Enttäuscht stellt er die Gitarre beiseite. Ohne eine Anleitung wird das nichts. Jetzt, genau jetzt hätte er die Zeit, die er sich gewünscht hat. Üben bis zum Abwinken. Die Jungs ...

Was du hier machst? Du fragst zu spät, Jan. Der Becher ist leer. Wolltest bis auf den Grund, aber da war nichts und es kommt auch niemand, der ihn wieder füllt. Hast es leerlaufen lassen, dein Leben, hast gedacht, ohne Spielen geht es nicht.

Er holt - zum wievielten Mal? - das Blatt mit Jacobs Foto aus der Jackentasche, aber die Stimme gibt keine Ruhe.

Du wusstest, dass es so nicht läuft, hast dir was vorgemacht mit dem ewigen Mantra vom ‹Gewinn, Gewinn, Gewinn›. Bist jedes Mal tiefer gestürzt, statt dir Hilfe zu holen, hast verheimlicht, verdrängt, verleugnet. Freust dich stattdessen über ein Taschengeld. Wo ist er, dein großer Gewinn???

«Na, das erste Solo drauf?» Sören stürmt herein. Jan steckt Jacobs Foto hastig weg. «Jetzt mache ich uns einen Kaffee, dann haben wir Zeit.»

«Musst du nicht nachhause, ich meine ...» Sören lacht.

«Nett von dir. So ist der Job. Die Arbeitszeit verteilt sich anders. Ich fange manchmal erst um elf an. Dafür kann ich mich früh um meinen Sohn kümmern. Hat also auch Vorteile.» Sören geht hinaus und kommt mit zwei Kaffeetöpfen und einem Keksteller zurück.

«Lang zu. Wegen Abend - ich habe angerufen. Die heben dir was zu essen auf, Bett ist organisiert.» Soll er ‹danke› sagen? Aber da redet Sören schon weiter.

«Und nun Butter bei die Fische, wie ich immer sage. Was brauchst du bzw. was fehlt?»

«Das bisschen Geld, das ich noch hatte, ist so gut wie alle, ab und zu sammle ich Flaschen wie die anderen. Essen in der Mission oder bei der Tafel. Wie weiter, keine Ahnung. Nur die Zeitung zu verkaufen, reicht bestimmt nicht.»

«Hast dich also nicht gekümmert. Ich kenne ja deine Geschichte nicht. Wohnungslos werden, das passiert verdammt schnell. Viele wissen nichts über ihre Rechte. Geld zum Beispiel. Jedem steht was zu. Nicht die Welt, aber es trägt dir niemand nach. Viele scheitern, wenn sie aktiv werden sollen. Du siehst nicht aus, als müsstest du scheitern und Daueraufenthalt willst du da draußen auch nicht nehmen, denke ich.» Was soll er sagen, Sören hat ja Recht.

«Soziale Unterstützung steht dir zu wie jedem. Aber ohne Adresse bekommst du das Geld nicht. Wie ist es mit Konto? Dem Arbeitsmarkt stehst du nur bedingt zur Verfügung, so heißt das. Du hast Anspruch auf einen sogenannten Tagessatz vom Sozialamt. Dafür musst du dich dort melden. Öffnungszeiten gebe ich dir. Mach das zügig. Die

Mühlen mahlen nicht gerade schnell. Da du kaum noch etwas in der Tasche hast, wäre Betteln dran. Ist aber keine Lösung. Jedenfalls nicht deine, hoffe ich.»

Er schüttelt heftig den Kopf. Wenn er die Bettler sieht, wird ihm jedes Mal mulmig. Das kann es nicht sein. Aber wovon sonst soll er leben?

«Mit Wohnung ist es nicht einfach, aber möglich», hört er den Streetworker wie von Weitem.

«Sag mal was, Jan.»

«Wohnungslos und Wohnungsamt – beißt sich das nicht? Da habe ich doch keine Chance.»

«Spring über deinen Schatten. Es bringt dir niemand etwas. Du musst dich bewegen und etwas tun. Was ist das übrigens mit der Gitarre und früher?»

«Ich hatte gerade angefangen, in einer Band zu spielen, wollte mir das Gitarrespielen beibringen. Das hier kam dazwischen.»

«Nett ausgedrückt. Was steht denn konkret zwischen dort und hier?» Der gibt sich solche Mühe. Er muss damit rausrücken.

«Ich war Spieler, exzessiv, an Automaten, ab und zu im Kasino. Da konnte ich mich sperren lassen. Ich sage dir sicher nichts Neues. Man spielt eben, bis nichts mehr da ist. Das heißt, doch, Schulden ohne Ende. Kein Kredit mehr, nirgends. Da bin ich abgehauen, von jetzt auf gleich. EC-Karte von meiner Freundin leer gespielt - und weg. Kurzschluss eben. Mir war klar, ich habe alle enttäuscht. Mein Kind ...» Er bricht ab. Verdammt, soweit wollte er nicht.

«Du hast ein Kind?»

«Jacob. Er ist jetzt etwas mehr als Zwei.» Nun fingert er doch das Blatt mit dem Foto wieder hervor, faltet es auseinander und zeigt es. Sören pfeift durch die Zähne.

«Wenn ich mir vorstelle, meiner wird zwei Jahre und ich ... Und zu dem willst du nicht?»

«Möchtest du einen Penner zum Vater?»

«Vielleicht willst du es eher dir nicht antun? Okay, anderes Kapitel. Schritt für Schritt. Du kümmerst dich um deine Meldung beim Amt, danach reden wir weiter. Bis dahin verkaufst du Zeitungen?»

«Nur heute, da war ...» Sören sieht ihn aufmerksam an.

«Noch was, was du loswerden willst?» Er wehrt entschieden ab. Für heute hat er genug erzählt. Sören macht seinen Job. Er muss so was fragen. Allerdings, so schlimm war es nicht, darüber zu reden. Fast spürt er Erleichterung. Nebenbei hat er den Teller mit den Keksen geleert und es nicht bemerkt.

***

Wie oft, lehnt Manne an der Hauswand neben dem Eingang und raucht.

«Spät dran», ruft er ihm entgegen.

«Ich geh schnell rein und hole mir ‹ne Stulle. Bin gleich wieder da.» Er nimmt zwei Scheiben Brot aus dem Korb, verzichtet auf Margarine, packt Wurst auf die eine Seite, klappt die andere drüber, schüttet hastig einen Becher Tee hinunter und geht mit dem

Brot wieder nach draußen. Er kann jetzt schlecht allein sein. Viel Hunger hat er nicht; die Kekse waren offenbar gehaltvoller als gedacht. Manne rückt ein Stück beiseite.

«Gut verkauft?»

«Der Regen, es lief nicht so. Danach hat Sören mit mir geredet. Über Geld, was mir zusteht und über Wohnung. Ich muss mich kümmern, sagt er.» Manne nuckelt an seiner Kippe, kratzt sich hinter dem Ohr, schweigt.

«Wie machst du es mit deinen Ansprüchen?»

«Keine Anträge, Greenhorn, nie mehr, sagte ich doch.»

«Wenn es dir aber zusteht?» Manne lacht abgehackt.

«Als ich pleite war, stand mir dies und das zu. Aber um jedes bisschen kämpfen? Fast musste es riechen. Niemand bringt dir was. Die sind scheinheilig mit ihrem Rattenschwanz an Bedingungen. Also kein Amt mehr.» Jan nickt stumm. Dabei hat er nichts als Fragen. Ohne Stütze? Wie macht Manne das? Der bläst Ringe in die Luft, verfolgt, wie die Kreise größer und an den Rändern diffuser werden, sich langsam auflösen, im Dämmergrau verschwinden.

«So wie du … Keine Ahnung, wie es gehen könnte. Ich traue es mir nicht zu.»

«Sag ich ja die ganze Zeit. Dir is nich oder noch nich klar, was ‹de hier sollst. Deshalb findste den Zeitungsjob toll. Bisschen wie dein Leben vorher. Das hier is›n Sammelbecken oder nenn es Klärbecken. Es klärt sich, ob du bleibst oder zurückgehst.» Der Lange dreht die Kippe hin und her, drückt nochmal betont mit dem Daumen drauf und löscht die Glut.

«Manchmal weiß ich auch nich, ob ich hier richtig bin. Wenn ich bei Monika war, frag ich mich das oft. Vielleicht is sie besser dran?» Er bricht ab, hustet, redet weiter. «Die Schwestern von der Geschlossenen stecken mir oft was zu, das reicht zum Saufen. Binde ich denen natürlich nich auf die Nase. Und ich krieg Klamotten für den Winter. Eine hat mich fast adoptiert.» Er weicht Mannes Blick aus, fragt dann aber doch.

«Gehst du oft hin?»

«Du meinst, ob ich oft saufe? Saufen - alle paar Wochen. Hingehen - selten. Zu ihrem und meinem Geburtstag und Weihnachten rum.»

«Und du kommst klar ohne ...?»

«Ich mach, was jeder macht. Sammeln, betteln, Reste und das Geld von den Schwestern. Passt schon.» Manne läuft auf und ab.

«Ich sag dir was, wir sind die Aasgeier der Gesellschaft. Nimm die Supermärkte, Is doch pervers, wenn die Aussortiertes unter Verschluss halten. Offiziell kommste nich ran. Ich schon, manchmal jedenfalls. Ich war mal am Wühlen, da kam so ‹n Lagerarbeiter. Hat mir erst gedroht, aber dann haben wir gequatscht. Er findet auch nich gut, wie das läuft. Seitdem zweigt er mir heimlich was ab. Nur du, hat er gesagt.

Wenn du versprichst, in Deckung zu bleiben, nehm ich dich mal mit. Er darf sich auch nich erwischen lassen. Noch was, wofür wir gut sind: als Spiegel für die Satten.» Auf einmal deutet Manne eine Verbeugung an, grinst sein schiefes Lächeln, und wechselt in ‹Bürgersprech›.

«Der Referent hat seinen Vortrag beendet, es geht in die Diskussion. Vorher gibt es nette Häppchen und diverse Getränke.»

«Häppchen ...?»

«Ach, Häppchen fallen aus», röhrt Manne. «Mann, Mann, immer das Gleiche mit dem Personal. Dann eben gleich Diskussion. Vielleicht gut so. Zu satt diskutiert sich›s nicht.»

«Dein Humor ...»

«Humor? Ohne wär›s nich besser. Im Ernst, lauf den Ämtern die Bude ein oder lass es. Du weißt schon, das Ding mit den zwei Wegen. Aber jetzt bist du dran. Was hat dich hier ausgespuckt?»

Der Tag der Lebensbeichten? Erst Sören, jetzt Manne.

«Du meinst das ernst?»

«Red einfach los, wirst sehen ...»

«So am Stück, keine Ahnung. Aber frag bloß nicht, wo und wie alles angefangen hat, genau das weiß ich nicht.» Er sortiert kurz seine Gedanken, die hin- und herspringen, dann schafft er es doch am Stück:

Montage, Jana, die Automaten, die Spielbank, die Gewinne; er erzählt von Jacob, Gini, der Therapie, der Flucht.

«Auf das hier bin ich nicht vorbereitet.» Manne wechselt das Standbein, stützt sich mit dem rechten Fuß an der Mauer ab und schurrt mit der Sohle am Putz auf und ab, auf und ab.

«Als es mich hier ausgespuckt hat, Greenhorn, kam ich mir vor wie der letzte Versager. Doch dann kriegte ich so die Wut auf alles. In den Ämtern hätte ich um mich schlagen können.» Er geht ein paar Schritte zur Seite und spuckt geräuschvoll aus.

«Also geh ich nich mehr hin. Aber du? Auf wen willst du Wut haben? Na gut, auf die Spielbuden. Machen ihren Schnitt und sind scheinheilig. Der Staat hält natürlich auch Händchen auf. ‹Leute lasst das Spielen, ist gefährlich.› Konkreter machen sie›s nicht.» Manne läuft ein paar Schritte und schlenkert die Beine. Dann stellt er sich wieder an die Hauswand.

«Hast nicht widerstehen können und warst feige.»

«Hab›s vermasselt, klar.»

«Klemm dich an Sören.» Manne steckt eine neue Kippe an.

«Bisschen schade», murmelt er.

«Schade ...?»

«Sind nicht viele zum Reden oder so.»

«Als wär ich morgen weg.»

«Kann schnell gehen.» Manne legt ihm kurz die Linke auf den Oberarm. «Bis denne. Ich geh mal.»

«Du haust ab?»

Jan sieht dem Großen verblüfft nach. Er ist froh über das Bett am Abend und der ...?

***

Am anderen Morgen nickt Sören, als hätte er die Entscheidung genau so erwartet.

«Dann mal los, stell deine Anträge und bleib dran.»

Wieder auf der Straße sieht Jan besorgt zum Himmel. Der Regen fällt in Schnüren aus dem Grau. Das hört so schnell nicht auf. Statt der kühlen Luft der vergangenen Tage liegt feuchtschwüler Dunst auf der Stadt. Er klappt den Kragen seiner Jacke hoch - er braucht was Leichteres, die wird zu warm - stopft die Zeitungen zwischen Hemd und Jacke, nimmt nur eine zum Zeigen in die Hand.

Die Menschen hasten geduckt vorbei, kaum einer reagiert auf sein Angebot. Mittag hat er gerade drei verkauft. Er schiebt das Päckchen zurück unter die Jacke, zieht die Schirmmütze tiefer ins Gesicht und will loslaufen, da fasst ihn jemand am Ärmel.

7 GANDHI

Jan, er war es. Die gleiche Mütze. Da ist er ganz sicher. Gandhi schlängelt sich durch eine Gruppe Jugendlicher, die nebeneinander zum Bahnhof laufen. Er ruft laut, ruft noch einmal, Jan reagiert nicht. Wenn er sich nicht beeilt, ist der in der Menge verschwunden. Er ruft nochmal, schon im Laufen, erreicht Jan, geht um ihn herum und versperrt ihm mit ausgebreiteten Armen den Weg.

«Hey, Jan, ist ja ‹ne Ewigkeit her. Du hier? Wo bist du damals bloß abgeblieben?» Locker bleiben! Es muss aussehen, als sei es das Normalste der Welt, Jan hier zu treffen. Der steht nur da, reagiert nicht, scheint durch ihn hindurchzusehen.

«Sag mal was?»

«Kaufst du mir eine Zeitung ab?»

«Wie – Zeitung? Äh, ich meine, was für ...? Wieso verkaufst du ...?» Jan holt ein Bündel unter der Jacke hervor.

«Kostet einsfuffzig. Ist mein Job, wenn du so willst.» Er greift nach seinem Portemonnaie, sucht Kleingeld zusammen, seine Gedanken überschlagen sich. Jan verkauft Zeitungen. Auf der Straße? Er fragt lieber noch nicht. Wird sich ergeben.

«Gekauft, okay? Was ist es denn für eine? Mir reichen ja eigentlich die Fernsehnachrichten ...» Er dreht die Zeitung von vorn nach hinten, blättert ziellos hin und her.

«Die wird von Wohnungslosen verkauft, aber von einem echten Redakteur gemacht. Damit solche wie du was von uns erfahren.»

«Solche wie ich ..., obdachlos, bist du ...?» Jan sieht ihn zum ersten Mal richtig an und nickt.

«Bin ich. Tu nicht so erstaunt.» Gandhi zieht Jan am Ärmel.

«Lass uns unter das Vordach da drüben, ist ungemütlich hier. Brrr, der Regen wird mehr statt weniger, scheint es.» Gandhi schüttelt sich, nimmt aber den Gesprächsfaden gleich wieder auf. Nur keine Pause entstehen lassen.

«Als du dich aus dem Staub gemacht hast - wir standen alle da wie bekloppt. Wie, weg, habe ich gefragt. Keiner wusste etwas. Und jetzt stehst du einfach hier - ich kann es nicht glauben. Macht dir das Spaß?»

«Das Verkaufen oder ...?»

«Genau, das heißt, ich meine schon beides.»

«Zeitungen verkaufen, ist okay, auf der Straße leben, na ja ... Vielleicht habe ich eine Chance zurück, sagt Sören.» Er hebt die Augenbrauen.

«Sören?»

«So was wie ein Betreuer.»

«Sag mal, können wir nicht da hinten in die Kneipe? Ich muss mit dir reden, unbedingt.»

«Wollte sowieso gehen. Zu nass. Da verkauft es sich nicht so. Mit deiner heute vier Stück.» Schnell schiebt Gandhi Jan vor sich her in Richtung Kneipe. Nicht, dass der ihm womöglich ausbüxt. Jan schüttelt an der Tür seine Schirmmütze aus, so dass die Tropfen spritzen. Drin sieht sich Gandhi nach einem ruhigen Tisch um, packt Jan wieder am Jackenärmel und zieht ihn mit. Er lässt ihm kaum Zeit zum Hinsetzen, sprudelt los.

«Ich muss beichten. Es war kein Zufall. Ich habe dich gesucht. Vor paar Tagen war ich schon mal hier. Du hast mich wohl nicht erkannt.»

«Und wenn doch ...?»

«Du willst damit sagen ...? « Gandhi winkt ab.

«Kurz und gut, ich habe es den Jungs erzählt, und die meinten, ich soll dich suchen. Wir haben keinen Sänger gefunden. Da dachten wir ...» Er sieht Jan an. War er zu forsch? Aber nun ist es raus.

«Da dachtet ihr, ich könnte wieder ...? Gerade überlege ich, wie es weitergehen kann, wie ich zu einer Wohnung komme. Und da tauchst du auf und willst ...»

«Wollen wir alle, Jan, und wenn wir dir helfen können ...»

«Lass mal, euch habe ich nicht beklaut. Vielleicht meint ihr deshalb, dass es mit mir wieder gehen könnte ... Meine Familie sieht das anders.»

«Musst du dann mal erzählen, was für einen Mist du da gebaut hast. Du musst eben neu anfangen; willst doch nicht ewig diese Zeitung verkaufen oder? Du solltest wieder einsteigen bei uns.» Er knetet die linke Hand mit der rechten und, beobachtet Jan. Wie wird er reagieren? Er darf es nicht vergeigen. Der lächelt, bisschen verkrampft vielleicht, aber immerhin.

«Neu anfangen. Gut gesagt. Hast du eine Ahnung von den Ämtern? Geld, Wohnung, von Arbeit will ich gar nicht reden.»

Er hat eine Idee. Es hält ihn fast nicht auf dem Stuhl, er rutscht hin und her, so dass der Stuhl auf dem unebenen Fußboden kippelt.

«Ist jetzt erstmal egal, Jan. Weißt du was? Du setzt dich in die S-Bahn. Wir machen gleich einen Termin. Fahrkarte bezahlen wir dir natürlich», schiebt er eilig nach. Das war nicht abgesprochen, aber wie kommt Jan sonst hier weg?

«Ich weiß nicht ...» Jan scheint unschlüssig.

«Was hast du zu verlieren? Sag einfach Ja. Wirst sehen, die Jungs meinen es genau so ernst wie ich, sonst wäre ich nicht hier. Nächsten Mittwoch?» Jan nickt wortlos.

«Das ist gut, das ist wirklich gut.» Gandhi streicht eine feuchte Haarsträhne aus der Stirn, steht auf und packt den anderen bei den Schultern.

«Das wird, Mensch, das wird, bestimmt.» Dann drückt er ihm einen Fünf-Mark-Schein in die Hand und stutzt.

«Du, wir verlassen uns auf dich?» Wieder nickt Jan stumm, quetscht sich aber doch ein Ja ab.

«Dann bis Mittwoch, die S-Bahn ist kurz vor sechs da.» Gandhi sieht zur Uhr, geht zum Tresen und bezahlt. Vor der Kneipe verabschiedet er sich und sieht Jan nach. Der zieht den Kopf beim Laufen zum

Schutz gegen den Niesel ein und sieht sich nicht mehr um.

Auf dem Weg zum Bahnhof fallen ihm die richtigen Fragen ein, die er Jan hätte stellen wollen. Vorhin war er zu aufgeregt, sein Kopf wie leer gepustet. Es hat ihn ziemlich angestrengt. Egal, er hat es nicht vermasselt. Nein, hat er nicht. Robbe wird sich freuen. Wieso waren die anderen so skeptisch? Erst als der Bandchef zu seinem Vorschlag genickt hat, haben sie zugestimmt. Die werden staunen. Er hat sich die Suche schwieriger vorgestellt. Sogar zum Einwohnermeldeamt wollte er gehen. Doch da steht Jan plötzlich wie bestellt fast an der gleichen Stelle, an der er ihn das erste Mal gesehen hat.

Was ist damals bloß passiert? Hat Frau, Kind, Eltern. Haut trotzdem einfach ab. Wieso, wenn man Familie hat und so singen kann? Wieso macht der so einen Scheiß?

Er, Gandhi, hat sich nichts mehr als eine Familie gewünscht. Nie würde er Moni und Thomas verlassen. Überhaupt, ein Kind braucht Eltern. Beide. Wer wüsste das besser als er. Im Heim war es nicht schlecht. Aber ein richtiges Zuhause, das ist was anderes. Als er klein war, wollte ihn keiner. Er war oft krank. Später hat sich sein Asthma gebessert, da war er den meisten zu groß. Alle wollten ‹Kuschelkinder›, so hatte er das damals genannt. Er aber war ein halbwüchsiger Schlaks, blass und dünn. Das Kuscheln hat ihm niemand beigebracht.

Ob Jan klar ist, was er aufgegeben hat? Er hat gleich zugesagt. Mit ihm wäre die Band komplett, endlich wieder. Sie würden nicht auseinanderlaufen. Nach Moni und Thomas sind die Jungs das Wichtigste für ihn. Wenn Jan Mittwoch alle sieht, sagt er zu, es muss einfach so sein.

8 JAN

Die wollen ihn wiederhaben. Wieso sind sie nicht misstrauisch? Gandhi, drückt ihm einfach so fünf Mark in die Hand. Seine Gedanken springen von da nach dort und zurück, werden vom unregelmäßigen Tatam, Tatatatam, Tam, Tatatam des maroden Streckenabschnitts zerhackt. Werden sie Fragen stellen? Es könnten die falschen sein. Wird er die richtigen Worte finden? Er sieht nach draußen. Manne wäre jetzt gut zum Reden. Seit drei Tagen sind sie sich nicht begegnet.

Dann läuft alles anders. Die Band steht wie ein Begrüßungskomitee im Probenraum. Den hatten sie damals von der Stadt mietfrei bekommen. So steht der alte Jugendklub nicht völlig leer. Sie klopfen ihm auf die Schulter. Jemand hält ihm ein Bier hin. Es ist, als käme er von einer Reise, und sie könnten dort anknüpfen, wo sie aufgehört haben.

Ist er erst vor zwei Stunden zum Bahnhof gegangen, von da gekommen, wo er abends eine Schlafmöglichkeit suchen muss? Zwei Realitäten, klar abgegrenzt, aber in seinem Kopf ist Chaos, alles verschwimmt. Erst reden sie Belangloses, dann erzählt Robbe, was sie bei der Suche nach einem Sänger erlebt haben, und wie sie die Hoffnung schon aufgeben wollten. Da kam Gandhi, sagte, dass er ihn, Jan, am Bahnhof gesehen habe.

«War ein großer Zufall», ruft Gandhi, «mein Auto war kaputt, da musste ich unfreiwillig S-Bahn fahren.» Dass die sich so bemühen. Er weiß nicht, was er sagen soll und schweigt. Plötzlich baut sich Rudolf direkt vor ihm auf, legt ihm die Pranke auf die Schulter.

«Du hast es gehört, Jan. Es nutzt nichts, zu verschwinden.» Die Blicke der anderen brennen ihm auf der Stirn, ihm wird ungemütlich. Robbe aber sieht ihn durchdringend an. Er spürt die Aufforderung, stellt seine Bierflasche auf den Boden. Es gibt ein dumpfes Geräusch, dann wird es still.

«Dass ihr meint, es kann mit mir ..., also danke. Ja und dann» - er holt tief Luft - « ich will wieder sesshaft werden. Damals musste ich weg, zumindest dachte ich das, als mir klar wurde, dass ich alles verspielt hatte, nicht nur das Geld. Meine Angst, das einzugestehen, war zu groß. Nach Hause ging also nicht.» Und leiser, «am wenigsten konnte ich den Gedanken an Jacob und Gini ertragen. Sie hat mir vertraut, ich habe sie reingeritten ... Aber das ist es nicht, was ihr hören wollt.» Er sieht alle nacheinander an und nickt.

«Wie es auch kommt. Ich will zurück, würde sogar versuchen, hier wieder zu leben. Wäre ja die Chance, Jacob mal zu sehen. Und Gitarre spielen will ich und Singen sowieso.» Die anderen heben ihre Flaschen und stoßen mit ihm an. Robbe grinst. Er grinst zurück, rollt die Schultern abwechselnd nach vorn und hinten, atmet lautstark ein und pustend wieder aus. Jetzt, erst jetzt hat er das Gefühl, sein Leben kann in Ordnung kommen.

«Hat jemand von euch eine Gitarrenschule, die er nicht braucht? Ich könnte üben. Es ist komisch. Seit dem Gespräch mit dir, Gandhi, hat sich alles überschlagen. Sören, der Sozialarbeiter, erzählte von einer Band. Sie existiert nicht mehr, aber die Gitarren sind noch da. Eine hat auf mich gewartet.» Robbe zwirbelt die Bartenden und nickt mehrfach.

«Du siehst, es musste so sein. Gitarrenschule liegt bei mir rum. Sogar mit DVD, aber die nützt dir im Moment wohl wenig? Ich schicke sie dir. Ach so: Adresse?»Robbe kraust die Stirn. «Überhaupt, wie wirst du aus dem Schlamassel rauskommen?»

«Bin dabei. Die Ämter - hängt davon ab, an wen du gerätst. Obdachlose können eine Wohnung bekommen, und sie haben Anspruch auf Leistungen. Sören hat mir alles erklärt, von ihm habe ich den Job mit den Zeitungen. Ist ein bisschen Bares und bestimmt ein Pluspunkt beim Amt. Adresse schreibe ich auf. Dort kann ich mir Post abholen. So läuft es.» Robbe greift in seine Jackentasche und fördert ein Handy zu Tage.

«Hier, lag zuhause rum. Ist ‹ne alte Gurke, ist als Zweitgerät über meine Flatrate gebucht. Nimm es, dann können wir besser Kontakt halten.» Robbe drückt es ihm in die Hand. Er dreht es hin und her, wiegt es auf dem Handteller.

«Ist alles bisschen viel ... Ja dann, also.» Gandhi reckt den Hals und begutachtet das Telefon.

«Oh je, das musst du eher ins Museum bringen.» Niemand lacht. Gandhi räuspert sich.

«Ich meine nur, so was hat kaum ...» Er sieht schnell auf die Uhr. «Leute, ich muss. Moni wartet heute mit warmem Abendbrot. Ich darf es mir nicht verscherzen. Willst du mit, Jan? Moni hat nichts dagegen. Zahnbürste ist immer auf Vorrat da. Und sie kocht wie für eine Mannschaft. Das ist nicht gut für mich.» Er streicht über den nicht vorhandenen Bauch.

«Lass mal, Gandhi, danke, aber heute nicht. Ich muss zurück, sehe am Abend noch jemanden.» Alle lachen wie auf Kommando. Er protestiert.

«Nicht, was ihr denkt.» Er trabt zum Bahnhof, immer in Sorge, dass er jemandem begegnet. Wenn es mit Gandhi so war, kann es wieder passieren. Mehrmals greift er in die Tasche, vergewissert sich, dass das Handy da ist. Seins hatte er einem Typen in der Spielhalle überlassen. Für eine halbe Stunde Automatenzeit. Jahrhunderte her.

Gandhis Einladung. Er ist erschrocken, hat reagiert wie ein Obdachloser. Wohnung, Familie. Undenkbar. Heute früh hat er geduscht; Unterwäsche, Socken, Schuhe, hat alles gecheckt und doch, dieses Leben klebt an ihm, sogar inwendig. Manne hat mal gesagt, wer zu lange draußen ist, kann nicht zurück, weil er sich nicht zurechtfindet. Findet er sich schon nicht mehr zurecht? Er läuft zügig. So kann er klarer denken. Natürlich wartet niemand auf ihn. Aber was hätte er Gandhi sagen sollen? Und vielleicht trifft er ja Manne wirklich. Die Band zählt auf ihn. Er will wieder dazugehören, will singen.

***

In der Unterkunft sind nur noch zwei Betten frei. Es ist ein Zimmer für sechs Personen. Die Luft ist stickig. Er öffnet eins der beiden Fenster und geht in den Gemeinschaftsraum. War das jetzt alles echt? Das Leben dort drüben ist weiter gegangen. Er hat sich rausgeschossen. Wie das war, daran kann er sich nur schemenhaft erinnern. Da ist kein einziger sinnvoller Gedanke, nur Bilder. Rudolf hat Recht. Einfach so verschwinden geht nicht.

Das Essen hat er heute verpasst. Egal. Er geht zum Teekübel im Flur, füllt seine Tasse, nimmt zwei Stücken Zucker, rührt um, trinkt hastig, füllt nach, nochmal Zucker. Das wird ihn über die Nacht bringen, auch wenn es im Magen jetzt schon rumpelt. An das Hungergefühl gewöhnt er sich wohl nie. Dauert es zu lange an, bekommt er Magenkrämpfe und kann anschließend gar nicht essen. Auf jeden Fall ist er die Speckschicht um die Hüften los.

Er sieht sich um. Einer rempelt ihn am Ellenbogen, als er nach seiner Tasse greift und entschuldigt sich nicht. Er hat ihn schon mal gesehen, aber noch nie ein Wort mit ihm gewechselt. Sind alle auf sich fixiert, Höflichkeit ist selten. Im Schlafraum wirft er sich auf eine der beiden leeren Liegen. Das Telefon; er muss es verstecken! Von nebenan dröhnt Musik. Er will sie überhören, hat schnell begriffen, dass es sich weder lohnt, dagegen zu protestieren, noch um etwas zu bitten. Eine Prügelei ist schnell vom Zaun gebrochen. Er braucht Ruhe, will nachdenken über diesen Tag. Morgen wird er mit Sören sprechen. Es ist Donnerstag, da haben die Ämter geöffnet. Bestimmt kennt der jemanden und kann ein gutes Wort einlegen. Sein Antrag auf Sozialhilfe kann noch gar nicht bearbeitet sein, egal. Die sollen sich bewegen.

An dem Dienstag, als er mit Sören die Formulare abgegeben hat, saß da eine Frau, Ginis Alter. Kurzhaarfrisur, sportlich, angeklebte Fingernägel. Wie schafft sie es, mit denen die Computer-Tastatur zu bearbeiten, hatte er sich gefragt. Sie sprach aufreizend deutlich, in gelangweiltem Tonfall, als wäre es das Äußerste, sich mit ihm abgeben zu müssen. Ohne Sören wäre er vielleicht wieder abgehauen. Aber jetzt - nein, er gibt nicht auf.

Der Streetworker ist zufrieden. Klar hilft er ihm. Jeden Tag, sagt er, nur heute geht es leider nicht. Er schreibt ihm Stichworte auf einem Zettel. Mit den Notizen und dem Bild der Jungs von gestern geht Jan zum Sozialamt. Es dauert, seine Geduld wird strapaziert. Mehrmals kämpft er gegen den Wunsch zu gehen. Da lächelt ihn eine an: schwarze, sehr kurze Haare, Männerfrisur. Sie war vor ihm da.

«Diese Warterei macht nervös, was? Die sollten sich ein anderes System ausdenken.»

«Anderes System, wie denn», murmelt er, ehe er überlegen kann, ob er auf die Dünne reagieren will.

«Keine Ahnung, aber es ist ein bisschen erniedrigend, findest du nicht?»

«Weil man sich als Bittsteller fühlt? Vielleicht muss man sagen, ich habe Rechte und ich will jetzt, was mir zusteht.» Sie zuckt mit den Schultern.

«Wenn man den Eindruck hat, man muss wegen allem betteln, weiß man bald gar nicht mehr, ob einem was zusteht.» Sie redet nicht, wie sie aussieht: dünn, zerbrechlich, blass, durch ihre Haut auf den Unterarmen schimmern bläuliche Adern. Kräftig sind nur ihre Haare und die Reibeisenstimme. Sie würde vielleicht eine gute Jazzsängerin abgeben.

«Weshalb bist du hier»?, fragt er vorsichtig.

«Muss was regeln wegen meiner Wohnung: Haben sie mir letzte Woche frisch zugewiesen. Dauert alles elend lange. Und dann das gequirlte Zeugs, das ich nicht verstehe. Der schönste Satz ist: ‹Das ist alles nicht so einfach, wie Sie es sich denken.› Irgendein Papier fehlt immer noch.» Ihr Lachen kommt tief aus der Kehle und passt zur Stimme. Sie kramt in ihrer Tasche. Plötzlich sieht sie hoch und ihn direkt an.

«Hab Mist gebaut, zugegeben. Aber müssen die einen das in jedem Satz spüren lassen? Ich ...», sie bricht ab. Jan überlegt angestrengt, möchte etwas von ihr erfahren, aber wie fragt er?

«Warum», er räuspert sich mehrmals, «warum hast du mich angesprochen?» Wieder ihr kehliges Lachen.

«Keine Ahnung. Man sitzt hier rum und du warst so ... Na ja, ich fand dich genauso ungeduldig, wie ich es bin.» Übergangslos stellt sie sich vor: Nele. Sie streckt ihm die Hand hin. Er greift fast daneben, dann drückt er zu, erschrickt. Bestimmt hat er ihr wehgetan. Aber ihre schmale Rechte erwidert überraschend fest.

«Jan, ich bin Jan. Du hast Recht. Ich bin nervös. Es hängt viel davon ab, an wen ich heute gerate.»

«Dann viel Glück. Mich nervt es auch, wenn die alle nicht begreifen, dass ich ihre dämlichen Fristen nicht einhalten konnte. Ich war im Krankenhaus. Meinen Job bin ich deshalb auch los.»

«Ach, tut mir leid, du.»

«Schon okay. Ich bin nicht echt krank, das heißt, eigentlich doch. Es ist eine Krankheit, sagen sie.» Er wartet und als nichts kommt, traut er sich zu fragen.

«Du warst krank und bist deshalb gefeuert?» Sie schnauft.

«Egal, kann ich ja ruhig sagen, warum nicht. Bin medikamentenabhängig. War in einer Klinik. Entzug. Tja ...»

«Ach. Ich habe mal eine Medikamentenabhängige kennen gelernt, die war aber viel älter als du. Wie ist es passiert?»

«Wenn ich es wüsste. Keine Ahnung. Nichts ging mehr ohne Schmerzmittel. Migräne. Also Tabletten. Andere, weil die ersten nicht anschlugen. Ich war weiter nervös, unkonzentriert, konnte nicht schlafen, wieder neue Tabletten. Kein Arzt warnt dich, was abgeht. Bis es zur Sucht wird. Du hast das Gefühl, nichts machen zu können. Jedenfalls nicht, wenn du aus der Mühle wieder raus willst. Statt Arbeit besorgst du das Zeugs. Teuer, nur mit Rezept zu haben. Aber ohne ... Also trickst du rum. Musst dir ständig was Neues einfallen lassen. Manchmal war es die Hölle.» Nele fährt sich über die Augen, lächelt ihn gleich darauf wieder an.

«Komisch, warum erzähl ich das? Ist mir sonst peinlich. Bin ambulant in Therapie. Mein Therapeut sagt, ich muss reden, dann versteh ich das besser. Abstand herstellen. Als du so dagesessen hast, mit den Beinen zappelnd und scharrend, da dachte ich, dem fällt es auch nicht leicht.»

«Ich will dich nicht vor den Kopf stoßen. Alle Achtung, dass du mir das erzählst. Aber bei mir geht es gerade nicht. Also, das Erzählen.»

«Schon okay, musst du nicht.»

«Vielleicht ...», er bricht den Satz ab, um gleich weiter zu reden: «Wenn wir uns mal woanders treffen? Erfahrungen austauschen? Was der eine nicht weiß, weiß der andere?» Nele lächelt, hält ihr Handy hoch. Das Handy, genau! Er greift in seiner Jackentasche, nimmt seins zwischen Daumen und Mittelfinger und bewegt es hin und her. Dabei lächelt er die Schwarzhaarige an. Dass er das Telefon benutzen wird, um sich mit einem Mädchen zu verabreden, war nicht auf seiner Rechnung. Er tippt nach der Rufnummer und diktiert sie ihr.

«Wo wohnst du?»

«Ganz weit draußen, wenn ich es positiv anstreiche, im Grünen. Elende Zuckelei bis hier. Abends kannst du es vergessen. Erst S-Bahn, dann Nachtbus. Einmal die Stunde. Aber wenn dir die Wohnung gekündigt wird, du keinen Job hast, da bist du froh, wenn sie dir was nachweisen. Jetzt richte ich meine vier Wände gerade ein. Und du?»

«Wie, ich?», fragt er, um Zeit zu schinden. Seine Gedanken rasen.

«Wo du wohnst?»

«Ich, also ich, ich wohne ...» Er sieht sie an. Was dann kommt, kann er nicht kontrollieren.

«Nirgendwo», stößt er hastig hervor. «Schlafen im Obdachlosenheim, essen in der Stadtmission oder bei der Tafel, wo ich gerade bin. Und ich verkaufe die Straßenzeitung, seit zwei Wochen. Ich will da raus. Kümmere mich um Wohnung. Deshalb bin ich hier.»

‹Frau ...› Er versteht den Namen nicht richtig, aber es sind nur sie beide hier. Nele dreht sich zurück, hebt die rechte Hand, lächelt. Dann schließt sich die Tür hinter ihr. Er sitzt da und wundert sich. Über das Mädchen, über sich, über die seltsame Begegnung. Gleich darauf hört er seinen Namen.

Mit Formularen, Broschüren und einem Merkblatt verlässt er eine halbe Stunde später das Sozialamt. Nele ist sicher schon gegangen. Er ist ganz zufrieden. Eine ältere Frau, etwa wie seine Mutter, hat viele Fragen gestellt, gelächelt und dann gesagt, er solle sich seinen Schwung bewahren, nicht zurückfallen in den Trott. Gut gesagt. Sören, der kann ihm bestimmt morgen bei den Formularen helfen.

Dieses dünne Mädchen. Wie alt mag sie sein? Er konnte sie schlecht schätzen. Ihr Lachen, wie sie den Kopf schief hält. Grüne, schmal geschnittene Augen, grün wie Ginis Augen, und doch ganz anders. Ihre Stimme, dunkel wie ihr Lachen und rau. Dass sie ihn einfach angesprochen hat? Sie sah aus, als müsste man sie beschützen. Doch will sie das? Und wenn, sicher nicht von so einem wie ihm. In Gedanken versunken, geht er in irgendeine Richtung. Viel Zeit bis zum Abend. Gegen den Hunger konnte er früh drei Scheiben Brot einstecken.

Jan hebt den Blick vom Pflaster. Manne! Der Lange schlenkert näher, legt ihm flüchtig die Hand auf den Arm.

«Hast dich rargemacht.»

«Du aber auch.»

«Hab ich?»

«Ist einiges passiert bei mir. Mein Kopf ist wie ein Karussell.»

«Ach, säufste doch?»

«Blödmann.»

«Das Greenhorn verträgt heute keinen Humor.» Manne macht eine Pause, sagt dann, «falls es theatralisch klingt - ist mir aber egal - schön, dich zu treffen.»

«Ich sitze auf Neuigkeiten.»

«Denn schieß mal los, nich?»

«Park?»

«Bisschen ungemütlich heute, aber okay», nickt Manne. «Wird Zeit, dass der Sommer wirklich noch einer wird, aber vielleicht sattelt er ja übergangslos auf Herbst und Winter um.»

«Mach keine Witze. Ich graule mich jetzt schon, noch mehr, wenn ich an Weihnachten denke.»

«Weihnachten? Was is›n das? Gibt›s für mich nich.»

«Kommt aber, ganz ungefragt, ob du willst oder nicht. Glockenläuten, Tannenbäume, heilige oder zumindest heile Familie und alles das. Es kommt, Manne, das Fest der Liebe. Du bist doch kirchlich, da musst du doch ...» Manne winkt ab.

«Denn lieb mal, Jan. Ich nich. Und außerdem: religiös und kirchlich is nich das Gleiche.» Manne und seine Philosophie. Bloß nicht. Da erzählt er lieber von der Begegnung mit Nele.

«Was anderes: Da war ein Mädchen, Manne. So ein dünner Faden, aber sonst wahrscheinlich ein Energiebündel. Sie heißt Nele und sie ist oder besser war medikamentenabhängig.»

«Heilige Scheiße», entfährt es Manne. «Biste noch sauber? Finger weg. Is schlimmer als saufen. Ich kenn mich aus. Vergiss die.»

«Kann ich nicht, kann ich wirklich nicht. Die war - na ja, eben besonders. Sie hat mich angesprochen. Saß da und sprach mich einfach an.» Der Lange sieht ihn ungläubig an.

«Und hat dir das erzählt?»

«Genau. Und ich hab ihr von mir erzählt. Keine Wohnung und so. Wir haben die Handynummern ausgetauscht.»

«Du hast ‹n Handy?»

«Ja, jetzt der Reihe nach. Ich habe jemanden aus meiner Vergangenheit getroffen. Einen aus der Band, von der ich dir erzählt habe. Sie wollen, dass ich wieder bei ihnen mitmache, und es ist ihnen egal, was passiert ist. Von Robbe habe ich das Handy. Sie haben zusammengelegt, Fahrkarte bezahlt; gestern war ich da. Gandhi - der, der mich gefunden hat, am Bahnhof beim Verkaufen - wollte sogar, dass ich bei ihm schlafe. Ging aber nicht.» Er sieht Manne an. Da ist es ihm doch rausgerutscht. Der lacht dröhnend.

«Hast dich über dich selber erschrocken, du Pflaume?»

«Ich muss hier raus, Manne.» Der Lange wiegt den Kopf, greift in die Tasche, sucht zwei lange Kippen raus. Jan wehrt ab. Das mit den Kippen kriegt er nicht hin. Manne wühlt in der anderen Tasche nach dem Feuerzeug, zündet die Kippe an und nimmt einen tiefen Zug.

«Wenn de den Absprung jetzt nich schaffst, haste Probleme. Also hopp.»

«Auf dem Amt heute, die Frau meinte es ernst, als sie sagte, sie will mich unterstützen. Ich habe haufenweise Formulare, hier.» Er zeigt den Packen vor.

«Schön», grient Manne. «Ordentlich Papier. Was würden wir machen, ohne. Müssten wir glatt erfinden. Für die Bürokraten. Sie beschreiben es, und wenn die Seiten voll sind, sind die zufrieden, verwechseln Papier mit Leben. Aber ich will dir deinen Elan nich vermiesen.»

«Warum willst du es nicht auch noch einmal versuchen?»

«Nochmal: Vorsicht, Greenhorn. Ich gehöre hierher und nur hierher. Zurück kann ich nich. Wenn ich an die ganzen Nasen denke. Red› nich mehr davon.» Jan nickt. Das hier ist die andere Seite. Überreden funktioniert nicht.

«Also, die Band. Alle waren sie da im Probenraum, haben sich gefreut, als ich gesagt habe, ich will zurück. Jetzt habe ich Druck und Angst zu versagen, an diesen Bürokraten zu scheitern. Doch die Frau heute - so alt wie meine Mutter - die hat es ernst gemeint. Und diese Nele hat es ja geschafft mit einer Wohnung. Sie hat mir imponiert, ja.»

«Du hast doch den Streeter?»

«Du verstehst nicht. Ich habe Angst, dass ich wieder - na ja, also dass ich wieder abhaue.»

«Willste wissen, warum es bei so vielen schief geht?» Was soll er dazu sagen? Aber Manne redet schon weiter.

«Weil die meisten nich wissen, was sie da drüben wollen. Oder sie sind zu lange hier. Wie ich. Wir sind alle kaputt, jeder auf seine Art. Viele psychisch. Ne Wunde, klar, Grippe oder was mit ‹m Magen. Aber psychisch? Da kümmert sich keiner. Wenn mal jemand sagen würde, dass es so is wär›s ehrlich. Sagt aber keiner. Oder steht da was in deiner Zeitung? Ich hör immer ‹Chancen nutzen›, ‹Chancen vertan›, sich ‹hängen lassen›, ‹über den Schatten springen›. Die wissen genau, dass die meisten es nich in den Griff kriegen. Also zum letzten Mal, Greenhorn, da lass ich die Finger weg.» Manne steht von der Bank auf, läuft hin und her, schüttelt mehrmals den Kopf und dreht sich wieder zu ihm.

«Die kriegen ja nich mal Monika zurück. Sie is geflüchtet. Wär ich auch gern. Ging aber nich, hab immer funktioniert. Deshalb isses okay, wenn ich mich manchmal volllaufen lasse. Meine Freiheit. Andere saufen paar Mal und hängen an der Flasche. Da geht›s mir doch blendend.» Manne unterbricht sein Hin und Her. «Falls dir jemand sagt, wir würden uns alle was zusammenspinnen, Halbwahres oder ganz Erfundenes zu unserer Geschichte machen. Mach ich nich, Jan, ich denk, du weißt das. Entweder isses so, oder ich rede nich. Meistens rede ich nich. Kurz und gut, wenn das dein Weg is ... Sieht aus, als hättste dich schon aufgemacht. Bist nich mehr hier, bist auf der Durchreise. Der verlorene Sohn geht zurück. Aber du nimmst das hier mit: die, die sich aufgegeben haben, die, die sich totsaufen, die mit dem letzten Schuss, die Psychoten und die, denen alles egal is. Es wird nich wie vorher, wenn du zurück bist.»

«Verlorener Sohn?» Jan wittert eine von Mannes Geschichten. Der grient.

«Aus der Bibel, klar. Zwei Brüder. Einer brav zuhause, den anderen zieht›s raus. Als er zurückkommt, schlachten sie ein Lamm oder so was, machen ein großes Fest. Der, der geblieben is, fragt, wieso für den? Er war es doch, der den Eltern geholfen hat? Ein Fest kriegt er nich.

Die Botschaft is: Jeder muss seinen Weg suchen. Kommste zurück, sind alle heilfroh. Immer zuhause is lau, Mann, aber immer draußen, das muss man wollen.»

«Gehst du manchmal in eine Kirche?» Manne zeichnet mit dem rechten Schuh Kreise in den Sand.

«Muss ich nich, um an den da», er klappt den Kopf in den Nacken, «zu glauben».

Komische Geschichte. Von wegen Lamm geschlachtet. Und das von dem, der für sich nichts ändern will? Schafft er, Jan, es auf die andere Seite, wird Manne für ihn verschwunden sein. Verliert er einen Freund?

Sie laufen schweigend, bis der Lange lässig den rechten Arm hebt und ohne Gruß abbiegt. Jan sieht ihm nach. Schlau wird er nicht aus ihm.

9 NELE

Der Ruf geht raus. Dreimal, viermal, fünfmal. Warum nimmt er nicht ab? Hat sie die Nummer falsch eingetippt? Nicht nervös werden. Sie will ihn unbedingt einladen. Er lebt auf der Straße, hat er gesagt. Sie kann sich nicht vorstellen, wie das ist. Hätte ihr auch passieren können.

Wo er sich tagsüber wohl aufhält? Diese blauen Augen. Sie konnte nicht mehr wegsehen. Dazu kurze Haarstoppeln und Oberlippenbart. Wie nervös er war. Immerzu wickelte er sich die offenbar zu große Windjacke um den Körper, schlug sie dann wieder auf, wickelte sich wieder ein. Als nur noch sie beide in der Wartefläche saßen, hat sie sich getraut. Und dann das: Ohne Wohnung! Warum soll sie das anzweifeln? Macht ja keiner seine Lage extra schlecht.

Ob sich jemand um ihn kümmert? Wer weiß besser als sie, wie es ist, wenn niemand für einen da ist. Bis auf die beiden Mädels aus der Therapiegruppe gibt es für sie nur noch den Therapeuten. Deshalb wird sie ihn einladen. Sie wählt nochmal seine Nummer.

«Ja?» Sie stutzt. Ist er es? Ist das seine Stimme? Dann beeilt sie sich. «Jan? Ich bin es, Nele. Kannst dich erinnern? Beim Sozialamt neulich?» Er sprudelt los, als hätte er auf ihren Anruf gewartet. Natürlich. Klar doch. Ihre Geschichte, er habe sie nicht vergessen; dass sie ihn angesprochen habe, war ungewöhnlich, wie ihr Name. Den hört man nicht oft.

«Bist du gerade beschäftigt? Stör ich?»

«Beschäftigt ja, aber störbar.»

«Wobei habe ich gestört?» Jan erzählt, er übe Gitarrespielen. Ohne Wohnung und Gitarre? Wie passt das zusammen? Schleppt er die mit sich herum? Auf dem Amt hatte er keine dabei. Und wo übt er? Sie unterdrückt ihre Fragen. Sie will ihn einladen. Also eins nach dem anderen. Sie will weitersprechen, aber die Zunge klebt ihr trocken am Gaumen. Das kennt sie von den Medikamenten, aber sie nimmt das Zeugs doch nicht mehr?

«Jan? Ich mach› demnächst eine kleine Feier. Will dich einladen.»

«Einladen? Wieso? Ich meine, wir kennen uns ...»

«... gerade eben erst», vollendet sie seinen Satz, lacht und setzt hinzu, «aber gut genug, finde ich. Ich habe nicht viele Freunde. Und wenn was Gutes passiert, soll man das feiern, sagt mein Therapeut. Nicht einfach vorüberziehen lassen.»

«Feiern. Ich weiß nicht mehr, wie das geht. Was gibt es denn zu feiern?»

«Hab› Arbeit gefunden. Wenn das kein Grund ist. Mir fällt kein besserer ein im Moment.»

«Also, ja, Glückwunsch schon mal von mir.»

«Danke. Und wie ist es mit der Einladung? Kommst du?» Sie horcht in die Leitung.

«Jan?»

«Ja, ja, Wohnung, Familie; ich habe das alles verlernt, glaube ich. Und dann, die Klamotten.»

«Du bist, wie du bist, brauchst dich nicht verbiegen. Ich wohne allein. Komm einfach. Ich will mich nicht nur mit mir freuen müssen. Das funktioniert nicht. Endet immer traurig.» Wieder Stille, sie wartet angespannt. Dann ein Räuspern.

«Also, nicht falsch verstehen, Nele. Ich freue mich riesig, dass du anrufst.»

«Dann spring über deinen Schatten», unterbricht sie ihn hastig. «Hast selbst gesagt, Ewigkeit nicht mehr gefeiert. Wird dir guttun. Und mir», setzt sie leiser hinzu. «Jan? Sag einfach, du kommst.»

«Also - ja, ich komme. Und, Nele, ich freue mich echt, auch wenn es sich vielleicht nicht so angehört hat gerade. Halt, wo muss ich denn hin?» Sie atmet erleichtert. Fast wollte sie aufgeben, da plötzlich sagt er ja.

«Übermorgen? Zum Nachmittag? Ganz spießig Kaffee und Kuchen? Am Abend kommt ihr aus meinem Vorkaff nicht mehr so einfach weg, hatte ich dir ja schon gesagt. Gibt nur die Nachtbusse. Also S-Bahn, dann der Bus. Es ist die Endstation. Rademacherstraße 16. Um drei?»

«Ja, passt. Aber wer ist ‹ihr›?»

«Genau, muss ich erklären. Zwei Mädels aus meiner Therapiegruppe, noch aus der Klinik. Hab› mit denen viel Zeit verbracht. Mehr Freunde gibt es nicht - und jetzt dich. Ach, und Jan, nicht, dass du denkst, du musst was mitbringen. Gar nichts, damit das klar ist. Du bringst dich und gut und ich freue mich.» Sie will auflegen, da hört sie einen hellen klaren Ton in der Leitung. Jan hat wohl eine Saite auf der Gitarre angeschlagen.

Er hat zugesagt und er schien sich wirklich gefreut zu haben. Hoffentlich hat sie sich nicht übernommen. Gleich drei Leute bewirten. Kaffeenachmittag ist einfach, aber sie ist aus der Übung. Wenn sie selbst etwas bäckt? Frau Märker, ihre alte Nachbarin, bringt ab und zu ein Stück Kuchen vorbei. ‹Mädchen, für wen soll ich backen. Früher, ja, als mein Mann noch lebte und die Kinder zu Besuch kamen. Sie wohnen heute zu weit weg. Da backe ich halt für Sie und freue mich, wenn es Ihnen schmeckt. Sie sind so dünn.›

Vielleicht kann sie die Märker nach einem Rezept für einen einfachen Kuchen fragen? Wie war das bei ihren Eltern? Gab es da Selbstgebackenes? Bestimmt, muss so gewesen sein. Manchmal kam Besuch, wenn auch selten. Die Familie ist überschaubar. An Backen und gemütliche Kaffeerunden kann sie sich nicht erinnern.

Verdrängen Sie Ihr Leben nicht, hört sie den Therapeuten sagen. Jedes Mal fordert er sie auf, sich zu erinnern. Doch das einzige klare Bild, das sie von ihren Eltern abruft, sind ängstlich-erstaunte Augen. Bei allem, was sie gemacht hat diese Angstblicke. Wären sie laut geworden. Hätten sie ihr mal eine runtergehauen. Aber nein, immer diese Blicke. Egal, wie rotzig sie war. Vaters fast noch ängstlicher. Die beiden saßen da und wurden immer stiller. Bis sie genug hatte.

Wie rennt man gegen eine Wand, wenn keine da ist? Warum sie so war? Sie weiß es bis heute nicht. Ihr Trotz war Programm und aus dem kam sie nicht heraus. Sie malt sich aus, wie es wäre, wenn sie jetzt nachhause käme. Würden ihre Eltern lächeln, sich freuen oder sogar fragen? Ihre Angst vor bedrückenden Momenten ist größer als ihre Neugier. Nein, sie kann es nicht. Die verschreckten Augenpaare möchte sie nicht sehen. Auch, wenn sie ihnen gern sagen würde, dass sie Arbeit hat, Freunde, dass es aufwärtsgeht.

Da ist noch die Therapie, aber sonst ist alles normal. Sie wird jeden Tag zur Arbeit gehen, von den Kolleginnen Familiengeschichten hören, sich um die Alten kümmern, die Hilfe brauchen, wird abends müde sein und schlafen können. Früh wieder raus. Vielleicht sogar mal richtiger Urlaub? Keine Medikamente, keine Geschichten bei Ärzten und in Apotheken, um an Tabletten zu kommen, keine Ärzte, die verschreiben, aber selten fragen, keine verschlafenen Tage, keine durchwachten Nächte, kein Druck, wenn die Aufputsch- oder Beruhigungsmittel alle sind, kein Katzenjammer. Und vor allem: keine rasenden Kopfschmerzen. Sie wundert sich noch immer jeden Tag, dass die Schmerzen ausbleiben. Und dann, irgendwann vielleicht so ein Jan wie dieser?

Endlich legt sie das Telefon beiseite. Er wird zu ihr kommen. Abgesehen von der Nachbarin der erste

Besuch. Sie sieht sich um. Eine Tischdecke wäre gut. Vielleicht haben die bei der Caritas was? Sie waren echt nett dort. Da stand sie mit ihren Bezugsscheinen, aber ohne Plan. Es dauerte nicht lange, und zwei Männer hatten vor ihr aufgebaut, was sie für ihre Wohnung braucht. Den Esstisch mit vier Stühlen ließ sie sich nicht ausreden. Da haben sich die beiden richtig ins Zeug gelegt und vier passende gesucht. Einer sagte zwar, Mädchen, nimm lieber einen Clubtisch. Da kannst du von der Couch aus die Beine drauflegen. Nein, sie wollte einen Esstisch. Besuch will sie haben. Nun steht er da, der Tisch, mitten im Zimmer, und sie werden zu viert daran sitzen. Langsam kriecht Aufregung in ihr hoch.

Morgen lernt sie die Frauen ihrer Schicht kennen. Zur Übergabe soll sie früh um sechs da sein. Frühschicht bis zwei. Spätschicht von zwei bis zehn. Ist eine Knochenmühle, hat eine gesagt, als Nele zur Vorstellung im Büro war. ‹Die Alten schwer wie Blei und nie genug Zeit. Manche sind nett, aber es gibt auch Bösartige und solche, die einem echt leidtun können. Du kriegst ja mit, ob da noch jemand von der Familie kommt. Manche sind elend allein. Und denke nicht, dass es bei den vereinbarten Stunden bleibt.›

Nicht rankommen lassen. Jeder hat sein Päckchen zu tragen. Ist halt ein Job. Gut will sie ihn auf jeden Fall machen. Marion und Sophie aus ihrer Gesprächsgruppe haben bisher nichts gefunden. Aus ihrer Frage, wie sie das gemacht habe, klang fast etwas wie Neid. Dabei war es nur ein Anruf vom Amt: Ein

Pflegedienst suche dringend Hilfskräfte, ob sie sich das zutraue. Von ihrer Krankheit hat sie nur das Nötigste erzählt, wissen die ja eh. Bisschen Lebenslauf, und schon hatte sie den Job.

Ihr ist heiß, obwohl es ein kühler Tag ist. Wie das dann wohl mit dem Heizen wird? Sie hat gestaunt, dass es noch Kohleöfen gibt. Sie weiß nicht, wie viel Kohlen sie verbrauchen wird, und was das kostet. Selbst, wie man heizt, muss sie noch lernen. Demnächst wird hier umgerüstet und renoviert, hat die Märker gesagt. Hoffentlich kann sie die Miete dann weiter bezahlen.

***

Ihre Freundinnen hatten sich verabredet. Zusammen stehen sie vor der Tür, halten ihr kichernd vierhändig einen Blumenstrauß vor das Gesicht. Der steckt jetzt in einem leeren Glas, das vom Malern übrig geblieben ist. Sauerkraut steht auf dem Schild, aus dem Spreewald. Die beiden drängeln sich am Fenster und warten auf den ‹geheimnisvollen Dritten›, wie sie ihn nennen. Nele schneidet in der Küche den Napfkuchen. Die Form und das Rezept hat sie von Oma Märker. So nennt sie die Nachbarin seit der Kuchenbäckerei.

Fertig. Sie legt den Kopf schief und begutachtet ihr Werk. Ungeschnitten sah er schöner aus. Hätte sie ihn erst am Tisch aufschneiden sollen? Die puderzuckerbestäubten schrägen Rillen driften jetzt etwas auseinander. Ach was. Sie wollen das Zeug essen und nicht bestaunen.

Marion und Sophie haben Jan erspäht. ‹Das muss er sein, es kommt niemand weiter den Weg von der Haltestelle hierher›, hört sie Sophie rufen. Sie stellt den Glasteller mit dem Kuchen in die Mitte des Tisches, zupft an der rosa Decke. Ihr Herz schlägt hart. Mit dem Klingeln ist sie an der Tür und öffnet mit Schwung. Da steht Jan und hat tatsächlich Blumen, wie die Mädels. Er wickelt die Verpackung umständlich ab und knüllt das Papier zusammen. Erst dann gibt er ihr die drei Rosen.

«Aber ich hatte doch gesagt ...»

«Du hast es nicht verboten.» Sie lacht.

«So kann man das auch sehen. Mein Problem, ich habe keine Vase.»

«Dann suchen wir nach einer Lösung.»

«Sieh mal», sie zeigt ins Wohnzimmer zum Esstisch, «da steht schon so eine Lösung. Aber ich habe nur einmal Gurken gegessen.» Jan massiert die Augenbrauen. Sie sind dunkel und dicht. Dieser Kontrast. Das war ihr bei der ersten Begegnung nicht aufgefallen. Schon wieder sieht sie ihm in die Augen, ertappt sich und versucht, es zu verbergen.

«Eine Flasche geht auch, du hast sicher irgendwo eine?» Sie läuft in die Küche, kramt unter der Spüle und fördert eine leere zutage. Jan steht immer noch im Flur.

«Traust dich nicht rein? Mach›s nicht so förmlich.» Sie stellt die grüne Flasche mit den orangerot geflammten Rosen neben die Chrysanthemen und sieht von einem zum anderen.

«Irgendwie seht ihr komisch aus. Also das ist Jan. Habe ihn im Sozialamt kennen gelernt, wisst ihr ja. Jan, das sind Marion - sie deutet auf die Ältere - und Sophie.» Hastig streicht Nele eine widerspenstige Haarsträhne aus der Stirn. Ungewohnte Situation. Was, wenn sich die drei anschweigen? Sie gießt Kaffee ein, zeigt auf die Milch im Tetrapack. Zuckertütchen liegen verteilt auf der Tischdecke. Sie erzählt schnell von Oma Märker.

Jan beeilt sich mit einem Lob für den Kuchen, die Freundinnen schließen sich überschwänglich an. Als jeder zwei Stück gegessen hat, erzählt Nele von ihrer neuen Arbeit. Marion und Sophie sind skeptisch. Altenpflegehelferin, das ist schwer, sagen sie. Und die Kräftigste sei sie ja nicht. Sie schluckt den aufkeimenden Ärger weg. Da kommt ihr Jan, der bisher nur zugehört hat, zu Hilfe.

«Vielleicht ist es ja nicht so schlimm? Ich finde es toll, dass du diesen Job hast. Was hast du vorher gearbeitet?» Sie weiß nicht, wohin sie sehen soll. Er muss ja nicht mitbekommen, wie sehr sie sich über seine Reaktion freut. Bibliothekarin hat sie gelernt, erklärt sie dann und fügt hinzu, es sei nicht ihr Traumjob gewesen. Die letzte Zeit in der Bibliothek, bevor sie krank wurde, habe sie viel gegrübelt, die Bücher hätten sie nicht abgelenkt. Jetzt werde sie was Praktisches tun, anderen helfen. Altenpflege, das sei in Ordnung.

Sie spürt Jans aufmerksame Blicke, hat das Gefühl, er will wirklich etwas über sie wissen. Überhaupt kommt er ihr heute anders vor als auf dem Amt. Nicht so fahrig. Nach einer Weile sieht es aus, als lenke er das Gespräch am Tisch.

Sie möchte ihn vieles fragen. Wo er Gitarre spielt, wo er schläft, und wie es für ihn mit Wohnung aussieht. Aber ob es ihm recht wäre? Wenn sie jetzt mit ihm allein sein könnte. Als die Mädels anfangen, über Fernsehen und Mode zu reden, schweigt Jan. Sie hört auch nur halb zu, überlegt, ob sie ihn fragen kann, wann sie sich wieder treffen. Es sind nicht nur seine Augen, es ist sein Leben, das sie interessiert. Wenn er ohne Wohnung ist, gibt es dazu eine Geschichte. Die will sie hören. Ihre Freundinnen sind zurückgeschreckt, als sie erzählte, dass Jan keinen festen Wohnsitz hat. Sie solle vorsichtig sein, wo sie doch genug eigene Probleme habe. ‹Such dir einen, der anständig verdient. Sie hätte es nicht erzählen sollen. Jan gehört nicht dorthin, wo er jetzt ist. Und er ist ja an Wohnung dran.

Sie steht am Fenster und sieht ihm nach, wie er zur Bahn läuft. Auf ihre Frage, ob sie ihn anrufen kann, und sie sich mal treffen, hat er ohne ein Wort genickt. War sie zu zögerlich?

10 HELMUT

«Da ist er ja, unser Gitarrist.» Er lehnt sich auf dem Drehstuhl zurück und mustert Jan. Sie sind sich schon mehrmals begegnet. Jan grüßt immer, wenn er durch das Büro in den Beratungsraum zum Üben geht. Miteinander geredet haben sie noch nicht. Aber wenn Sören sagt, das wird was, dann kann er sich darauf verlassen.

«Dass ich der Redakteur bin, weißt du, denke ich, und dass ich Helmut heiße, auch. Wir sind hier alle beim Du. Ich würde gern was schreiben über dich, Jan. Von einigen Zeitungsverkäufern habe ich die Geschichte schon gebracht. Die Leute lesen so was gern. Boulevard der Wohnungslosen. Für neugierige Normalos. Sören hat mit dir über alles gesprochen?» Jan wehrt ab.

«Nicht richtig geredet, höchstens angetippt. Sören hat gemeint, du willst dich mit mir unterhalten. Also was?»

«Typisch. Der verlässt sich darauf, dass ich Stoff für die Ausgabe brauche und mich kümmere. Mache ich ja. Also, ich brauche deine Geschichte, Jan. Ist das jetzt offiziell genug?»

«Ich habe keine Ahnung, wie ….»

«Erzähle einfach, frei von der Leber und so genau wie möglich. Ich suche mir das Passende raus.» Jan gibt sich locker. Mal sehen, wie er redet. Es ist immer wieder spannend, ob er jemandem eine echte Geschichte entlocken kann. Meistens funktioniert es gut. Er taxiert Jan noch, da fragt der schon.

«Wann?» Na bitte, geht doch. Helmut ist sofort hellwach und tippt auf eine Taste am PC, damit der auch wach wird.

«Gleich, wenn du so fragst.» Jan windet sich. Er wolle zuerst Zeitungen verkaufen, sagt er. Er brauche die paar Kröten, und zwar heute. Geht es ihm doch zu schnell? War er zu forsch? Helmut strubbelt nervös durch seine dichte schlohweiße Mähne. Jetzt muss er Klartext reden, bevor der es sich überlegt, und er ein ‹Nein› kassiert.

«Dabei hätte ich mir richtig Zeit genommen für dich. Aber ich will bei der Wahrheit bleiben. Mir ist ein Beitrag ausgefallen. Der Chef von der Wohnungsgesellschaft wollte liefern, wie es Wohnungslose zurück in geregelte Verhältnisse schaffen können.» Jan stößt Luft hörbar durch die Zähne.

«Und da hat er kalte Füße gekriegt, der Herr Direktor oder wie der sich nennt. Weil das mit den Wohnungen ein heißes Eisen ist und meistens nicht klappt.»

«Mit dem heißen Eisen hast du Recht. Aber drücken will der sich nicht, ist krank geworden. Die Wohnungsgesellschaft macht ganz gute Vorschläge, und sie haben schon etlichen ein Dach über dem Kopf verpasst.»

«Da bin ich aber gespannt. Ich fange nämlich gerade mit Suchen an.» Sören! Das hat er glatt unterschlagen, hat nur von Potenzial geredet.

«Mach langsam, sonst bist du hier weg, bevor wir den Artikel fertig haben.»

«He, he, das geht wohl kaum so schnell. Ich laufe heute und morgen nicht davon. Ist es für dich okay, wenn ich nach dem Verkaufen herkomme?»

Na bitte. Wenn der gut erzählen kann, seine Story was taugt, und er schnell schreibt, bekommt er sein Loch auf der Seite heute noch zu.

***

Sie reden fast eine Stunde. Nach einer Weile stutzt Jan und fragt, warum er, Helmut, sich so wenig Notizen macht. Er winkt ab - jahrelange Routine - und schickt Jan mit einem Kaffee zur Gitarre in den Beratungsraum. Beim Schreiben muss er allein sein. Jan hat lebendig erzählt. Er ist sicher, das wird eine gute Story. Schon beim Zuhören hatte er Bilder im Kopf und eine Idee für den Anfang. Der ist immer das Schwerste. Unklar, wie Jan ohne Bremse hineingerutscht ist in das Milieu. Ist intelligent und von sozial verwahrlost weit entfernt. Und doch hat es ihn erwischt.

Sind die Automaten so tückisch? Jans Erzählung hat ihn aufhorchen lassen. Er selbst meidet Spielhallen, erlaubt sich höchstens mit den Enkeln eine Runde am Automaten auf der Herbstmesse. Jan war erstaunlich offen. Fast schien es, als wäre er froh, reden zu können. Am Schluss meinte er, er habe plötzlich alle Szenen vor Augen gehabt. Hat er wirklich gut gemacht, der Junge. Er kommt mit dem Schreiben gar nicht hinterher, so schnell fügt sich Satz an Satz.

Helmut greift - die Augen weiter am Bildschirm - mit der Linken nach dem Kaffee, umfasst die Tasse mit der ganzen Hand, statt den Henkel zu suchen, schlürft und muss sich beeilen, damit der nächste Gedanke nicht zerfasert. So ist es nach seinem Geschmack. Kein Grübeln, die Sätze kommen, weil er die Bilder dahinter abrufen kann. Bestimmt würde es sich lohnen, Jans Weg weiter zu verfolgen. Er schmunzelt. Jan hat ständig am Bildschirm auf die Layoutseite geschielt. Gefragt hat er nichts. Wegen des Zeitdrucks hämmert der Redakteur den Text gleich in das Layout. Die Ausgabe muss morgen in die Druckerei.

Es ist so weit. Er geht zur Tür und winkt Jan herüber, liest ihm eine Passage vor, in der es darum geht, wie er sich immer tiefer in den Gedanken verbeißt, er müsse nun bald gewinnen. Jan nickt beim Vorlesen mehrmals und sieht ihn erstaunt an.

«Das könnte ich wirklich so gedacht haben. Wie kriegst du das bloß so schnell hin.»

«Gute Vorlage von dir, Erfahrung von mir. Deine Geschichte ist spannend und verlangt nach Fortsetzung, später mal.»

«Ah ja», macht Jan bloß.

«Ja, wirklich. Du hast gesagt, du willst zurück. Ich weiß, wie schwer das ist. Manche reden immer wieder davon, schaffen es aber nicht.»

«Hat die auf dem Sozialamt auch gemeint.»

Er druckt den kompletten Text aus und gibt ihn Jan zum Gegenlesen. Der liest zügig und schiebt ihm Blatt für Blatt zurück, sagt nochmals anerkennend ‹guter Text›.

«So, jetzt noch ein Foto von dir. Nein, besser: Wir machen das morgen beim Zeitungsverkauf. Das kann ich hoffentlich nachliefern. Ich frage gleich mal.» Jan wehrt erschrocken ab. Das war nicht abgesprochen.

«Na komm, eine Geschichte ohne Foto. Die Leute wollen sehen, wer ist das, wie sieht der aus. Geht dir doch auch so, wenn du was liest?»

«Ich habe da ein komisches Gefühl. Wer weiß, wer das alles sieht.» Immer dasselbe. Die werden erst wach, wenn ihnen klar wird, das steht gedruckt da. Aber damit kann er umgehen.

«Jetzt solltest du dazu stehen, Jan. Du willst zurück. Wenn es dir ernst ist, kannst du den Schritt hier auch tun.» Jan nickt langsam. Helmut atmet erleichtert auf, Hürde gemeistert.

Da erzählt Jan übergangslos von der Band. Dass er deshalb Gitarre übt, weil er mit den Jungs wieder singen will und eben auch Gitarre spielen. Ein Gesangstalent, eine Band. Da haben wir die nächste Story. Den muss er sich echt warmhalten. Er kann ihn allerdings nicht überreden, mal auf die Schnelle in die

Saiten zu greifen. Aber er hat ein gutes Gedächtnis, zumindest für lohnende Geschichten.

11 JAN

«Noch zwei Unterschriften, Herr Siegel, dann ist alles komplett. Das ging jetzt schnell, im Turbo sozusagen.» Die Sachbearbeiterin hält ihm einen Kugelschreiber hin. Er schreibt seinen Namen auf mehrere Seiten des Dokuments und murmelt dabei.

«Leere Wohnung. Na ja, wird schon - wie auch immer.»

«Da kommen wir gleich hin. Ihnen stehen Berechtigungsscheine für eine Erstausstattung zu, so heißt das. Damit gehen Sie in das Möbellager. Bett, Tisch, Schrank, auch Kühlschrank, eben das Nötigste.» Die Frau schiebt ihm einen Zettel mit der Adresse des Möbellagers zu.

Genau. Er erinnert sich. Das mit der Erstausstattung hatte Nele erwähnt. So war es bei ihr auch. Klar, ihre Möbel wirkten etwas abgewohnt, nicht erste Sahne, aber es war gemütlich bei ihr. Ungläubig gefragt hat sie. Wohnung, so schnell? Er erzählte ihr die Geschichte mit dem fehlenden Beitrag für die Straßenzeitung. In der nächsten Ausgabe der D-A-S war tatsächlich zu lesen:

‹Wohnungsgesellschaft entscheidet kurzfristig über Antrag von Wohnungslosem›.

Daneben das Bild, das der Redakteur für den Artikel über ihn gemacht hatte, nur kleiner. Sie hat anerkennend genickt.

Er brauchte Tage, um zu realisieren, dass es ernst wird mit dem Neuanfang. Es ist etwas anderes, von einem normalen Leben zu träumen, als eine Adresse genannt zu bekommen, die künftig die eigene sein soll.

Sören, Helmut, Nele - ohne sie und die Band hätte er es nicht bis hierher geschafft. Wenn du das nicht hast, dass andere, und sei es nur einer, ernsthaft auf dich baut, bist du verloren. Manne hatte das mal so ähnlich gesagt, als er seine Geschichte erzählte. Dem muss er jetzt seine Lage verklickern. Jan ertappt sich bei der Frage, wie er sich davor drücken kann, weiß aber gleichzeitig, dass es nicht gehen wird. Und er will es ja auch nicht.

Mit den Papieren - Mietvertrag, Berechtigungsschein, Merkblätter - geht er wie benommen die fünf Stufen nach draußen. Auf der Straße sortiert er den Formularstapel erneut und verstaut alles unter der Jacke. Dann ruft er Nele an. Sie muss ihm helfen mit den Möbeln. Als er seine Adresse nennt, lacht sie auf und sagt, da werden sie sich zu Fuß besuchen können. Nicht mehr als zehn Minuten Weg, schätzt sie. In ihrem Vorkaff, hört er, findet sie es inzwischen gemütlich. Es gibt einen von den Läden, in denen man noch miteinander redet, und da ist Oma Märker, die sie mit allem Möglichen versorgt. Sie hat schon richtig zugenommen.

Ihm dagegen fallen die Fahrtkosten ein. Wenn er mit der Band üben will, ist das eine regelmäßige Ausgabe. Er muss das durchrechnen. So viel bringt der Zeitungsverkauf schließlich nicht und auf einen bezahlten Job hofft er besser nicht. Wo gibt es schon Arbeitsstellen, die man mit Öffentlichen erreichen kann? Mit der S-Bahn zur Tischlerei, das ist lange her.

Wohnung. Einrichten. Auftritt. Arbeit suchen. Was ist das Wichtigste? Du musst einen Schritt nach dem anderen gehen - Neles Worte. Mit ihrer Begeisterung hat sie seine Bedenken weggefegt. Wie macht sie das? Von ihr hört sich alles leicht an. Er dagegen. Neben der Freude ist da stets ein Druck, sind viele Fragen: Geht alles glatt? Wird er es nicht wieder vergeigen? Er kann das Misstrauen gegen sich selbst nicht abschalten. Aber flüchten, das wird er auf keinen Fall noch einmal, so viel hat er sich geschworen..

Gestern hat er mit Robbe telefoniert. Der meinte, er solle sich warm laufen. Ihr erster Auftritt ist in Aussicht. Eine Gartensparte will feiern. Die sind dankbar und machen Stimmung, genau das Richtige für den Anfang, meinte Robbe. Außerdem, verkündete er, wollen sie künftig auch eigene Sachen machen. Gandhi versuche sich schon. Keine der üblichen gereimten Texte, hat Robbe nachgeschoben, und dass er gespannt sei, was Jan dazu sage. Eigene Lieder, ob sie sich da nicht übernehmen?

«So Leute, jetzt haben wir uns ein Bier verdient. Die Gartenparty kann steigen. Wir sind gut in Form.» Robbe angelt sich zwei Bier aus dem vollen Kasten, schnippt mit einer Flasche die Verschlusskappe der anderen weg und trinkt zügig. Sie haben zwei Stunden konzentriert geübt. Ungewohnt für Jan. Er nimmt sich auch ein Bier und trinkt, bis die Flasche halb leer ist. Robbe sieht ihn an.

«Wir wollen mit dir etwas bereden. Wir haben uns überlegt, dass wir neben dem Covern auch eigene Sachen machen. Hatte ich am Telefon ja schon erwähnt. Wäre auch gut für unser Profil.» Robbe schnauft etwas und redet schnell weiter.

«Das mit dir, das hat uns ganz schön zu schaffen gemacht.» Das Gemurmel ist verstummt, merkt Jan. Die Jungs sind näher gekommen.

«Es war schon komisch», legt Robbe nach, «als du plötzlich weg warst. Aber so richtig komisch ist es, seit du wieder da bist, und wir wissen, was passiert ist. Das mit dem Spielen und wie schnell man sich ins Aus kickt. Obdachlose, Alkis, die auf Drogen - weiß man alles, aber da stößt du uns drauf, weil dir das passiert ist und wir können das jetzt nicht mehr wegschieben. Deshalb brauchen wir kritische ….»

«Leute, wie hört sich das denn an», geht Jan dazwischen. «Ich habe es passieren lassen, so ist das.» Robbe zwirbelt die Bartenden.

«Aber ohne dich würden wir nicht darüber nachdenken. Wir wissen jetzt, dass es da, wo du drinsteckst, nicht gemütlich ist. Und dass manches nicht so läuft, wie es richtig wäre. Das ist Textstoff.»

«Toll! Ich will da raus, und ihr sagt, wühl nochmal kräftig drin rum? Ich soll gar nichts vergessen und dann auch noch drüber singen? Wie bescheuert ist das denn?!» Er versucht, seinen Ärger wegzulachen, aber es gelingt ihm nicht. Alle starren auf ihre Bierflaschen. Als Jan in die Runde sieht, bemerkt er, wie sich Gandhis und Robbes Blicke treffen. Unruhige Stille.

«Nochmal, Leute. Ich will weg davon, vom Spielen und von der Obdachlosigkeit. Ich richte mir eine Wohnung ein, habe gerade die Papiere bekommen. Ich werde mir Arbeit suchen. Irgendwas, egal. Ich möchte normal sein. Versteht ihr das nicht?» Robbe legt ihm die Hand auf den Arm.

«Du sollst da, wo du bist, keine Wurzeln schlagen, du sollst anderen darüber erzählen, mit Liedtexten. Das ist was anderes, musst du zugeben. Und das kannst du am besten.» Jan bückt sich zum Bierkasten und angelt sich eine neue Flasche.

«Ihr und eure Ideen. Ich bin noch nicht aus dem Schlamassel raus. Und überhaupt ...», er macht eine Pause, trinkt, redet weiter, «... ich war doch schon richtig raus. Damals, als ich Gini kennengelernt habe, dachte ich zumindest. Dann kam Jacob, alles war rund. Trotzdem habe ich wieder Mist gebaut, Riesenmist und das, obwohl ich eine Frau hatte, obwohl mit uns alles in Ordnung war, obwohl ich Arbeit hatte, gut bezahlte, und Eltern, und und und. Versteht ihr? Und doch ist es wieder passiert. Das kann ich nicht wegschütteln wie ein Hund das Wasser aus dem Fell.» Gandhi nimmt sich auch ein zweites Bier, trinkt, nickt, trinkt wieder.

«Du hast also keinen blassen Schimmer, warum dir das immer wieder passiert ist, und nun traust du dich nicht, zu glauben, dass es endlich hält und nicht noch einmal und noch einmal ...?»

«Ich habe keinen Plan, wie alles werden soll. Ich weiß nur, wie es nicht sein soll. Alle sagen, ich kann es schaffen. Doch ich habe Angst. Du hast das ganz gut beschrieben, Gandhi.» Robbe traktiert wieder und wieder den Schnauzer und murmelt etwas wie ‹Oh, Mann›. Jan gibt sich einen Ruck. Er muss den Jungs jetzt etwas erklären.

«Seit ich Geld in der Hand habe, spiele ich. Es war immer da, das Spieler-Gen.» Prompt fragt Sven.

«Gen, tatsächlich, gibt es das?»

«Da wäre ich fein raus. Das habe ich mal gehört. Keine Ahnung, ob da was dran ist. Aber das Spielen und mein Leben, das hängt zusammen. Das erste Mal akut war es in Köln. Wären meine Eltern nicht gewesen ... Als ich zurück war - ich hatte Gini kennengelernt, Jacob kam auf die Welt - bin ich rückfällig geworden. Meine Familie, die Sicherheit, nichts konnte es verhindern, versteht ihr? Nicht einmal Liebe scheint zu helfen.»

«Deine Therapie», fragt Rudolf, der bisher kein Wort gesagt hat, «die wäre doch bald zu Ende gewesen, oder?» Jan setzt die Bierflasche an und leert sie mit einem Zug. Ihm wird heiß. Schweißtropfen sammeln sich auf seiner Stirn.

«Das ist jetzt eine ziemliche ... ehrlich ...» Robbe lässt seinen Schnauzer mit einem Ruck los.

«Mach, lass uns nicht im Regen stehen.» Jan pendelt die leere Bierflasche zwischen Daumen und Zeigefinger in Augenhöhe langsam hin und her, hin und her, immer wieder ... Dann setzt er sie ab.

Deine verdammte Feigheit. Sag jetzt, wie es war. Sie warten, du bist es ihnen schuldig. Ja, ja, aber so aus dem Stand ... Nicht heute. Später. Bestimmt.

«Gebt mir noch ein bisschen Zeit, auch für das Thema ‹Texte›, okay? Jetzt ist doch erst einmal wichtig, dass wir uns auf den Auftritt vorbereiten, oder?» Er hat die Klippe für›s erste umschifft. Alle nicken, nur Robbe sieht ihn nachdenklich an und bearbeitet wieder seine Bartenden. Sie verabreden sich zur nächsten Probe. Hat er eine Chance vertan? Sind sie jetzt misstrauisch? Anstatt das Kapitel abzuschließen, hat er gekniffen. Draußen auf der Straße peilt er einen größeren Kiesel an und kickt ihn vor sich her, bis der lautlos im Aus einer Grünfläche verschwindet.

***

«Es ist genug, Nele. Das reicht für den Anfang.» Die Sucherei macht ihn nervös. Was braucht er schon. Die Wohnung ist ein Dach, Sicherheit und die Rückkehr ins normale Leben. Nele ist so bemüht. Mehrmals sagt sie was von ‹gemütlich›. Wie soll er ihr klarmachen, was für ihn wichtig ist? Er will sie nicht verlieren, aber er darf auf keinen Fall im Alltagskram stecken bleiben, sich in ‹gemütlich› einrichten.

Sie ist schon ein besonderes Mädchen. Wie es wohl mit ihrer Medikamentensucht begonnen hat? Er weiß vieles von ihr nicht. Aber er sieht, dass sie ihr Leben und den Job in den Griff bekommt. Sie ist zufrieden. In den vergangenen Wochen hat sie ihm Angebote gemacht. Er ist ausgewichen. Keine Zeit, die Band, das Sommerfest. Hat alles gestimmt. Trotzdem, in ihrer Gegenwart ist er unsicher. Sie ist ihm nicht gleichgültig. Mit Gini damals war es anders. Bei ihr war ihm sofort klar, dieses Mädchen will er. Gini mit ihrer wirren Mähne, ihren grünen Augen und dem Blick, der so unnahbar sein konnte. Ist er frei für eine neue Beziehung? Welcher Wind hat ihn und Nele zusammengeweht? Ihr Leben und seins, eins so zerbrechlich wie das andere.

Das Wichtigste ist jetzt die Band, ist ihr erster größerer Auftritt beim Sommerfest der Stadtmission. Sören hatte das fast beiläufig hingeworfen: ‹Gebt euch Mühe. Ihr seid der Hauptpart am Abend›. Gut, dass sie sich bei der Party in der Gartensparte ausprobieren können. So öffentlich, das ist nochmal was ganz anderes. Helmut wird die Band außerdem in der nächsten Ausgabe der D.A.S. vorstellen. Das, meint er, lesen auch die Redakteure vom Lokalblatt und beißen vielleicht an. Außerdem würden die ‹Kommunalen› über einem Förderprojekt für Kultur brüten. Da hätte ihre Band durchaus eine Chance.

Fast ist ihm der Zeitungsverkauf lästig. Er braucht mehr Zeit zum Üben. Zig Texte muss er lernen, und er will wenigstens ein paar Griffe auf der Gitarre können. Damit er nicht bloß dasteht beim Singen. Gestern hat er das Abendessen glatt verpasst. Sein Magen hat nicht reagiert, so konzentriert war er im Üben. Abends, wenn er auf den Schlaf wartet, denkt er oft an Manne. Der Lange hat ihm immer zu verstehen gegeben, dass er, Jan, nicht richtig dazu gehört. Derselbe Manne scheint für ihn nun nicht mehr erreichbar zu sein.

‹Es is alles richtig für dich, und weil alles richtig is, sind wir kein Gespann mehr. Vielleicht treffe ich ja mal ein neues Greenhorn›, hat er kürzlich nach dem Essen gesagt, hat sein typisch schiefes Grinsen aufgesetzt und ist gegangen. Wenn sie sich künftig irgendwo sehen - es wird nicht dasselbe sein.

Helmut hat gemeint, er, Jan, könne eine Brücke schlagen zwischen denen, die dabei sind sich aufzugeben oder sich aufgegeben haben und den Satten. Der Redakteur sitzt ihm im Nacken. Besonders hellhörig wurde er, als er hörte, dass sich die Band an eigene Texte wagen will. Das brauchen wir, hat er gerufen. Es müssen welche Gesicht zeigen. Es klang beschwörend, als Helmut sagte, ‹du kannst erzählen, wie es zugeht auf der anderen Seite, kannst zeigen, dass so ein Leben niemanden zu einem besseren Menschen macht. Da helfen Texte, Texte, Texte›.

Wie das gehen soll, ist ihm nicht klar. Zwei Texte hat Gandhi vorgestellt, einen über einen Rocker, der zum Spieler wird und einen über Liebe und Drogen. Vorzeigbar, haben alle gesagt. Das Beste daran ist aber Robbes Vertonung. Nicht einfach zu singen. Anfangs lag er oft daneben und wollte aufgeben, doch von Mal zu Mal wurde es besser. Er bewundert Gandhis Fantasie, aber werden ihm genügend Texte einfallen?

***

«Ihr seid klasse, Jungs. Ihr kommt super rüber, sozialkritisch, rockig, die Mischung muss euch erst einmal jemand nachmachen. Da stehen Sörens ‹Sorgenkinder›, hören euch zu und strahlen, und die wieder stehen neben den Leuten von nebenan. Hätte ich nicht gedacht.» Helmut hat seine Kamera vorsichtig abgelegt, tanzt ausgelassen um sie herum und sprudelt. Jan ist erstaunt.

«Wie jetzt? Du hast mir gepredigt, dass es genau so sein wird.» Helmut grient.

«Habe ich das?» Dann wackelt er mit dem Kopf. «Na ja, habe ich mir gewünscht. Ich konnte doch nicht ahnen … Deine Geschichte hat die Band sozusagen geweckt.

«Meine Geschichte, du Schreiberling, hat sie vielleicht schneller auf so was gebracht. Ich war dagegen, wollte alles hinter mir lassen. Aber vergessen geht nicht. Vielleicht ist es sogar gut, wenn mich die Texte erinnern. Jetzt stehe ich dazu.»

«Mann, Mann, das macht die Story ja noch interessanter, vielschichtiger. Da reden wir drüber, Jan, gleich Montag. Jetzt seid ihr wieder dran. Schwing dich auf die Bühne.»

Er versucht, unter den Zuhörern jemanden zu erkennen, hat aber keine Chance. Nur wo Nele steht, weiß er. Sie hat sich in der Pause offenbar nicht vom Fleck gerührt. Drei Lieder stehen noch auf dem Programm. Er nimmt das Mikro aus dem Ständer und sagt den nächsten Titel an. Alles Nervöses ist weg. Er singt, als hätte er das immer gemacht.

12 LU

Von seinem Lieblingssessel am Fenster kann er die Straße und einen Ausschnitt des Gartens sehen, aber dafür hat er keinen Blick. Was er in der heutigen Zeitung liest, kann er nicht glauben. Er fängt noch einmal von vorn an, sieht auf das Foto, setzt die Brille ab, hält die Zeitungsseite ganz dicht an die Augen, setzt die Brille wieder auf. Er irrt sich nicht.

«Elisabeth?» Es klappert in der Küche. Sie ist mit dem Braten beschäftigt. Am Sonntag erwarten sie Gäste, das erste Mal seit Langem. Das Beste daran, sie hat es selbst vorgeschlagen, hat zwei Tage Kochbücher durchsucht und ihm eine umfangreiche Einkaufsliste diktiert. Er ruft noch einmal. Sie kommt und wischt im Laufen die Hände an einem Geschirrtuch ab. Er hält ihr die Zeitung entgegen.

«Du hast heute sicher noch nichts gelesen?»

«Wie denn, wenn du dich seit einer Stunde daran festhältst? Und der Braten macht sich nicht allein.»

«Dann lies jetzt, aber setz dich.»

«So dramatisch?» Er steht auf, sie setzt sich in den Lesesessel, nimmt die Zeitungsseite und liest. Es dauert. Er läuft auf und ab. Das Papier raschelt, Elisabeth sieht hoch.

«Jan? Wirklich Jan?»

«Sieh das Bild an.»

«Jacob war damals ...» Sie sitzt still, wischt die Tränen nicht weg, die unaufhaltsam über ihr Gesicht und den Hals hinunter laufen. Er ist nicht mehr sicher, ob es richtig war, sie sofort zu rufen. Nachdem sie sich mit Jans Verschwinden scheinbar abgefunden hatte, wieder arbeiten ging, kam der Rückfall. Was, wenn es sie nun wieder aus der Bahn wirft? Hätte er nur vorher darüber nachgedacht. Nun ist es zu spät. Er strafft sich.

«Lass es erst einmal sacken. Damit konnten wir nicht rechnen. Wir reden später, ja?»

«Später, was heißt denn später? Du mit deinem Abwarten!» Sie will aufstehen, aber er drückt sie sacht zurück in den Sessel, kniet sich vor sie, streicht ihr eine Haarsträhne aus der Stirn. Sie versucht, das Schluchzen zu unterdrücken.

«Wo war er die ganze Zeit? Warum meldet er sich nicht? Er ist doch mein Sohn, und ich kann ihm helfen.» Sie schnieft, putzt wieder und wieder die Nase.

«Du kannst nichts tun. Denk daran, was der Therapeut damals gesagt hat.» Jetzt macht sie sich energisch los, steht auf und läuft in die Küche. Er hätte wissen müssen, dass sie sofort etwas tun möchte. Er hat das unterschätzt. Jetzt nur keine Panik. Er geht in den Garten, braucht etwas Handfestes zum Ablenken. Als er nach gut einer Stunde zurückkommt, sitzt Elisabeth in der Küche, die Lokalseite wieder in der Hand. Sie liest nicht, starrt nur vor sich hin. Er muss es noch einmal versuchen.

«Wir haben mit Jan unseren Frieden gemacht, Elisabeth. Nun ist er wieder da, aber nicht bei uns. Alles ist aufgewühlt und es tut weh. Ich verstehe dich. Mir geht es doch ebenso. Aber, ganz ehrlich, wir dürfen uns nicht aus der Ruhe ….» Ihr Kopf ruckt hoch. Sie knüllt die Zeitung zusammen, wirft. Das Knäuel landet vor seinen Füßen.

«Du, du bist ja immer die Ruhe selbst. Tust so, als hättest du alles im Griff. Dich wirft nichts aus der Bahn, nein?» Schon wieder falsch angefangen. Er muss sie beruhigen, sonst kann er Klaus und Anett gleich ausladen. Wenn sie sich weiter so aufregt, kriegen sie kein vernünftiges Gespräch hin. Elisabeth kann dann nicht loslassen, das weiß er.

Das Telefon holt ihn aus seinen Überlegungen. Noch ehe er zugreifen kann, nimmt sie den Hörer. Es ist laut gestellt. Er hört Ginis Stimme. Sie habe den Artikel auch gelesen. Sie werde nicht hingehen, sagt sie. Überhaupt sei es viel zu spät, dass Jan wieder hier sei, ändere nichts. Höchstens, wenn er nach Jacob frage. Aber damit sei ja nicht zu rechnen.

Es ist ein kühles Gespräch. Elisabeth sagt kein Wort zu viel. Sie klingt sehr beherrscht, legt auf und sieht ihn an. Ihre Augen sind noch rot vom Weinen, aber ihre Stimme ist fest.

«Lu, ich will nicht streiten. Das führt zu nichts. Wir sind wohl auf verschiedenen Sternen gelandet.» Nicht streiten, könnte gut klingen, aber dieser Unterton. Er ist unsicher. Das mit der Ruhe hätte er nicht sagen sollen. Es war *das* Reizwort für sie.

Sie schaffen das Sonntagsessen zu viert, ohne dass ihr Besuch etwas merkt. In der Woche darauf spricht Elisabeth nur das Nötigste mit ihm. Er drängt sie nicht, weiß, das hätte wenig Zweck. Doch er ahnt, dass sie keine Ruhe geben und irgendetwas tun wird. Nachts grübelt er sich in den Schlaf.

Wenn er ihr nun zuvorkommt, selbst versucht herauszufinden, wie er Jan treffen kann? Dann muss sie doch merken, dass ihn Jans Auftauchen ebenso bewegt? Am Freitag macht sich Elisabeth für das Stadtfest zurecht. Sie hatte wortkarg erklärt, sie gehe allein. Eine Idee wegen Jan hat er immer noch nicht. Vielleicht sieht er ihn ja zufällig, bevor das Konzert beginnt? Er beeilt sich, will schneller als Elisabeth auf dem Festplatz sein.

13 ELISABETH

Sie hat einen Platz am Rand gefunden, rechts vorn seitlich der Bühne. Nur nicht eingekreist sein von anderen. Die Leute um sie herum klatschen. Sie steht still, sieht nach oben zum Sänger, reckt sich ab und zu auf die Zehenspitzen, um mehr als nur einen Ausschnitt der Bühne zu sehen, ist ansonsten eingewoben in ihre Gedanken.

‹Aufbruch› nennt sich die Band. Wonach klingt das? Musikgruppen heute haben eher Namen, die wenig oder nichts mit ihrer Musik zu tun haben. Kunstwörter, Akronyme, nicht immer originell, aber ‹Aufbruch›? Die da vorn sind keine Jungen mehr, es sind Männer in den dreißigern, der Älteste sicher Mitte vierzig.

Der Sänger winkt ins Publikum, wischt sich über die Stirn, strahlt, stellt jeden Musiker noch einmal vor und verabschiedet sich vom Publikum. Als der Applaus danach wieder anschwillt, verständigt er sich mit dem Leadgitarristen: Zugabe. Es ist ‹Am Fenster› von City.

Die Besucher - ein Gemisch aller Altersgruppen - singen begeistert mit und auch bei ihr ist der Text auf einmal da. ‹Ostrock ist Legende und stirbt nicht›, ruft jemand links neben ihr begeistert und schwenkt die Arme in der Luft. Bei der zweiten Zugabe, ‹Freiheit› von Westernhagen, klicken Feuerzeuge, ein paar Wunderkerzen werden geschwenkt. Die Musiker haben den Nerv der Menschen getroffen.

Elisabeth spürt ein Kribbeln. Es rieselt vom Nacken den Rücken hinunter, in den Augen brennt etwas. Wie unabsichtlich berührt sie erst den rechten, dann den linken Augenwinkel, es ist nicht einmal ein deutliches Wischen. Sie zupft an ihren raspelkurzen Haaren und schlingt die Arme um ihren Körper.

Wieder und wieder verbeugt sich der Sänger. Sieht er länger zum rechten Bühnenrand, dorthin, wo sie steht? Hat er sie erkannt? Es ist viel Zeit vergangen. Er hat sich verändert, wirkt nicht mehr kräftig-kompakt, eher drahtig und vital, wenn er im Takt hüpft und dabei singt. Sein Gesicht erscheint ihr schmaler mit etwas Strengem darin. Der spärliche Haarwuchs lässt ihn älter wirken. Das Trauma seiner Jugend: Volles langes Haar hätte er gern gehabt. Sie lächelt. Immerhin, noch ist er nicht ganz ‹ohne›.

Das Klatschen verebbt. Elisabeth taucht aus ihren Gedanken auf und tritt schnell zur Seite. Sie lehnt sich an die Gitterabsperrung, sieht zu, wie die Besucher den Platz verlassen. Wenn sie nicht mitdrängeln will, muss sie warten. Sie spürt eine unbändige Freude für Jan. Darf sie das zulassen? Die Band und Jan. Wie haben sie sich wiedergefunden? Viele Fragen, die sie ihm gern stellen möchte, aber heute sicher nicht loswird.

Was jetzt? Ihr Kopf, sonst voller Ideen, ist leer, ihr Magen zieht sich krampfartig zusammen, Hitze läuft in Wellen durch ihren Körper, hinauf zur Stirn, sammelt sich dort als kalter Schweiß. Sie bemüht sich, ihre Gedanken zu ordnen. Nein, jetzt noch nicht nach Hause. Zwei Ecken weiter, nur ein paar Minuten, kennt sie ein Café. Sie hat Glück, findet einen leeren Zweiertisch, bestellt Espresso und Wasser. Nun bedauert sie ein wenig, allein hier zu sein, ohne Lu. Der Espresso - ein Doppelter - ist gut. Das Wasser trinkt sie in ganz kleinen Schlucken hinterher. Sie versucht, sich zu entspannen, schlägt die Beine übereinander, knöpft die kurze Jeansjacke auf, lockert den langen Seidenschal und sieht sich unauffällig um. Überwiegend Paare, zwei Grüppchen jüngerer Leute, der Rest ist mittleres Alter.

Scheinbar intensiv liest sie die Speisekarte, obwohl sie weiß, dass sie nichts essen will. Ihre Gedanken kreisen um Jan. Wie bekommt sie Kontakt zu ihm? Wie wird er reagieren? Als er von einem Tag auf den anderen weg war, veränderte sich alles. Es tat zu weh, sie konnte mit Gini nicht heile Welt spielen. Sie gingen sich aus dem Weg. Jeder musste für sich verkraften, dass Jan in derselben Welt, aber nicht erreichbar war. Jacob sieht sie nur zu Feiertagen und zum Geburtstag. Er ist ein lebhaftes Kind, beobachtet und fragt viel. In diesem Moment wird ihr bewusst, wie sehr sie verdrängt, dass sie ihn vermisst.

Sie setzt sich betont aufrecht, zupft mehrfach an den Jackenärmeln, an denen es nichts zu zupfen gibt, knöpft mit der Rechten den linken Ärmelbund auf und zu, auf und zu, auf und zu.

Wenn sie etwas zum Schreiben hätte! Vor dem PC oder einem Blatt Papier stellt sich für sie schreibend meist schnell eine Ordnung her. Hier nicht. Dieses Gedankenflattern. Sie kann es nicht steuern. Wieso hatte sie gehofft, Jan zu treffen? Musste sie bisher mit der Ungewissheit leben, ihn jemals wiederzusehen, wird sie jetzt warten können. Elisabeth nickt unmerklich. Das klingt vernünftig. Sie werden sich begegnen. Wie können sich Mutter und Sohn auch verlieren?

Sie winkt der Bedienung, zahlt und geht, läuft rasch durch das Dunkel zu ihrem Auto. Die Nachtkühle kriecht in sie, fröstelnd zieht sie die Schultern hoch und weiß, gleich wird es wegen dieser Fehlhaltung schmerzhaft im Rücken ziehen. Sie wartet auf den Schmerz, atmet bewusst die klare Spätsommerluft hörbar ein. Gut, hier draußen zu sein. Gut, dass sie sich eingestehen konnte, wie sehr sich Jans Verschwinden auf ihren Alltag gelegt hat, wie wenig Familienleben es gab. Im Auto sieht sie auf die Uhr. Schon kurz vor Mitternacht? Sie fährt auf dem kürzesten Weg nach Hause.

Lu schläft, stellt sie mit einem Blick zum Schlafzimmerfenster fest. Kein Lichtschein. Müdigkeit legt sich bleischwer auf sie. Sie tastet in der Tasche nach dem Hausschlüssel. Nicht abgeschlossen. Das ist ungewöhnlich. Lu ermahnt sie stets, das Abschließen nicht zu vergessen, wenn sie allein ist. Sie macht kein Licht im Flur. Die wenigen Schritte bis zum Bad findet sie. Nur schnell das Nötigste. Im Bett werden die Gedanken hoffentlich Ruhe geben.

Sie schaut in den Spiegel. Da ist es, das Zucken auf dem rechten Augenlid. Sie kann es nicht anhalten. Es ist ihr geblieben. Die Ärzte sagten, es ist harmlos, sie soll nicht darauf achten, dann verschwindet es vielleicht. Fröstelndes Zittern durchläuft ihren Körper. Auch das kennt sie. Sie ist überreizt, muss schlafen. Auf der Treppe nach oben weicht sie der ewig knarrenden Stelle aus, bemüht sich leise zu sein. Lu hat einen leichten Schlaf. Die Tür zum Schlafzimmer gibt dann doch ein kleines Quietschen von sich. Elisabeth tastet sich zum Bett.

«Du bist spät.»

«Lu, wie kannst du mich so erschrecken. Du schläfst nicht?» Sie knipst die Nachttischlampe an, blinzelt.

«Hast du Jan gesehen?»

«Was fragst du, du weißt, woher ich komme.»

«Ich meine, von Nahem, hast ihn vielleicht gesprochen?»

«Ach, Lu, du hättest ihn hören sollen...»

«Ich weiß...» Elisabeth, die sich beim Reden in ihre Decke gewickelt hat, setzt sich kerzengerade. Da war etwas in Lu›s Stimme...? Bevor sie fragen kann, spricht er weiter.

«Hast du ernsthaft gedacht, dass ich mir nach dem Konzert von dir erzählen lasse, wie Jan aussieht, was er gesungen hat und so weiter? Ich wollte ihn ebenso sehen, wie du. Es geht mich nämlich sehr viel an, was mit Jan passiert ist. Erst dachte ich, ich könnte dich verstehen. Habe ich aber nicht.» Das *nicht* hängt schwer in der Luft. Sie rückt sich das Kopfkissen im Rücken zurecht.

«Du warst…?»

«Stell Dir vor.»

«Mir geht so viel im Kopf herum, Lu. Wie kann ich Jan helfen? Wie kann er Kontakt zu Gini kriegen? Wie können wir ihn unterstützen?» Lu packt Elisabeth an den Schultern.

«Hör bitte auf damit. Merkst du nicht, was da gerade passiert?» Sie unterbricht ihn heftig.

«Ich sage dir, was passiert. Es passiert, dass wir uns streiten, es passiert, dass jeder tut, was er denkt, aber wir nicht das Nötige gemeinsam tun - das passiert. In genau diesem Augenblick.» Sie nimmt die Hände vor das Gesicht und schüttelt den Kopf, immer wieder. Warum nur versteht Lu sie nicht?

«Lass uns schlafen und morgen weiterreden, Elisabeth. Seit der Artikel über Jan in der Zeitung stand, ist alles aufgewühlt, ja. Wir bringen das heute nicht zu Ende.»

«Wie jetzt? Du schickst mich auf die Palme und sagst dann› ‹schlaf gut›?» Sie stößt Lu›s Arm von ihrer Schulter, steht auf, setzt sich in den Korbsessel gegenüber dem Bett und schlingt die Arme um den Oberkörper. Nach einigen Minuten geht er zu ihr, nimmt sie an beiden Händen. Sie hat keine Kraft mehr; lässt wortlos geschehen, dass er sie zurück zum Bett führt.

«Lass los, Elisabeth, bitte. Ich möchte nicht, dass du wieder krank wirst.»

Nein, nicht noch einmal diese Hilflosigkeit. Angst. Panik. Leere, kein Gefühl. Wenn sie sich im Spiegel ansah, sah sie eine Fremde. ‹Lassen Sie Ihren Sohn los›, hatte der Therapeut gesagt. ‹Bleiben Sie bei sich. Sie müssen verkraften, dass es ist, wie es ist. Sie können nichts für ihn tun. Er ist nicht da. Und wäre er es, funktionierte das mit dem Helfen nicht. Er ist für sich verantwortlich.›

Inzwischen weiß sie das alles, hat es akzeptiert, das Leben ohne Jan. Aber jetzt ist er wieder da. Gelten da nicht andere Regeln? Und wieso Regeln, wo es doch ihr Sohn ist? Sie legt sich auf den Rücken, versucht, zur Ruhe zu kommen, aber die Gedanken bohren weiter.

Wie es ihm wohl geht? Warum ruft er nicht an? Lässt sich nicht helfen? Hat Lu Recht und sie muss damit aufhören? Als sie am nächsten Morgen aufwacht und nach seiner Hand tastet, greift sie ins Leere. Er hat sie nicht wie üblich geweckt! In den Bademantel gewickelt, geht sie nach unten. Es ist still. Lu ist sicher im Garten. Sein Rückzugsgebiet. Wie sie ist, im Bademantel, tritt sie vor die Tür. Die Luft ist klar und frisch. Trotz ihres unruhigen Schlafs fühlt sie sich besser. Lu kommt ihr entgegen. Als er vor ihr steht, gibt sie sich einen Ruck, reckt sich auf die Zehenspitzen und gibt ihm einen Kuss.

«Guten Morgen. Hat es dich nicht im Bett gehalten? Du hättest mich wecken sollen.»

«Ich dachte, es ist besser so. War ein aufregender Abend gestern.»

«Ich weiß jetzt, was ich tun werde.»

«Hm, aber du denkst daran, was der Therapeut gesagt hat?»

«Bis hier reicht sein Arm nicht. Ich bin Jans Mutter und ich werde nicht alles dem Zufall überlassen. Versteh das oder sprich nicht mehr davon, du bist kein Therapeut.» Lu sieht sie lange an und geht ohne ein weiteres Wort an ihr vorbei ins Haus. Sie erwähnen das Thema nicht mehr.

Montag ruft sie in der Lokalredaktion an, erklärt, dass sie von der Band gelesen hat, dass sie den Sänger von früher kennt, aber nicht weiß, wie sie ihn erreichen kann. Sie gibt nicht preis, wer sie ist, hinterlässt nur ihre Telefonnummer. Die wird Jan ja noch kennen, wird wissen, dass sie auf ein Zeichen von ihm wartet. Aber es ist seine Entscheidung, ob er sich meldet. Zufrieden und konzentriert beginnt sie mit ihrer Arbeit.

14 JAN

Die meinen ihn. Ihn, hier oben auf dieser Bühne. Sie klatschen. Sie klatschen immer weiter. Geiles Gefühl. Ja, er ist fertig, ausgepowert. In seinem Kopf dröhnt es; gleichzeitig möchte er Bäume ausreißen, die da unten alle umarmen. Er verbeugt sich mehrmals. In seine Euphorie zucken Bildfetzen wie Filmschnitte:

Rausschmiss bei Jana; der erste Gewinn,; die Bude bei Manne, zurück nach Hause, Gini, Jacob, die Therapie, seine Flucht, der Lange, Gandhi...

Puzzleteile, die nicht zueinander passen. Nein, da passt nichts und doch ist es sein Leben. Er darf sie nicht vermasseln, diese letzte Chance.

Das Klatschen erreicht ihn wieder, hebt ihn hoch. Er möchte die Zeit anhalten. Eine letzte Verbeugung, dann geht er mit den vier anderen von der Bühne.

«Wow, Jan!» Robbe, Chef der Band, boxt ihm kräftig gegen die Brust.

«Strahle mal, Mensch. Die Mädchen haben an deinen Lippen gehangen, du Held.» Jan hüpft auf der Stelle, nickt dann zögernd.

«War jemand da, den du kennst? Ich meine, Familie, alte Freunde und so?» Robbe bearbeitet seine Bartenden, aber bevor er antworten kann, steht Gandhi neben ihnen.

«Extra-Einladung gefällig, ihr zwei? Abbauen heißt das Zauberwort; auch für den Chef und den Star. Betrieb, Leute, desto eher ist Feiern angesagt.» Gandhi grinst und wedelt geschäftig mit beiden Händen.

Jan seufzt. Alle sind müde, trotzdem muss die Technik von der Bühne. Er sieht sich ratlos um. Da steht Gandhi wieder vor ihm, streckt ihm zwei Instrumentenkoffer entgegen.

«Hier, blindes Huhn. Trab los, schaff weg. Als Chefpacker nehme ich dich unter meine Fittiche. Sieht chaotisch aus, hat aber alles seine Ordnung. Meine Ordnung», setzt er im Laufen nach.

Jan schleppt mit den anderen. Er zählt nicht, wie oft er hin und her läuft, schiebt den Wunsch auf ein Bier beiseite. Nach einer knappen Stunde ist die Bühne leer und er sieht, wie die Jungs Richtung Festzelt traben. Ihn zieht es noch einmal auf das Podest. Er nimmt die wenigen Holzstufen hinauf und stellt sich in die Mitte, exakt dorthin, wo er sich vorhin verbeugt hat, sieht hinunter auf den Platz. Zwei Jugendliche sammeln die achtlos stehengelassenen Flaschen ein. In Mitte, denkt er, kämen sie gegen die Sammler von der Straße kaum an.

Die Frage, ob jemand außer Nele seinetwegen beim Konzert war, rumort weiter in ihm. Wollte jemand zu ihm, dem Grenzgänger, dem, der alles infrage gestellt hat? Hat Gini da unten gestanden?

Haben seine Mutter oder Lu in der Zeitung das Bild der Band gesehen? War Zahnlücken-Manne dabei? Vorhin, vom Beifall wie berauscht, hätte er niemanden erkennen können. Jetzt schüttelt er energisch den Kopf. Alles Wunschdenken. Das hat ihn oft genug in die Irre geführt. Er weiß, es ist der normale Alltag, den er zu bewältigen hat. Heute, morgen, jeden Tag. Kein Verdrängen, kein Weglaufen, keine Flucht.

«Jan? Jan!» Robbe. Die Jungs suchen ihn. Er klettert hinunter und läuft direkt auf Robbe zu. Der zieht ihn energisch am Arm.

«Wo bleibst du?

«Sieht komisch aus, die Bühne, wenn alles leer ist.» Robbe schüttelt amüsiert den Kopf.

«Ich fasse es nicht. Stehst kaum auf diesen Brettern, schon kriegst du nicht genug davon. Wir wollen dich hochleben lassen und du lässt uns warten. Steve hat übrigens über deinen Texthänger gelästert. Gott sei Dank merken das die Leute nicht. Aber mach es nicht zum Markenzeichen.» Jan lacht kurz auf.

«Jeder Hänger eine Mark, meist du? Bei meinen Verhältnissen darf ich mir das nicht erlauben.»

Im Festzelt ist es voll. Robbe voran, bahnen sie sich einen Weg zum Stehtisch der Band.

«Hallo, Männer, da bringe ich den Vermissten. War auf der Bühne. Unser Held hat Entzugserscheinungen.» Alle lachend dröhnend. Jan verzieht den Mund zu einem Grinsen. Mit theatralischer Geste streckt er den rechten Arm aus und öffnet die Hand.

«Man reiche mir ein Bier.» Steve, Schlagzeuger und der Jüngste, langt hinunter zum Kasten, öffnet eine Flasche und gibt sie ihm. Jan nimmt einen langen Schluck und wischt sich mit dem Handrücken über den Mund.

«Tja Leute, ich wollte sagen ... « Er muss sich mehrfach räuspern. «Ja, also, danke. Ihr habt an mich geglaubt, ohne euch wäre ich nicht hier. Und dass wir heute eine volle Hütte hatten, das war schon geil ...» Robbe deutet eine Verbeugung an.

«Danke für die Lobeshymne. Du hast das selber wollen müssen. Ach, du weißt schon, was ich sagen will. Und nun, Männer, heißt es üben, üben, üben. Wir wollen doch nicht hinter heute Abend zurückfallen.» Steve schlägt mit dem Flaschenöffner an sein Bier.

«Hey, Leute, lasst das Philosophieren. Das Bier wird schal. Wir üben, was das Zeug hält, Chef. Aber heute Abend will ich feiern.» Jan verscheucht den Wunsch nach Alleinsein. Geht nicht, wäre wie Davonlaufen. Keiner würde es verstehen. Wochenlang haben sie hart für diesen Auftritt gearbeitet. Jeder bis auf ihn hat Job und Familie. Da ist Zeit Mangelware. Nun wollen sie ihr bejubeltes Konzert gemeinsam begießen, klar. Mitten hinein in diesen Gedanken schlägt ihm jemand von hinten auf die Schulter.

«Sag mal, redest du nicht mehr mit uns?» Rudolf, Bassgitarrist und der Älteste, sieht ihn aufmerksam an. Jan wehrt ab.

«Lass mal, alles in Ordnung. Mir geht halt so einiges durch den Kopf. Bisschen müde bin ich auch. Bin schließlich nicht mehr der Jüngste», kokettiert er grinsend.

«Du Jungspund. Schleppst für dein Alter schon einiges mit dir rum, klar. Für heute lass los. Wir haben, als du nicht da warst, alle schon ‹ne Bockwurst oder Boulette verdrückt. Deine habe ich mit verspeist, wäre ja kalt inzwischen.» Rudolf deutet auf die Magengegend.

«Wie steht es bei dir mit Hunger?» Jan nickt.

«Wo du es sagst.»

«Der Futterstand ist dort drüben. Ich habe noch Platz für ein Boulettchen. Gehen wir?» Er läuft hinter dem Bandältesten her. Rudolf denkt geradeaus, er kann sich nicht vorstellen, wie verworren die Dinge sein können. Aus dessen Sicht ist alles klar: Er, Jan, hat es geschafft, ist zurück. Familie? Vermisst Rudolf nicht; er hatte nie eine. Wenn er in der Freizeit seine Kumpel hat, zum Angeln kann und ab und an auf der Bühne steht, ist die Welt in Ordnung.

Jan denkt an seine Angelzeit. Nachts allein, der Fluss vor ihm glatt und glänzend, die Frühnebel, diese eigenartige Stimmung, für die er keine Worte hat. Die Flussauen, der Angelplatz, das war sein Rückzugsgebiet, wenn im Alltag alles drunter und drüber ging. Jan schüttelt die Bilder mit einer heftigen Schulterbewegung ab. Momente, in denen er zweifelt, ob er wirklich zurück ist von der anderen Seite, gibt es oft. Es wird dauern, hat Sören gesagt.

Mit Rudolfs Hilfe - er ist mehr als einen Kopf größer - bahnen sie sich den Weg zurück an ihren Tisch, Bockwurst und Boulette auf Papptellern balancierend. Rudolf bleibt stehen und dreht sich zu Jan um.

«Sieh mal, wer steht denn bei uns am Tisch, kennst du den?»

«Keine Ahnung, aber sieht aus, als warten die auf uns.»

«Vollzählig», ruft Robbe und beugt sich hinunter zu dem dicklichen Mann, der neben ihm steht. «Herr Braun, das sind Jan, unser Sänger, und Rudolf, der Bassgitarrist. Sie können loslegen.» Jan hält fragend den Kopf schief und verliert für einen kurzen Moment die Kontrolle über den Teller: Senf tropft auf sein schwarzes Shirt.

«Hat mal einer ein Tempo?», murmelt er, jemand reicht ihm eins, er wischt auf dem Shirt herum und macht das Senfmalheur größer. Dann sieht er den Dicken genauer an.

«Sind Sie Kritiker oder so was?» Der lacht meckernd, sein Bauch hüpft dabei ein wenig auf und ab.

«Das ja nun nicht. Was ich sagen will, ist, dass ich Sie», er nickt Jan zu, «aber eigentlich Sie alle», er nickt betont jedem zu, «richtig gut fand. Ich bin verantwortlich für Kultur und Sport. Johann Braun, Stadtverwaltung.» Mit einer knappen förmlichen Verbeugung beendet Herr Braun seine Vorstellung.

«Ja, also», nimmt er, als niemand etwas sagt, den Faden wieder auf und fällt dabei in ein Mehrzahl-Du, «ich habe bei eurem Konzert so richtig meine Freude gehabt. Euer Lied vom Rocker-Zocker, da ging die Post ab, oder? Die eigenen Lieder haben mir überhaupt sehr gut gefallen. Dass wir hier so was wie euch haben, ja, also, ich sage mal, das muss man fördern.»

«Wenn Sie uns wieder buchen, dann fühlen wir uns auch schon gefördert. Wir würden uns freuen.»

«Genau, genau.» Der Dicke nickt eifrig. «Ja, ja, das wollte ich euch gerade vorschlagen. Nochmal, regionales Potenzial muss man nutzen. Herr Siegel, Sie haben hier doch auch ihre Wurzeln?» Jan nickt.

«Bis vor … na ja. Jetzt wohne ich in Ahrensfelde.» Er bricht unvermittelt ab. Herr Braun geht nicht darauf ein, nickt stattdessen bekräftigend, nimmt den letzten Schluck aus seiner Bierflasche und strahlt alle noch einmal an.

«Wenn uns die Geldsorgen nicht zu sehr zwicken, steht nächstes Jahr wieder so ein Fest auf dem Programm. Unser neuer Bürgermeister setzt sich auch dafür ein. Man muss was tun, damit die jungen Leute nicht alle von hier wegziehen. Ihr seid dabei nächstes Jahr, versprochen. Ich muss weiter meine Runde machen. Übt fleißig.» Noch ein meckerndes Lachen, dann ist Herr Braun in der Menge verschwunden.

Jan kraust die Stirn und sieht ihm nach. Ahrensfelde, was hält ihn dort außer Nele? Er könnte zurück…? Irgendwann würde er Gini begegnen, vielleicht mit einem anderen? Und natürlich Jacob. Wie er jetzt wohl aussieht? Sicher nicht mehr wie auf dem Babyfoto in seiner Jackentasche. Das Fotopapier ist vom vielen Ansehen so verknittert, das Jacobs Gesicht wie gerastert aussieht. Da sind auch noch seine Mutter und Lu. Auf Dauer könnte er nicht ausweichen. Nein, da ist er in seinem neuen Kietz besser dran.

***

Eine reichliche Stunde später verabschiedet sich Jan dann doch als erster. Er läuft den Weg zum Bahnhof zu Fuß, will einen klaren Kopf bekommen, bis er zuhause ist. Reicht eine Wohnung aus, um ‹zu Hause› zu sagen? Lebt er dort schon, wo er wohnt? In den vergangenen Wochen hat die Band fast jeden Tag für diesen Auftritt geprobt. Da war keine Zeit zum Nachdenken. Das wird nicht so bleiben. Eine Probe in der Woche, manchmal vielleicht zwei. Und der Rest? Was fängt er an, wenn Zeit entsteht?

Blödsinn, die entsteht nicht. Aber du wirst sie füllen müssen. Sinnvoll. Du brauchst einen Anker, etwas, wo du ‹festmachen› kannst. Etwas oder jemanden. Warum nicht Nele?

Jan fällt die Geschichte mit dem Kairos ein. Manne, der Kneipier aus Köln, hat sie damals erzählt:
Ein Jüngling aus der griechischen Sagenwelt mit Flügeln und lockigem Haar. Fliegt er an dir vorbei,

musst du schnell sein, sonst erwischst du nicht seine Locken, sondern den vom Wind kahl gewehten Hinterkopf und kannst das Glück nicht festhalten, kannst nicht, wie im Sprichwort ‹Das Glück beim Schopf packen›.

Die Momente habe ich regelmäßig verpasst, hatte er damals gesagt. Wie alles kommen, wie viel er noch verpatzen würde und wie es ist auf der anderen Seite - er hätte es in der Hand gehabt. Aber dann war alles irgendwie passiert.

***

Im Zug wirft sich er sich die Jacke über den Kopf, will die Zeit verdösen. Doch die Erinnerungen sind hartnäckig: Karen Eigen - sie wollte ihm helfen, er hatte es gespürt, aber nicht den Abgrund bemerkt, auf den er zulief. Er glaubte an einen Ausrutscher. Was war schon passiert?

‹Was wollen Sie? Ich bin hier, Sie kriegen mich hin. Und keine Angst, Frau Therapeutin, ich komme schon weiter in Ihre S p r e c h s t u n d e !› Er wollte ihr zeigen: Es amüsiert mich, wenn du dir als Therapeutin Gedanken um mich machst. Heute weiß er, wie unsicher er in ihrer Gegenwart war. Karen Eigen war eine attraktive Frau, und attraktive Frauen muss man beeindrucken. Das passierte bei ihm reflexartig. Ja, er hat versucht, mit ihr zu spielen, und sie hat konsequent reagiert.

‹Das können Sie verdammt gut›, hatte sie seine Charmeoffensive kommentiert und ihn dann in die Schranken gewiesen. In solchen Momenten erschienen zwei waagerechte Falten auf ihrer Stirn. Das Bild kann er abrufen. Ihre Augen verengten sich zu Schlitzen. Die üppigen Lippen, die das kantige Gesicht mit den hohen Wangenknochen weicher erscheinen ließen, presste sie fest zusammen. Diese erstaunliche Veränderung provozierte er ausgesprochen gern.

Als er zur fünften Therapiesitzung kam, war sie nicht mehr da. Ein älterer Therapeut sah wie abwesend durch ihn hindurch und murmelte, dass es ihm leidtue. Frau Eigen sei auf eine andere Stelle versetzt. Er werde ihn neu einteilen. Jan ließ sich nicht ‹einteilen›, er machte wortlos kehrt und ging nicht wieder hin. Ein Fehler, wie er heute weiß.

Der Zug hält, er schreckt hoch. Fast hätte er das Aussteigen verschlafen. Zehn Gehminuten vom Bahnhof, dann steht er vor seiner Wohnung, nimmt zwei Stufen auf einmal und ist im vierten Stock atemlos. Im Flur lässt er die Jacke auf den Boden fallen und setzt sich im Wohnzimmer auf das Bett. Es ist das einzige gemütliche Möbel, Sessel und Sofa fehlen ihm noch.

Nele war begeistert, als sie die Wohnung gemeinsam besichtigten. Im seitlichen Anbau eines unsanierten Altbaus gelegen, hat sie ein trapezförmig geschnittenes Wohnzimmer mit Erker und sogar Blick zur Straße, ein winziges noch leeres Schlafzimmer mit Fledermausgaube zur Hofseite, ein Bad mit altmodischer Wanne auf Füßen und eine Küche mit Balkon.

Nele. Dieses Mädchen ... seine ‹Baustelle› ... Jan döst auf dem Bett zwischen Tag und Traum, möchte sich dem Zustand ergeben, reißt sich aber doch hoch. Er muss den Tag beenden, sich ausziehen und wenigstens Zähne putzen. Dieses Hinübergleiten, es erinnert ihn an seine Kontrollverluste. Rituale sind gut gegen so etwas, hat er gelernt. Er geht ins Bad, schrubbt hastig über die Zähne und sieht dabei angestrengt in den Spiegel.

Alles begann in Köln mit diesem Geldregen. Der, von dem alle Spieler träumen. Und das an einem simplen Automaten. Das ist nicht wiederholbar, inzwischen ist ihm das klar. Sein Auftritt im Kasino, gestylt für die Glanzfassade, sprühend vor guter Laune, begierig auf die glitzernde Nachtwelt mit Typen, die er am Tage zum Kotzen gefunden hätte. Nein, dort drin war er nicht angewidert von ihrer Großmäuligkeit. Da wurde er selbst zum Großmaul, wetteiferte mit ihnen um die größte Großmäuligkeit. Alles Ausrutscher, befand er. Schon bald würde er wieder Boden unter den Füßen haben. Aber da war nur Treibsand.

Jan lässt kaltes Wasser über das Gesicht laufen, nimmt das ausgeleierte T-Shirt vom Haken, schlüpft hinein - er hasst Schlafanzüge - geht zurück ins Wohnzimmer und wirft sich auf das Bett. Mit erneut aufsteigenden Bildern gleitet er in einen unruhigen Schlaf.

***

Ein letzter prüfender Blick in den Spiegel: Jan ist zufrieden. Haare: bis auf kürzeste Reste auf dem ebenmäßig runden Kopf kaum vorhanden; Gesicht: schmaler geworden, kantig, rasiert. Er streicht mit dem Zeigefinger über beide Augenbrauen, strahlt sein Spiegelbild an. Das nachtblaue Jackett sitzt, die Hose passt ebenfalls hervorragend. Dazu das Hemd in Silbergrau, dezente Krawatte, hellblau mit feinen roten Streifen. Er ist zufrieden.

Aber wieso ist er schon auf dem Spielschiff? Egal, er ist da, es kann losgehen. Er gibt seinen Mantel an der Garderobe ab, greift in die Jackettasche und fühlt eine Handvoll Jetons. Wie kommen sie da rein? Er hatte doch noch nicht …? Jan sieht sich hektisch um, da fasst ihn jemand am Arm und zieht ihn zu einem der Spieltische. Jan setzt sich, niemand in der Runde nimmt Notiz von ihm. Der andere steht hinter ihm und flüstert, was er setzen soll. Rot! Gewonnen! Der Croupier schiebt Jan einen Berg Jetons zu. Jan setzt erneut. Der Einflüsterer hat wieder gesprochen. Rot! Gewonnen! Der Jetonberg türmt sich höher vor ihm. Und noch einmal gewinnt Rot. Niemand hat beim dritten Mal auf Rot gesetzt. Er schon, dank des Einflüsterers. Jan fühlt, wie sich Schweißperlen auf der Stirn sammeln. Die Gesichter der anderen Spieler nimmt er wie durch ein Vergrößerungsglas wahr. Es sind durchweg Fratzen, hässliche Fratzen wie Karikaturen. Sie starren ihn an, grinsen, nähern sich ihm. Einer beugt sich von rechts vor ihn, sein Gesicht ist so nah, dass Jan dessen warmen Atem unangenehm spürt:

‹Wie geht es Dir heute?› die Stimme klingt lauernd und hallt blechern. Er kennt den Mann doch gar nicht! Wieso

kommt der ihm so nahe? Er muss hier weg, aber seine Beine, er spürt sie nicht! Panik drückt ihm das Herz zusammen, kriecht in den Hals, das Blut pulsiert fühlbar schnell.

Der Berg Jetons vor ihm, die Gaffer hinter ihm, die Grinser ringsum. Er schaut vorsichtig an sich hinunter. Da sind keine Beine, nur ein am Boden fest verschraubter Hocker mit chromglänzendem Fuß. Auf dem scheint sein Oberkörper festgemacht zu sein. Er kann nicht weg. Der Einflüsterer beugt sich zu ihm, zeigt auf das Spielfeld.

‹Du musst deinen Einsatz machen›, raunt er. ‹Schwarz ist dran, schwarz gewinnt.›

Jan zerrt an der Krawatte. Sieht es denn niemand? Er ist ein Monster. Was soll er da mit dem Gewinn? Trotzdem setzt er. Schwarz. Schwarz gewinnt. Die Menge Jetons wächst ins Unermessliche. Das Spielfeld rund um seinen Platz ist verdeckt.

‹Abbrechen›, ruft er dem Croupier zu. ‹Halten Sie den Wahnsinn an!› Seine Stimme klingt jetzt auch blechern. Jan ruckt verzweifelt am Hocker, beugt sich zur Seite, will weg. Der Hocker kippt. Er stürzt. Der Spieltisch fällt mit einem Riesenkrach um, Jan will zum Ausgang robben, doch die Jetons ergießen sich klickernd über ihn. Um ihn herum gehen alle still beiseite.

***

Jan wacht auf, tastet. Er liegt am Boden. Das Deckbett unter ihm, daneben die Wachstuchdecke vom Tisch mit Aschenbecher, Bierflasche und seinem Textbuch – ein einziges Chaos. Langsam steht er auf, wischt Schweiß von der Stirn, schlurft in die Küche, schlingt fröstelnd die Arme um den Oberkörper und geht zum Fenster. Zaghaft ringt ein violetter Streifen Licht mit der Nacht, mehr gibt die Stadtsilhouette nicht her; nicht mal aus seinem vierten Stock. Zum Warmwerden hüpft er auf der Stelle. Wie nur kann er sich von diesen Monstern befreien? Fast jede Nacht holen ihn die Szenen ein.

Du must verarbeiten, nicht vergessen, hört er Sören sagen. Ohne hinzusehen, greift er in den Schrank über der Spüle, langt eins der ehemaligen Senfgläser, füllt es gleich aus der Leitung, geht mit dem Wasserglas zurück zum Fenster.

Der violett-fahle Lichtstreif verwandelt sich stetig in ein erst blasses, dann mehr und mehr flammendes Rot. Beim Angeln hat er viele Sonnenaufgänge gesehen und fotografiert. Es war ein gutes Gefühl, wenn die Sonnenstrahlen nach einer Nacht im Freien auf seinen klammen Körper trafen. Er tappt zurück ins Wohnzimmer, wickelt sich in die abgeschabte hellbraune Decke.

Das Dächerdurcheinander - was für ein Gegensatz zur Weite am Wasser, zur Unmittelbarkeit von Sonne, Wind und Regen. Trotzdem, dass er ein Dach über dem Kopf hat, ist in Ordnung. Mit einem Ruck wirft er die Decke wieder ab, holt Jogginghose und Pullover und schlüpft hinein. Es lohnt nicht mehr zurück ins Bett. Dann also Kaffee.

Jan geht zurück in die Küche, wirft mit dem Messbecher Pulver in den Kaffeebereiter, gießt das sprudelnde Wasser mit leicht kreisenden Bewegungen hinein und verteilt mit einem langen Löffel das Pulver. Dann löst er eine gewaltige Portion Zucker auf, rührt noch einmal gründlich um und beobachtet den kleinen braunen Strudel. Er schwört auf diese Art des Brühens. Kaffeemaschinen mag er nicht.

***

Helmut hat den Artikel von der Band mit einem Bild vom Auftritt zum Aufmacher für die neue D-A-S-Ausgabe gemacht. Seine Bauchschmerzen wegen der Veröffentlichung sind weg. Jetzt stört es ihn nicht mal, dass da auch steht, wie sehr er sich gegen sozialkritische Texte gesträubt hat. Er ist sogar ein klein wenig stolz, als er die Zeitung in der Hand hält. Beim Verkaufen würde er gern darüber reden, hat aber keine Idee, wie er es anfangen sollte.

Wenn Gini oder seine Eltern das lesen würden? Aber so groß ist das Einzugsgebiet der Zeitung nicht. Und Helmuts Wunsch, dass sich die Lokalredakteure um die Geschichte reißen, hat sich nicht erfüllt. Für die Band läuft es trotzdem gut. Sie haben erste Anfragen für Auftritte, wenn auch mit dem Zusatz ‹was zum Tanzen, das andere könnt ihr weglassen›. Robbe nickt dazu immer profimäßig. Klar, wir spielen, was die Leute wollen. Alles zu seiner Zeit.

Jan steht mit seinem besonderen Zeitungsbündel in der Nähe vom Bahnhof. Das Handyklingeln hat er im Straßenlärm nicht gehört, nur das Summen gespürt. Sörens Stimme klingt aufgekratzt. Er soll ins Büro kommen, am besten sofort.

Kaum steht er in der Tür, da marschieren Sören und Helmut wie eine Abordnung auf ihn zu. Der Redakteur packt ihn an den Schultern, schüttelt ihn etwas, Sören steht daneben und grinst breit. Er sieht von einem zu anderen.

«Jemand im Lotto gewonnen?»

«Erfasst», lärmt Helmut, «du, wenn du es wissen willst, das heißt, ihr.» Er reibt sich die Nasenwurzel und sieht beide noch einmal ratlos an.

«Nicht Lotto, Fördergeld ist das Zauberwort», sagt Sören. Ihr kriegt es mit der Bedingung, dass ihr bei verschiedenen Festen auftretet. Und macht mit euren eigenen Texten weiter, klar?»

«Ja, ja, ja», wiederholt Jan mehrfach, etwas verwirrt. «Aber die Leute wollen halt Tanzmusik.»

«Es gibt Termine, da ist es anders. Da brauchen wir genau die anderen Lieder.»

«Kannst du das deutlicher …?»

«Ihr kriegt insgesamt dreitausend Mark, verteilt auf zwei Jahre. Dafür tretet ihr bei der einen oder anderen Veranstaltung auf, und ansonsten braucht ihr sicher was an Technik und so? Ihr könnt, wenn ihr wollt, bei uns üben, wie die vorherige Gruppe und natürlich kostenfrei. Dann ist der Weg für dich nicht so weit. Deine Jungs werden das hinkriegen mit dem Fahren? Sie können sich ja abwechseln.»

«Ich weiß nicht. Also, da werden wir uns morgen zur Probe ein Bier extra gönnen.» Helmut lacht.

«Wie bescheiden. Ich habe noch etwas für euch. Die Lokalredaktion hat die Info mit dem Fördergeld natürlich auch. Nun sind sie endlich angesprungen. Sie wollen über euch schreiben. Ihr seid doch einverstanden?» Er kann nur nicken, vergisst sogar, zu fragen, wer das mit der Förderung eingerührt hat. Bisschen viel auf einmal.

«Ich gebe Kalle deine Nummer», sagt Helmut. Das ist der Redakteur. Mit dem werdet ihr klarkommen. Allerdings müsst ihr ihn ein paar Stunden ertragen. Bei mindestens einer Probe will er komplett dabei sein.»

«Wir werden es aushalten. Also, da will ich mal wieder zum Bahnhof. Der Verkauf muss weitergehen.» Er deutet auf seine Zeitungsrolle unter dem Arm.

«Auch wenn ich jetzt fast eine bekannte Person bin.»

15 JAN und NELE

Sie sitzen auf der zum Spreeufer abfallenden Böschung und sehen auf den Fluss. Der Abend kündigt Herbstkühle an. Nele wickelt die hellgraue grob gestrickte Jacke fester um ihren dünnen Körper und zieht die Ärmel bis über die Fingerspitzen. Immer noch friert sie sehr leicht, obwohl sie zugenommen hat. Ein Lastkahn tuckert ohne Ladung vorüber. Ein Fotograf sucht die passende Position für sein Stativ und stellt es direkt vor ihnen auf. Jan, der unverwandt auf das sich leicht kräuselnde Wasser gesehen hat, steht auf und zieht Nele am Bindegürtel der Jacke.

«Lass uns da drüben in das Café gehen. Du frierst.» Sie schüttelt den Kopf.

«Ein paar Schritte tun es auch, Jan. Vielleicht fällt dir der Anfang beim Laufen leichter. Du hast gesagt, wir müssen über was reden.» Sie stellt sich hinter ihn und umschlingt seinen Körper.

«Jetzt habe ich dich fest im Griff, und du wärmst mich.» Dann, ihr Gesicht gegen seinen Rücken gedrückt, murmelt sie fast unhörbar:

«Du bist noch immer so neu für mich.» Nach einer Weile löst Jan ihre Finger vorsichtig. Sie gehen Hand in Hand an der Spree entlang in die einsetzende Dämmerung.

«Was meinst du, Nele. Können wir es schaffen?»

«Was, schaffen?»

«Du weißt, was ich meine. Manchmal erscheint mir alles so schwierig, dass ich ...»

«Dass du, was? Schleich nicht so um den Brei.»

«Du lahm, ich einäugig.» Er grinst: «Wenn du lahm nicht magst, gern auch umgekehrt.» Dann wird er sofort wieder ernst. «Was, wenn einer von uns abrutscht? Kannst du mir, kann ich dir helfen? Können wir uns vertrauen, Nele?»

«Haben wir eine Wahl?» Jan schweigt.

«Warum aufgeben, bevor wir es versucht haben, Jan? Wir müssen losgehen, Schritt für Schritt, du weißt schon. Wolltest du darüber mit mir reden?»

Nach einer Pause, der breite Weg verengt sich zu einem Pfad, legt Jan den Arm um Neles Schulter.

«Eigentlich wollte ich etwas anderes. Es kann ein bisschen dauern.»

«Lass uns zurückgehen, Jan, jetzt habe ich doch Durst.» Er nickt, fasst sie wieder an der Hand, sie gehen schneller.

Das Café hat Terrassenbetrieb. Jan holt zwei ‹Radler› und setzt sich rittlings auf die Bank, Nele gegenüber. Sie sind hier draußen fast die letzten Gäste, nur drei junge Männer sitzen vor ihren leeren Gläsern.

Nele nimmt einen Schluck und sieht ihn dann fragend an:

«Jetzt?» Er muss es zu Ende bringen, bloß nicht wieder aufschieben.

«Die Jungs von der Band wollten letztens wissen, wie das alles mit mir gekommen ist. Ich bin ja sozusagen über Nacht weg.»

«Da hast du alles erzählt?»

«Nein, habe ich nicht. Das ist es ja. Ich habe gekniffen. Danach war ich sauer auf mich. Und nun, ich will sie zuerst dir erzählen, meine Geschichte. Meinst du, du kannst dir das anhören?»

«Leg los, winde dich nicht so.»

«Okay. Es war der reine Kurzschluss. Über Nacht bin ich verschwunden. Niemand aus meiner Familie weiß, wo ich bin, bis heute. Die Band wusste natürlich auch nicht, was passiert ist, als ich von einem Tag auf den anderen nicht mehr kam. Meine Spielsucht, Nele, ist bei Gini aufgeflogen, als ich das Geld meiner Mutter und das von Gini verspielt hatte. Ich war dann einige Wochen in eine Klinik zum Entzug. Ist komisch, heißt aber bei Spielsucht genauso wie bei den Alkis und den Drogensüchtigen.»

«Kenne ich, Jan, da hatten wir einen ähnlichen Weg.»

«Anfang ‹98 musste ich dann zu einer längeren Therapie, drei Monate, ambulant, ich durfte zuhause wohnen. Zwei Wochen vor dem Abschluss der Therapie ist es passiert.» Jan holt tief Luft.

«Das war so: Sie haben mit mir einen Eignungstest gemacht. Stärken und Schwächen und so. Der Ergotherapeut hat mir den Floh ins Ohr gesetzt von wegen Umsatteln. Was Neues wollte ich schon machen. Der Haken: Ich hätte die Ausbildung bezahlen müssen.

Mein Therapeut - nicht der Ergo, der Psycho - sagte, da gebe es Fördergeld. An genau diesem Freitag erklärte er, der Fördertopf ist für dieses Jahr schon leer. Ich solle den Kopf aber nicht in den Sand stecken, es gebe nächstes Jahr wieder einen. Bla, bla, bla.

Klar, dachte ich, so jemand wie ich muss schön am Boden kleben, die Tage wie Steine stapeln. Da kann ich dann raufsteigen, mein mickriges Leben ansehen. Arbeit? Wünsche, Träume? Hat sich was.»

«Kann ich mich reindenken, Jan. Weiter.»

«Ich hatte von Gini eine Einkaufsliste und ihre EC-Karte bekommen. Die war für mich sonst tabu, ich bekam nur Abgezähltes in die Hand. Aber sie musste irgendetwas Wichtiges erledigen und meine Therapie lief ja gut. Es war die absolute Ausnahme, verstehst du? Und ich habe das vergeigt.

Als um zwei die letzte Gruppensitzung zu Ende war, brauchte ich nach der Ankündigung vom Psycho frische Luft und Zeit zum Nachdenken. Ich dachte, läufst ein Stück, steigst später in die S-Bahn. Habe ich auch gemacht, bin aber nicht nachhause, sondern zur Spielhalle, die von früher, wie ferngesteuert.»

«Ferngesteuert, auch das sagt mir was.»

«Ich habe mindestens dreimal Geld abgehoben. Wo der nächste Automat ist, wusste ich noch. Auf einmal kam nichts mehr raus. Ich dachte, jetzt bist du endgültig am Arsch. Wenn mich doch jemand aufgehalten hätte»

«Hättest du dich aufhalten lassen?»

«Hast ja Recht, wohl kaum. Der Gewinn musste einfach kommen, dachte ich. Und dann - beim Spielen wurde ich ruhig. Hört sich seltsam an, war aber so. Ich konnte mich entspannen. Ein Spiel und alles Flattrige war weg.

Als der Automat nichts mehr hergab, hatte ich Panik. Geld weg, Euphorie weg, nicht mal der übliche Katzenjammer kam. Ich glaube, ich habe nichts gefühlt. Bin einfach geradeaus, stand irgendwann am Bahnhof und habe auf einer Bank gepennt. Tief und traumlos, da wundere ich mich noch heute. Der ‹Kater› kam beim Aufwachen. Mit der S-Bahn bin ich schwarz bis Mitte. Keine Ahnung, was ich da wollte. Erst am Tag darauf - ich habe wieder auf einer Bank gepennt – habe ich den Schein gefunden, verkrochen im Jackenfutter. Der war meine Rettung.»

«Seitdem hast du so gelebt?»

«Abgetaucht für alle, genau. Auf der anderen Seite. Man kann hin und her, aber meist geht es nur in eine Richtung. Zurück ist schwer. Niemand macht es dir leichter, auch, wenn die von den Behörden sagen, sie bauen dir Brücken; die berühmten goldenen.»

«Und mit der Geschichte hast du dich so schwergetan? Wie ist es jetzt?»

«Mit dir war es leichter, echt. Vielleicht, weil bei dir auch nicht alles so glatt lief?»

«Kann sein. Trotzdem, du musst der Band was sagen. Das ist wichtig.»

«Klar doch, ich denke, jetzt kriege ich es hin.»

«Jan, du hast eine Wohnung. Es geht aufwärts. Was soll passieren? Sie haben dich gesucht, haben dich zurückgeholt. Also mach› es und mach› es vor allem schnell.» Jan nickt, scheint aber durch sie hindurchzusehen. Nele wedelt mit der Hand vor seinen Augen hin und her.

«Wo bist du, Jan? Ist noch was?»

«Der Redakteur, Kalle, der über uns geschrieben hat auf der Lokalseite, rief mich gestern an. Eine Frau hat bei ihm nach dem Sänger aus der Band gefragt, hat ihre Telefonnummer hinterlassen, damit er sie mir gibt.»

«Ah ja?» Neles Stimme klingt auf einmal höher als sonst. «Eine Frau?»

«Sie heißt Elisabeth ...»

«Es gab eine Elisabeth?» Jan fasst nach ihrer Hand.

«Nele, es gab nur Gini, na ja und Jana von damals aus Köln. Sie heißt mit vollem Namen Elisabeth Schwindt. Sie ist meine Mutter.»

«Deine Mutter?! Warum rufst du nicht an?»

«Soll ich sagen, hier ist dein verlorener Sohn, der steht nicht mehr am Spielautomaten, der macht Musik, aber das weißt du ja?»

«Keine Ahnung, was du sagen sollst. Denkst du, das lässt dich los, wenn du nichts machst?» Sie überlegt und fragt dann schnell.

«Was tust du, wenn sie jetzt bei dir anruft? Würdest du auflegen?»

«Das kann sie ja nicht.»

«Weiß ich ja, aber wenn doch?» Jan schweigt. Zu lange für Nele.

«Jan ...???» Mit einer heftigen Bewegung knöpft er die Innentasche seiner Jacke auf und zeigt ihr zum ersten Mal das Foto.

«Hier. Jeden Abend, Nele, wirklich jeden verdammten Abend denke ich an Jacob.» Das Papier ist lappig geworden, über Jacobs Gesicht laufen feine Streifen. Sein Sohn sieht auf dem Foto ernst aus. Es war der erste Besuch beim Fotografen, und das Drumherum war ihm nicht geheuer, hatte Gini erzählt. Nele hält das Blatt etwas höher, um mit dem letzten Licht besser sehen zu können.

«Dein Sohn? Du hast einen Sohn? Ja also ... viel Neues für eine Stunde, Jan.» Nele räuspert sich. «Willst du ihn denn nicht wiedersehen?» In Jans Gesicht arbeitet es, die Kiefermuskeln zucken.

«Was für eine Frage, natürlich willst du. Also nochmal, jetzt anders herum. Was, denkst du, sagt deine Mutter, wenn du sie jetzt anrufst? Legt sie wieder auf, sagt, sie will nichts von dir wissen? Glaubst du das?»

«Sie hat ja den ersten Schritt gemacht mit ihrem Anruf bei Kalle. Wird sie also kaum.»

«Natürlich nicht. Sie wird dir Brücken bauen. Sie wartet!»

«Vielleicht.»

«Weshalb zögerst du? Du kannst es nur herausfinden, wenn du es tust. Egal, was passiert. Dann weißt du, woran du bist. Vorher findest du keine Ruhe.» Sie haben die ‹Radler› ausgetrunken. Jan schafft die Gläser weg. Die drei Männer sind gegangen.

Heute gibt es keinen richtigen Sonnenuntergang, stellt Jan fest. Der Himmel ist seit Mittag bedeckt. Er zieht Nele von der Bank.

«Lass uns zur S-Bahn gehen. Beim Laufen wird uns wieder warm.» Auf halbem Weg strafft sich Jan.

«Morgen rufe ich an. Ich werde Elisabeth um ein Foto von Jacob bitten. Kinder verändern sich so schnell.»

«Das ist gut, Jan, ja, das ist gut. Sagst du zu deiner Mutter immer Elisabeth?»

«Nein, damals nicht. Es ist wohl der Abstand.»

Inhalt

Teil I

1 Jana 7
2 Jan 16
3 Manne 27
4 Elisabeth 31
5 Jan 35
6 Elisabeth 45
7 Lu 48
8 Elisabeth 52
9 Jan 54
10 Gini 65
11 Elisabeth 77
12 Jan 81
13 Gini 87
14 Jan 90
15 Elisabeth 100

Teil lI

1 Jan 108
2 Manne 113
3 Jan 117
4 Manne 122
5 Elisabeth 128
6 Jan 135
7 Gandhi 150
8 Jan 154
9 Nele 166
10 Helmut 174
11 Jan 178
12 Lu 186
13 Elisabeth 189
14 Jan 195
15 Jan und Nele 208

Charlotte Buchholz, geboren in der Niederlausitz, lebt in Magdeburg. Bevor sie Journalistik studierte, war sie in verschiedenen Bereichen tätig, die zwar wenig mit dem Schreiben, dafür umso mehr mit unterschiedlichsten Lebenswelten von Menschen zu tun hatten. Diese Erfahrungen sind ihr Fundus für immer neue Geschichten.

Als literarisches Debüt erschienen 2015 ihre Kurzgeschichten unter dem Titel «Verpasst». 2016 der Roman «JANS BLINKENDE WELT. AUF DER ANDEREN SEITE» als Printausgabe. 2020 folgten neue Kurzgeschichten mit dem Titel «WENN SICH DIE WELLE LEGT» im BLOCK Verlag.

Ihr Roman erscheint nun stark überarbeitet als Printausgabe und E-Book.

Empathie für einen Suchtkranken: In ihrem Roman dringt die Autorin psychologisch tief in die Seele eines suchtkranken Menschen ein. Wie dieser Jan seine persönlichen Probleme überspielt und wie sein soziales Umfeld erodiert, das erzählt Charlotte Buchholz meisterhaft. Das Buch liest sich fast wie ein Krimi. Herausragend ist die Dialogkunst.

Mario Schattney
Redakteur Automatenmarkt

Wäre der Buchtitel nicht schon vergeben, hätte der Roman sehr gut "Der Spieler" heißen können. Nach der Lektüre fühlt sich der Leser mit dem von der Autorin gewählten Untertitel sehr verstanden, ist von ihr doch mit DIE ANDERE SEITE das Leben eines Menschen, seine Haltungen und Beziehungen gemeint.

Jochen P. Heite
black-painter, Magdeburg

Danksagung

Im Nachdenken darüber, wem ich für das Entstehen dieses Buches zu danken habe, musste ich einige Jahre zurückgehen, doch alle zu nennen, würde den Rahmen sprengen. Ich konnte anregende Gespräche für bestimmte Szenen führen, fand Menschen, die mir Mut machten, erhielt Hinweise auf Sachliteratur, nahm an Tagungen zum Thema Automatenspielsucht teil und erhielt so tieferen Einblick in das Glücksspielgeschehen über ein Einzelschicksal hinaus.

Beispielhaft nennen möchte ich die Telefonseelsorge, bei der ich viele Jahre ehrenamtlich arbeitete. Hier erhielt ich den ersten thematischen Impuls.

Die literarische Schreibwerkstatt des Friedrich-Bödecker-Kreises Sachsen-Anhalt unter Leitung von Torsten Olle begleitete meinen Schreibprozess mit kritischen Diskussionen. Silke Gallein hat als meine wichtigste Testleserin so manche Szene kritisch unter die Lupe genommen.

Besonders wichtig für mein Projekt waren die Anregungen und das Interesse meiner Familie. Mein Ehemann Lothar Günther hat mein Schreiben nicht nur geduldig ertragen, sondern war stets mit Ideen und als erster Leser an meiner Seite.

Allen Genannten und Ungenannten gilt mein tief empfundener Dank. **CB**